U0032348

戀夏七光年

琉影——著

就算我們之間相隔七光年的距離，
但在這浩瀚宇宙裡，
你是我唯一想追尋的那顆星。

出·版·緣·起

三百六十度全媒體出版

城邦原創創辦人　何飛鵬

當數位變革浪潮風起雲湧之際，做為一個紙本出版人，我就開始預想會不會有數位原生內容出版社出現？如果會的話，數位原生出版會以什麼樣貌出現？而我又將如何面對這種數位原生出版行為？

就在這個時候，我看到了大陸的起點網，這個線上創作平台，聚集了無數的寫手，形成數量龐大的創作內容，無數的素人作家在此找到了夢許之地，也成就了一個創作與閱讀的交流平台，而手機付費閱讀的習慣養成，更讓起點網成為全世界獨一無二、有生意模式的創作閱讀平台。

基於這樣的想像，我們決定在繁體中文世界打造另一個線上創作平台，這就是POPO原創網誕生的背景。

做爲一個後進者，再加上我們源自紙本出版工作者，因此我們在POPO上增加了許多的新功能，除了必備的創作機制之外，專業編輯的協助必不可少，因此我們保留了實體出版的編輯角色，讓有心成爲專業作家的人，能夠得到編輯的協助，我們會觀察寫作者的內容、進度，選擇有潛力的創作者，給予意見，並在正式收費出版之前，進行最終的包裝，並適當的加入行銷概念，讓讀者能快速認識作者與作品。

這就是POPO原創平台，一個集全素人創作、編輯、公開發行、閱讀、收費與互動的一條龍全數位的價值鏈。

經過這些年的實驗之後，ＰＯＰＯ已成功的培養出一些線上原創作者，也擁有部分對新生事物好奇的讀者，不過我們也看到其中的不足——我們並未提供紙本出版服務。眞實世界中，仍有許多作家用紙寫作，還有更多讀者習慣紙本閱讀，如果我們只提供線上服務，似乎仍有缺憾。

爲此我們決定拼上最後一塊全媒體出版的拼圖，爲創作者再提供紙本出版的服務，讓所有在線上創作的作家、作品，有機會用紙本媒介與讀者溝通，這是ＰＯＰＯ原創紙本出版品的由來。

如果說線上創作是無門檻的出版行爲，而紙本則有門檻的限制，線上世界寫作只要有心，就能上網、就可露出，就有人會閱讀，沒有印刷成本的門檻限制。可是回到紙本，門檻限制依舊在。因此，我們會針對ＰＯＰＯ原創網上適合紙本出版的作品，提供紙本出版的服務，我們無法讓所有線上作品都有線下紙本出版品，但我們開啓一種可能，也讓ＰＯＰＯ原創網完成了「三百六十度全媒體出版」的完整產業及閱讀鏈。

不過我們的紙本出版服務，與線下出版社仍有不同，我們提供了不同規格的紙本出版服務：（一）符合紙本出版規格的大眾出版品，門檻在三千本以上。（二）印刷規格在五百到二千本之間的試驗型出版品。（三）五百本以下，少量的限量出版品。

我們的宗旨是：「替作者圓夢，替讀者服務」，在作者與讀者之間搭起一座無障礙橋梁。

我們的信念是：「一日出版人，終生出版人」、「內容永有、書本不死、只是轉型、只是改變」。

我們更相信：知識是改變一個人、一個組織、一個社會、一個國家的起點。讓想像實現、讓創意露出、讓經驗傳承、讓知識留存。我手寫我思，我手寫我見，我手寫我知，我手寫我創，變成一本本的書，這是人類持續向前的動力。

我們永遠是「讀書花園的園丁」，不論實體或虛擬、線上或線下、紙本或數位，我們永遠在，城邦、ＰＯＰＯ原創永遠是閱讀世界的一顆螺絲釘。

目錄 Contents

楔 子

唱完國小的驪歌，踏進國中校門的一刻，豆蔻的年歲，像枝頭上初綻的青嫩小芽，羞澀地宣告燦爛花季的開始。

對夏夕瑀而言，褪下童稚的保護外衣後，無論說話還是舉止動作，又更加不討人喜歡了。她的部分想法和舉動，小時候還能以「可愛」稱之，但是進入國中後，在一群急著長大的同儕間，全部被冠上「幼稚」兩個字。

她的腳步停頓太久，落後大家太多，學不來同儕們正常的言行，更沒有跳躍時空的能力，去跳過這段青春過度期。

漸漸地，她覺得迷惘，不知道怎麼迎合大家，討人喜歡，最後只能沉進寂寞裡，在孤獨不安中載浮載沉，形單影隻。

直到一通電話插撥進她的人生……

「夕瑀，我是妳沒見過面的小阿姨，請問媽媽在家嗎？」

Chapter 01　夏小怪VS.愛哭包

除夕前一天，台灣上空籠罩著冷氣團，低垂的雲層像被煙燻過，來自北方的蕭瑟和寒冷，將整座城市濛上灰白的色調。

轎車在高速公路上奔馳，就讀國三的夏夕瑀坐在後座，一手摟著泰迪熊「熊胖」，一手撐腮望著窗外，白色的天光打亮她清秀的臉龐，浮光般的景致在澄淨眼眸中飛掠。

經過兩個小時的車程後，轎車下了交流道停靠在路邊，夏夕瑀收回神遊的思緒，看著媽媽林若雪拿起手機走出車外。

「夏夕瑀。」後座的另一邊，就讀小學六年級的弟弟低著頭，雙手拇指快速按著PSP的控制鍵，「妳八歲以前，和妳爸爸住在一起時，有沒有見過外婆和小阿姨？」

「沒有。」

「我也是，昨晚小阿姨打電話來，我才知道媽媽還有一個妹妹。」

「嗯。」

「聽媽媽跟我爸爸說，她和外婆吵架離家出走，十幾年沒回去了。」

「原來如此……」夏夕瑀望著車窗上的倒影。

八歲，她的人生遭逢到第一波冷鋒面，她離開爸爸來到離婚後又再婚的媽媽身邊，這些年來，已習慣同母異父的弟弟和她劃清界限，不斷強調「妳爸爸」和「我爸爸」的區別。

講完電話後，林若雪坐回駕駛座發動引擎，夏夕瑀望著媽媽的後腦，心裡有些好奇。

媽媽和外婆，當年是為了什麼事吵架？

思忖間，轎車轉進一條兩側種植木棉樹的道路，光禿禿的枝椏失去樹葉的遮蔽，讓人看一眼就冷進心底，不遠處的十字路口立著一道告示牌，上頭寫著：梅藝山莊。

經過告示牌後，夏夕瑀眼前一亮。隨著地勢漸高，兩側的別墅裝潢得美侖美奐，有些是歐式風格，外牆彩繪著藝術圖騰；有些是東方風格，庭院裡以奇石和盆栽造景；其中也夾著雜草叢生的荒廢空屋，浪漫中帶著歲月斑駁之美。

正當她看得目不轉睛時，轎車在纏繞藤蔓的鍛鐵圍籬前停住。

「外婆家到了。」林若雪解開安全帶，瞥了後照鏡一眼，「夕瑀，不准帶布偶進去。」

「可是熊胖想見外婆和小阿姨。」她抱著熊胖推開車門，跨出一腳。

「妳敢帶進去，我就把它丟掉！」

夏夕瑀明亮的眼神黯下：「熊胖……你在這裡等我回來。」

她將熊胖放回後座，下車後朝圍籬裡望去，裡頭有個擺著各式盆栽的小庭院，後面是一棟兩層樓的透天厝，屋簷下搭著木棚子，上頭爬滿枯藤。

「姊，走了。」

聽到弟弟的叫喚，她快步跟上，三個人一起走進外婆的告別式會場。

裡頭聚集著爲外婆送別的鄰友，眾人一見到林若雪到場時，紛紛交頭接耳地竊竊私語，夏夕瑀敏感地感覺到，那些刺人的目光帶著指責。

一位年約三十多歲，相貌秀麗的長髮女子迎向三人，她上下打量著林若雪，輕聲嘆息：「姊，十多年不見了……怎麼沒看到姊夫？」

「他去美國出差。」林若雪抬起下巴，凝視妹妹的眼神有點複雜，隨後對兩個孩子介紹道：「這位是小阿姨，名字和媽媽差一個字，叫林若媛。」

「小阿姨好。」夏夕瑀和弟弟禮貌地打招呼。

林若媛也點頭回禮：「想不到你們長這麼大了……」她寧靜的眸光掃過兩人後，在夏夕瑀的臉上停佇了幾秒。

告別儀式開始，夏夕瑀望著外婆的遺照，那是張陌生的面容，只有眼眉間的倔強和媽媽神似。她和弟弟對外婆毫無情感，兩人擠不出一滴眼淚，倒是在職場上是女強人的媽媽，不斷拭著眼角。

下午三點，儀式完全結束，臨時搭建的會場拆除後，前來奠祭和協助的鄰友陸續離開。

「夕瑀。」正要進屋時，林若雪掏了張五百元給女兒，「媽媽和小阿姨有重要的事要談，妳帶弟弟到外面走走，一個小時後再回來。」

林若媛擔心兩個孩子人生地不熟會迷路，忍不住建議：「天氣這麼冷，下坡有一間『貓球咖啡』，老闆是我的朋友，你們可以去那裡休息。」

「好。」她點頭，拉著弟弟出門。

沿著馬路逛著，夏夕瑀近距離欣賞兩側造景別緻的別墅，可惜弟弟對這些景物不感興趣，一直縮著身子喊冷嚷餓，姊弟倆來到小阿姨介紹的咖啡店，推開格子狀的玻璃門，一陣咖啡香迎面撲來。

「歡迎光臨。」老闆站在吧檯後招呼著，年紀看起來三十多歲，身材瘦高，臉上戴著金框眼鏡，手中的長嘴壺一倒，細細的熱水注入咖啡濾杯裡，一團白色熱氣冉冉飄起。

環顧四周，店內的氣氛謐靜，裝潢典雅，兩人在角落的桌子坐下，夏夕瑀感覺右腿被什麼東西蹭過，她彎下身一看，一隻虎斑貓正坐在地上舔著右足。

「哇！有貓咪。」

「牠是我們的鎮店貓喔。」老闆拿著點餐單微笑走來，腰間圍著印有粉紅貓掌圖案的藍色圍裙。

各自點了熱可可和奶茶後，夏夕瑪趴在桌上小憩，弟弟繼續打電玩，兩人像陌生人一樣，連眼神都不曾交集。一個小時後，她外帶了兩杯熱咖啡，拉著弟弟走回外婆家。

踏進庭院走至門口，正要拉開紗門時，林若雪微冷的嗓音傳了出來：「……當年爲了夏彥勤，我不惜和全家人鬧翻，沒想到結婚兩年就離婚……七年前，他意外過世後，還把夕瑪這個麻煩丟給我，現在想想……不値得。」

夏夕瑪聽了渾身一震，手中的咖啡提袋瞬間落地，弟弟轉頭望著她，臉上掛著嘲諷的同情。

原來媽媽離家出走和外婆斷絕往來的原因，是爲了和爸爸結婚……但她不能理解，既然爲了追求愛情而付出和家人絕交的代價，爲什麼後來又跟爸爸離婚，還馬上改嫁他人？

聽到門口傳來聲響，坐在客廳的兩人同時轉過頭，林若雪見到女兒站在門邊時，僅挑了一下細眉，沒有安撫或解釋什麼；林若媛則是面露委屈，眼圈微微泛紅。

「明明有兩個女兒，但媽從以前就很偏心妳，現在連財產也全部歸妳，她對我眞的很絕情。」林若雪冷冷地說完後，起身走出大門，發現女兒沒有跟來時又板起臉孔，「夕瑪，還呆站著幹麼？走了！」

夏夕瑪蒼白著臉，別開頭，以沉默表達內心的受傷。

「不走就算了，妳自己留下。」林若雪不容權威受到挑戰，拉著兒子上車後，直接發動引擎。

夏夕瑪沒有追出去，只是落寞地垂著頭。

她知道多年來，媽媽一直不喜歡自己。

「夕瑪，妳很難過吧？」林若媛無奈嘆氣。

「我和媽媽距離一光年，頻率一直對不上。」

「什麼？」

「沒什麼。」她馬上提振精神，故作沒事地笑了笑，「小阿姨，我會坐火車回家，剛才只是不想搭媽媽的車。」

「天都暗了，既然留下來，要不要多住幾天？」

「這樣會麻煩小阿姨……」

「妳又不用換尿布、餵牛奶，家裡也有空房間，有什麼麻煩？」林若媛莞爾笑道。

夏夕瑀猶豫了一下，她現在的確不想看見媽媽，於是點點頭：「留下來也好，我和媽媽的腦波不能共振，沒有我的干擾，這個年，她會過得比較快樂。」

物理學中的頻率共振和干擾？意思是指她們兩人的想法不合吧？

林若媛皺著眉頭思考，推理出她話中的含意，不忍地安慰：「外婆不在了，家裡剩我一個人，妳就陪小阿姨過個快樂年吧。」

夏夕瑀有些詫異，想不到小阿姨的個性親和溫婉，和冰冷嚴肅的媽媽完全相反。

簡單用過晚餐後，林若媛打了通電話給姊姊，報備夏夕瑀會住到農曆年後，接著找了幾套衣服讓她替換。

夏夕瑀洗完澡來到二樓客房，林若媛正在鋪棉被。

對於爸媽和外婆的恩怨，她幾次張口想向小阿姨細問，又怕得到的答案讓自己難過，最後還是作罷。

鋪好床，林若媛從書桌上拿起一張紙，微笑說：「這是梅藝山莊的街道圖，妳外出時可以帶著它，就不怕迷路了。」

夏夕瑪接過，眼裡充滿好奇，她仔細讀著紙上的圖文簡介，原來在二十多年前，山莊裡的人口嚴重外流，幾乎變成廢墟，後來在鄉長的策劃下，以低廉的地價吸引許多素人藝術家進駐，讓這裡逐漸變成一個藝術村。

「夕瑪，過年就放鬆心情去玩吧，山莊的活動中心正在辦新年展覽，明天晚上在『植夢園』有歲末聯歡晚會，十二點還有煙火秀。」

「植夢園？」

「那是山莊裡的景觀設計師和藝術家聯合設計的公園。」林若媛指著地圖上的一個區塊，接著打了個哈欠，神情有些疲累，「妳還有沒有缺少用品？」

「小阿姨有相機嗎？」第一次到外婆家，她想要拍照做紀念。

「有，我拿給妳。」

林若媛取來相機後便回房歇息。

當晚，夏夕瑪蜷縮在棉被裡，陌生的房間睡不習慣，她像條擱淺的魚，整夜翻騰無法熟睡。

清晨五點多，她意識模糊地伸手在棉被外摸索著，像小貓找尋媽媽般嗚咽：「熊胖……嗚嗚……我要熊胖……嗚嗚嗚……」

摸了半晌沒找到爸爸送的泰迪熊，她掀開棉被坐起，抬頭望著窗外，天色微微亮了，庭院裡傳來雨滴落下的聲音。

夏夕瑪下床穿上外套，拿起相機和街道圖塞進口袋，躡手躡腳走出屋子，天空烏雲密布，整座山莊被雨霧籠罩著。

她深深呼吸，緩解胸口的鬱悶，接著自傘架裡抽出一把傘，獨自走進靛藍色的雨幕中，循著地圖漫步到植夢園。

環顧四周，公園前有籃球場、活動中心和兒童遊戲區，再進去是一片樹林和草坪，滿園的花草被凍結成一幅畫，造景的雕塑都充滿童夢的純眞和幻想。

天色越來越明亮，夏夕瑀手持相機，在樹林間來回拍照，鏡頭東轉西繞時，相機螢幕上竟捕捉到一個少年孤立的身影。

她眼睫輕抬，視線越過相機上方，公園的水池欄杆前佇立著一名少年，年紀看起來和她差不多，他穿著英倫風的黑色連帽風衣，牛仔褲包裹下的雙腿相當瘦直，渾身散發著神祕感。

晨光將針尖般的雨絲微微照亮，他的四周彷彿環繞著一圈光暈。

少年的側臉輪廓深邃，黑髮被雨水濡溼，凝視池面的眼神空洞悲傷，那一剎那，她有種錯覺，這場雨是因他而下的……

忽然，一陣風颼來，煙嵐般的雨霧拂過少年挺直的身姿，他仰頭望向天空，像在祈求，一縷白色霧氣自他微張的口吁出。

夏夕瑀屏息，不敢眨眼，就怕眨眼的瞬間，他的身影會消散在冬雨中，她忍不住舉起相機，對焦後按下快門，連拍到第五張時，少年似是察覺到什麼，突然轉過頭。

螢幕上的人影定格了幾秒，她清楚看見他的眼裡盈滿淚光，臉上的表情是來不及收起的脆弱和沮喪。

「相機拿來！」看到她手裡握著相機時，少年的臉色轉爲不悅。

夏夕瑀知道偷拍不對，心裡卻不想刪掉那些照片，她迅速將相機塞進外套口袋裡。

少年見她不肯交出相機，眼裡閃過一絲怒意，舉步朝她的方向走，沒想到才走三步，雙腿突然一軟，整個人五體投地撲倒在地面上。

「呃……」正想開溜，他這一跌讓夏夕瑀傻了眼，想笑又不敢笑，默默看著他雙手撐地，掙扎著想爬起來，但雙腿像使不出力氣。心裡閃過一個疑惑：他的腳是不是受傷了？

心念一轉，她走上前想協助他。

「不要過來！」他低喝，右手猛搥一下地面。

她停下腳步，歪著頭研究他。

「走開！不關妳的事。」少年咬著牙站起，搖搖晃晃走到水池邊，雙手攀著欄杆喘息，眼角瞥見她還杵在原地，整張臉紅了起來，「我叫妳走開！不要看我，聽不懂人話嗎？」

夏夕瑀朝他走近幾步，伸直右手遞出雨傘，微微一笑：「吶，給你，我要回去了，如果你還想待在這裡賞雨，那就撐傘吧，千萬不要感冒了。」

少年看著雨傘皺眉。以為她會好奇他的腿怎麼了，沒想到她在意的只是小感冒。

「氣象報告說今天氣溫不到十度，淋雨對身體不好，」她停頓了一下，眼神變得落寞，「你不要小看感冒，感冒會發燒和頭暈，很容易發生意外……」

「妳到底要講什麼？雨傘是給我當拐杖嗎？」他更加生氣了，不懂這怪怪的女生在打什麼啞謎，他的腿很明顯有問題，她為什麼反而執著在感冒上？再說，他的衣褲都溼了，撐不撐傘根本沒差。

「不是！雨傘要給你遮雨，我怕你感冒。」她再次強調。

「感冒？妳在耍我嗎？妳心裡在嘲笑我吧？何必拐彎抹角！」他毫不領情，用力揮開她的手，雨傘落到地面打轉。

「你是番鴨啊！聽不懂雷聲嗎？撐傘當然是用來遮雨，到底要解釋幾次？」夏夕瑀看著掉在地上的傘，對於好意不斷被曲解，她也生氣了，一個箭步上前，右拳朝他的頭用力敲下——

咚！

「妳！哪裡來的……暴力女？」少年痛得雙手抱住頭，向後退了一步，並不是很大的跨步，卻似乎扯痛了雙腿，連帶的也直不起腰。

「B615星球。」夏夕瑪彎身撿起雨傘，固執地將傘撐在他的頭頂上，兩人四目相交，「位在小王子和玫瑰花居住的B612星球……的隔壁又隔壁再隔壁的B615星球，距離地球一光年，我是乘著流星，穿梭宇宙蟲洞來的。」

聽到她的回答，少年愣住幾秒後，面無表情地吐槽：「妳穿過大氣層沒燒死嗎？」

「當然是慢慢降落，減少摩擦力呀。」她微笑，答得理所當然。

「慢慢降落？妳怎麼克服地心引力？」

「流星裡有反重力裝置。」

「反重力裝置？」

「就是超導……」

「超導體？」他大聲截斷她的話，思維快速運轉，語調急促地質問：「流星裡面有超大顆的超導體，利用它的抗磁性產生浮空力？外加地球南北極的磁力導航？還是簡單運用高壓電流，解離四周空氣產生浮空力？那也必需用到極強大的電流，妳哪來的電力？」

「接閃電。」她秒答，望著他的眼神越來越亮。

「妳怎麼接？用什麼電瓶裝？」他怒目瞪她，感覺快爆血管，「別說妳學富蘭克林，用風箏把雷電導進流星裡──」少年頓了一下。他幹麼跟她那麼認眞？

「喂，我可以喊你一聲……」她滿臉崇拜，輕輕拉住他的衣角。

他一臉防備地瞪著她，雙腿的痠痛讓他沒有力氣退開。

「爸爸。」她嘻嘻一笑。

剎那間，彷彿聽見腦神經啪地斷掉的聲音，他氣到一句話都說不出，突然眼前一黑，全身力氣瞬間抽離，身子一軟躺倒在地上。

「喂！叫爸爸是開玩笑的，你怎麼嚇昏了？」她蹲下，用力搖晃他的肩膀，輕拍他的臉頰，「醒醒！我不知道你家在哪裡，怎麼辦……啊！快打119叫地球救護隊。」

夏夕瑀沒有手機，起身走向公園入口想找電話，走了幾步突然想到，丟他一個人躺在地上淋雨，搞不好五分鐘就失溫凍死，又趕緊折回來。

她雙手勾住他的腋下，將他拖向不遠處的涼亭，拖到一半突然手滑，他的身體可憐地倒回地上，後腦還磕了一下，幸好草地溼軟沒受傷。

「嗚嗚……你千萬不能死……如果你死了，我會以死謝罪，可是我現在還不想死，嗚嗚嗚……」她一邊哀號，心裡卻搞笑地想：這時候如果有人經過，大概會以爲她殺了人準備埋屍吧。

一路拖行到涼亭後，夏夕瑀讓他靠著柱子坐著，經過一番折騰，她的頭髮和衣服溼了，少年的情況更狼狽，黑色風衣和牛仔褲沾著草屑和泥沙。

她伸出雙手，輕輕撥開他覆住眼睛的髮絲，露出一張氣質清冷的臉孔，他的鼻梁直而挺、蒼白的脣緊抿著，隱隱透著堅毅，是個長相非常好看，個性卻愛逞強的男生。

望著他的臉，夏夕瑀有些走神，心裡湧起想和他成爲朋友的渴望，只因爲他和其他男生不同，願意傾聽，願意和她對話。

「有沒有手機？有沒有ID？」她將他的身體翻來翻去，兩手在風衣的內外口袋裡掏著，可惜只掏出一個透明小藥袋，她再摸向他牛仔褲側邊和後面的口袋。

「妳……」虛弱的氣音響起，少年終於被她擾醒。

「哇嗚！屍變！」她倏地抬臉，看見他長長的睫毛扇動著，眼神迷濛。

「妳才異星變種……我要大喊非禮，還是搶劫？」他有氣無力地怒瞪她。
她垂下眼簾，看到自己的兩隻手還在人家的臀部摸啊摸，連忙縮回。
他雙手撐地，吃力地坐正，全身冷得頻頻發顫，抬眼望著蹲在前面的怪怪女生，她披頭散髮、雙手握拳抵在膝頭上，水汪汪的大眼透著期待，那模樣……像一隻哈姆太郎盯著葵花子。
「頭有點痛……」他伸手摸摸後腦。
夏夕瑀笑容一僵，眼神飄移了一下。
「妳叫什麼名字？」
「我的名字有點長，叫卡依珊星亞……」她的眼神一亮。
「地球代號。」他打斷她的外星語。
「……夏夕瑀。」她有些失望地肩頭一垮。
「夏小怪。」
「夏、夏小怪？」
「B615星球的夏小怪，把我的止痛藥拿來。」他瞥向被她丟在地上的藥袋。
夏夕瑀撿回藥袋塞到他手裡，一臉興奮地問：「你呢？叫什麼名字？」
他不理睬她，顫著手想打開藥袋，無奈手指凍得僵硬，試了幾次仍扯不開封口。
「愛哭包，我幫你。」她自動幫他取名，一把抽走藥袋。
「我叫闇末風。」他迅速報上名字。
「愛哭包，吃藥了。」她心裡偷笑，打開藥袋取出一顆藥丸要餵他。
闇末風眼神一沉，張口不留情地朝她手指咬下去。
「好痛！你怎麼咬人？」她抽回手，痛得含住指尖。

「妳剛才也打我，咬妳只是剛好而已。」見她吮著被他咬過的指尖，他眼中閃過一絲羞赧。

「嗚……」夏夕瑀苦著臉，看到他面不改色將藥丸咬碎吞下，又捧著雙頰崇拜地望著他，「這樣吃不會苦嗎？我的體質和藥丸相剋，所以每次吃藥都想吐。」

閻末風面無表情地睨了她一眼。

見他臉色冷到發青，她轉過身拍拍自己的背：「吶，上來！我送你回家。」

「不要。」他抬了抬右膝，很想踹她屁股一腳。

「還是給我家裡電話，我幫你touch一下……」她伸出兩根食指放在頭頂，模擬天線的樣子。

「不要。」頓了一下，他想起什麼，「相機拿來！」

「哇嗚！」她驚跳起來，閃到另一根柱子後偷偷看他，「我過完年就要回家了，你不要那麼小氣，相片給我做個紀念嘛。」

「妳最好現在就滾回B615星球！地球很危險，不適合妳住！」他低罵了幾句，感覺止痛藥開始產生效用，雙腿滲進骨髓的痠痛逐漸緩和，他扶著柱子慢慢站起來。

「愛哭包，你要回家了嗎？」

閻末風皺眉不答，非常後悔太晚報上名字，他緩步走下涼亭臺階，往公園大門走去。

「等等我！」夏夕瑀馬上抓起雨傘追上他，堅持遮著他的頭頂，「我幫你擋雨，對抗感冒病毒大軍。」

他右手悄悄握拳，差點動手敲她的腦袋。

她到底多怕感冒啊？

回家的路上，閻末風走得不快，時而停下來休息，夏夕瑀撐著雨傘跟在他身旁，除了幫忙擋風遮雨外，幾次在他快跌跤時拉他一把，但每次幫他，都見他氣苦著臉，擺明不想接受幫助。

沿途見不少住戶早起打掃，兩人行經「貓球咖啡」時，格子狀的玻璃門突然推開，一道頎長身影走了出來。

「末風，早啊。」咖啡店老闆頂著一張剛睡醒的臉，邊打哈欠邊抽出信箱裡的報紙，「怎麼渾身溼答答又髒兮兮的，一大早就有練習嗎？」

「鈞澤叔，早。」閻末風垂下眼，迴避他的關心。

張鈞澤推了推眼鏡，看到他身邊站著一個小女生，面貌有點熟悉，回想了一下：「昨天在店裡見過妳，妳是……」

「我是B61……」正要自我介紹時，後領突然被閻末風揪住，用力一扯，她哇嗚大叫旋轉一圈，站定後見他沉著臉繼續向前走，又趕緊追上去。

「真難得，末風竟然和小女生在打鬧。」張鈞澤一臉有趣地望著兩人的背影。

前行不遠，閻末風轉進一條兩側種著杜鵑花的小徑，盡頭矗立著一棟歐式三層樓透天厝，外牆貼著紅灰色的仿古磚，右側是一道階梯通到二樓，上頭有個空中小花園。

「愛哭包，這是你家嗎？」她仰望二樓的空中花園，欄杆上垂綴著藤蔓植物。

「妳可以走了。」沒有道謝，他冷淡地昂起下巴，然後抓著雕花扶手走上樓梯。

夏夕瑀撐著傘站在樓梯下，靜靜看著他爬到第五階時，雙腿一軟半跪在階梯上，又趕緊走上樓梯想幫忙，卻被他不領情地反手一推，右腳突然踩空，手中的雨傘對空一拋，整個人往後躺。

「夏小怪！」閻末風大驚，迅速抓住她的手腕，卻忘了自己的雙腿沒有力氣，兩人定格三秒後，換他失控地向前傾，「妳快閃開！」

夏夕瑀沒有閃開，反而張手環抱他，但她頂不住下墜的重量，兩人一起跌下樓梯。

她結結實實當了他的肉墊，幸好閻末風反應快，雙手抱住她的頭護著，加上冬天衣服穿得厚，站的位置不高，兩人只是摔痛，並沒有流血受傷。

「好痛……愛哭包……你該減肥了……」

閻末風的頭有些暈眩，聽到懷裡傳來夏夕瑀的呻吟，卻沒有力氣起身。

此時，兩道人影匆匆跑來，一位約大學生年紀的男生抱開閻末風，另一名中年美婦伸手扶起夏夕瑀。

「你們有沒有怎麼樣？」閻母一臉緊張地看著兩人。

「媽，我沒事，她……」閻末風看向夏夕瑀，她疼得擰緊雙眉，眼角閃著淚光，一股莫名的怒氣上湧，「夏小怪！我叫妳閃開，沒聽到嗎？」

「有聽到……」她可憐兮兮地抹去淚水。

「那還不閃開？妳根本接不住我！」他氣自己像個廢人，站都站不住，還拖累別人。

「我只是身體裡的查克拉來不及釋放！」

「那就不要管我！讓我摔死算了。」

聽到「死」字，夏夕瑀一拳朝他頭頂敲下：「我要掉下去時，你拉住我了，換成你要掉下去，我怎麼可能閃開？」

閻末風瞪著她，一時說不出話。

「小倆口別吵架了。」帶笑的溫和嗓音從旁插話。

夏夕瑀循聲轉頭，望見一張有書卷氣息的俊臉，五官和閻末風七分相像，眼神親和。

「哥，你別亂講。」閻末風別開臉，雙頰微微泛紅。

「末綸，天冷，先帶末風回家。」閻母擔心地提醒。

「不好意思，麻煩妳轉個身。」閻末綸小聲說，等夏夕瑀轉過身後，他一把揹起弟弟走上階梯。

薄薄水光在闔末風眼底浮現，他咬牙不讓眼淚落下。

「對不起，讓妳摔痛了。」闔母仔細檢查夏夕瑀的手腳有無受傷，觸摸的同時，發現她的衣服溼了，後背染上髒汙，馬上摟著她走向樓梯，「妳也進來，我幫妳把衣服洗乾淨。」

「沒關係，我回小阿姨家再……」

「不行，這樣太失禮了。」

在闔母的堅持下，夏夕瑀進屋換上乾淨的休閒服，坐在闔家裝潢典雅的客廳裡，髒衣服在洗衣機裡滾著。

「請用。」闔末綸遞上奶茶和蛋糕，「謝謝妳送我弟回來，他心情不好，天沒亮就跑出去，我媽急得到處找他。」

「謝謝。」她點頭道謝，雙手依然放置在腿上。

「末風吃完藥睡著了。」闔母自樓梯上走下來，看她正經端坐著，微微一笑：「別拘束，妳是哪家的孩子？」

「我叫夏夕瑀，昨天回來參加外婆的喪禮。」她有禮貌地回答。

「原來妳是林家奶奶的孫女，昨晚聽鄰居提過，奶奶的大女兒帶著兩個孫子回來。」闔母轉頭望著窗臺，上面擺著一個盆栽，裡頭種植一棵樹幹被彎曲雕型的小樹，「那盆日本楓就是妳外婆送的。」

「媽，妳不要毀了林奶奶的名聲。」闔末綸坐在單人沙發上，左手抱著一本書，嘴裡咬著筆桿吐槽。

「好嘛好嘛！」闔母瞪了大兒子一眼，「奶奶送我的時候，枝葉修剪得極美，還得過『盆栽獎』第一名，現在被我養壞了。」

夏夕瑀莞爾一笑，聽到盆栽得獎時，好奇地問：「阿姨，請問我外婆是做什麼的？」

「她是很有名的花藝家。」

Chapter 02 B615星球的孤單

「花藝……指的是插花嗎？」夏夕瑀疑惑地問。

「不只是插花，還有花束設計，像新娘捧花、壁飾、花環、禮花、人體裝飾、盆栽……這些都是。」閻母詳細解釋。

「喔，原來如此。」她點頭。

「妳的外婆，她在國內外的花藝競賽得過許多獎，後來還當上花藝協會的理事長，也在大學園藝系裡任教過，退休後就在山莊的活動中心授課，她的學生不乏政商界的貴婦和千金。」

夏夕瑀驚訝，沒想到外婆的來頭這麼大，卻同時覺得遺憾，因為從小到大，她不曾見過外婆，第一次見面卻是她的葬禮。

「我也是妳外婆的學生。」閻母微笑指著自己。

「咳。」閻末綸乾咳了一聲。

「好啦，是不成材的學生。」閻母埋怨地覷了兒子一眼，「對了，若媛的結婚日決定了嗎？」

「小阿姨要結婚？」

「嗯，去年年底，若媛本來要和鈞澤結婚……就是貓球咖啡的老闆，結果妳外婆的病情加重，兩人的婚事就擱下了，前幾天聽她說，會依照禮俗在百日內完婚。」

原來貓球咖啡的老闆，是小阿姨論及婚嫁的男朋友！夏夕瑀腦海浮現他戴著眼鏡的臉，穿著圍裙的模樣，有點呆、有點隨性，也有點可愛。

「哎，別聊這個，吃吃看阿姨做的蛋糕。」閻母熱情地指著桌上的蛋糕，「末綸和末風幫我弄了一個部落格，我現在在上面寫食譜和美食心得。」

夏夕瑀端起蛋糕吃著，入口的巧克力綿密香甜，微微抬眼，看到閻母滿臉期盼地望著自己，她綻開笑容：「這是銀河系最好吃的蛋糕！」

閻母聽了臉上一樂。

「銀河系……完蛋！要連吃一個星期的蛋糕了。」閻末綸皺眉，一手按著頭，馬上接到閻母的一記白眼，「好吃的話，麻煩小妹妳多吃一點，再外帶一點，不然我和末風快變成雞蛋身材。」

「小綸綸！你媽我將你和小風風養得白白胖胖，不好嗎？」閻母佯裝憤怒地兩手扠腰。

「媽！白白可以，胖胖就算了。」

聽著母子倆鬥嘴，夏夕瑀掩脣一笑，突然想起自己的媽媽……

面對她就像面對皇權至上的女王，她不曾和媽媽這樣拌嘴打鬧過。

片刻，窗外細雨停了，衣服也烘乾了，夏夕瑀換回衣服，在閻末綸的盛情推銷下，外帶了閻母親手做的蛋糕和餅乾，一路哼著歌回到外婆家。

拉開大門，林若媛正在客廳講電話，一見到她進來，馬上掛掉電話吁了口氣：「夕瑀，妳跑去哪裡？我快擔心死了。」

「對不起，我睡不著就出去走走。」夏夕瑀將蛋糕和餅乾擺在茶几上。

「睡不著？妳會認床？」

「不會……」她眼神游移了一下，趕緊轉開話題，「小阿姨，我在公園拍照時遇到一個男生，他沒有帶傘，我就陪他回家，他媽媽長得很漂亮，還送我蛋糕和餅乾。」

林若媛看著桌上的蛋糕和餅乾，恍然大悟，笑問：「妳遇到末綸還是末風？」

「末風。」

「閻家的小酷弟，植夢園的設計師就是末風的爸爸喔。」

「咦！眞的嗎？」原來她踩著人家的地盤，還請他吃拳頭……

「我在會計師事務所上班，閻家開的景觀設計公司，帳務就是我負責的，十幾年下來，大家交情都很好，他們夫妻出國洽公時，還會把兄弟倆寄放在這裡，曾經一住就是半個月。」林若媛解釋兩家的關係。

「難怪閻媽媽和妳很熟的樣子。」原來愛哭包的爸爸是景觀設計師，更沒想到她和他的緣分早有交集，十幾年前就牽著線，這種感覺很奇特。

「妳外婆很喜歡這兩個孩子，當成孫子在疼愛……」說到這裡，林若媛感慨地嘆氣，「如果姊姊早點帶妳和弟弟回來，外婆一定很開心。」

「小阿姨，外婆和我爸媽當年怎麼了？」外婆去世時，連自己的孫子都沒見過，這不是很悲傷嗎？

林若媛深深望著她的臉，思索了半晌後，說道：「簡單講，就是外婆反對姊姊和妳爸爸結婚，她們性格相像，硬碰硬之下，一個威脅要斷絕母女關係，一個就倔強地離家出走。」

「我爸爸不好嗎？爲什麼外婆不喜歡他？」她聽了心裡有些受傷，她不希望爸爸被討厭。

「夕瑀，大人的感情世界很複雜，阿姨認爲，妳父親和外婆都去世了，妳也已經長大，過去的事無法改變，就讓它過去吧，畢竟人生是不停往前走的。」林若媛無奈地笑了笑，眼神有些複雜。

夏夕瑀面色一黯，本來還想再問點什麼，但是小阿姨準備要做午飯，最後還是作罷。

下午，林若媛有事外出，夏夕瑀來到客廳的書櫃前，看見幾本花藝教學書，作者正是外婆。她隨便取出一本坐在沙發上閱讀，書封是外婆在插花的照片，雖然是側臉，但專注的眼瞳隱含著威嚴，令觀者感受到說不出的震懾。折口的作者簡介裡寫到，外婆也是五星酒店和精品品牌的御用花藝設計師，書的內容收錄她的專案作品，從大飯店到小臥室，有大器的玄關作品，有小巧的瓶花，花材的構圖和配色就像一幅畫，讓她讀到忘了時間。

傍晚，林若媛買了年菜回來，兩人一起圍爐，吃著簡單又溫馨的年夜飯。

晚上九點多，夏夕瑀抓了一把糖果放進口袋，準備前往植夢園參加歲末聯歡晚會。

「小阿姨不去嗎？」

「剛忙完外婆的喪禮，我想好好休息，妳去玩就好。」

和小阿姨道別後，夏夕瑀步行到植夢園，公園的籃球場架起一座舞臺，四周燈光打得明亮，晚會已經開始了，臺下擠滿觀眾，她只好繞到舞臺右側，那裡視野較差，人潮較少。

當她挑了個空隙站定時，身後突然傳來幾個男生的說話聲。

「團長，小閻王沒來嗎？」

「他腳痛，下不了床，被我媽終生禁跳了，今晚就我們七個人表演。」

「終生禁跳？這麼嚴重啊……」

當中有個熟悉的嗓音，夏夕瑀好奇地轉過頭，公園右側的照明燈直直照射過來，她雙眼一瞇，伸手遮擋刺目的光線，眼前一陣晃動，幾道身影從高疊的塗鴉木箱上躍下，挾著寒風快步穿過她身側。

「接下來，是由幾個小帥哥組成的舞團『Fight!』，所帶來的街舞表演！」

主持人介紹完後，七道修長身影躍上舞臺，少年們穿著金色和銀色亮面T恤，頭上紮著頭巾，或站或蹲，架勢一擺，壓下現場的嘈雜。

中國風舞曲的前奏響起，七個人動作一致，身姿隨鼓音的頓點擺動，然後跟著節奏加快，幾個快速踢踏的小地板動作出現，臺下觀眾的情緒逐漸被帶起，紛紛配合節拍擊掌。

舞曲的中段，鼓樂、笛聲和箏音氣勢滂湃的合奏環繞舞臺，少年們開始展現肘拋、背轉、大風車、頭轉……等高難度的大地板動作，在舞臺聚光燈照耀下，他們身上的衣服燦燦發亮，彷彿七道金銀色的流光閃動，觀眾們因七人炫麗的舞技而興奮，又是歡呼又是鼓掌。

此起彼落的掌聲中，夏夕瑀直直望著舞藝超群的闊末綸，突然明白一件事——愛哭包和他們是一團的。

腦海浮現闊末風站在公園哭泣的景象，就像鋼琴家不能失去雙手，喜愛跳舞的人也不能失去雙腿，現在的他，會不會一個人躲在棉被裡哭泣？

樂音終止，臺下掌聲如雷，七個人鞠躬準備下臺。

「等一下！」主持人突然叫住團員，「看到臺下尖叫成這樣，各位自我介紹，Solo一下吧。」

即興的音樂奏下，團員們馬上退到舞臺後方，頭紮金色頭巾的闊末綸就地一滾，秀了幾個肘拋加大風車，現場觀眾尖叫連連。

Solo結束，他跳到主持人身邊，接過麥克風介紹道：「大家好！我是『Fight!』的團長闊末綸，今年大四，我們舞團成立六年，團員都是熱愛跳舞的鄰居朋友。」

「有沒有女友？」主持人握住他的手，抓過麥克風問。

闊末綸搖頭輕笑，右手一揚介紹其他團員出場，團員們一個接一個出場即興秀舞技。

「壓軸是最小的團員，承昊！」

身穿銀色T恤，身材瘦削的帥氣男孩以一個後空翻出場，幾個地板動作加單手撐轉後，一路跳到闊末綸身邊，搶過麥克風詳細自我介紹：「大家好！我叫汪承昊，今年國三，興趣是跳舞和唱歌，沒有女友！」

「要不要清唱一段？」主持人起鬨。

麥克風從右手拋到左手，汪承昊笑容一斂，馬上展現歌喉：「阿嬤妳今嘛在叨位，阮在叫妳，妳甘有聽到……阮的認眞甲阮的成功，妳甘有看到……」

夏夕瑀差點笑出來，跳街舞的男生，唱的竟是充滿本土味的台語歌，這反差感太大。

不過，他已達到吸引眾人目光的目的，因爲他的歌聲眞的不錯，對著天空高唱的表情相當深情，觀眾們也給予熱烈掌聲。

一曲唱畢，汪承昊露出燦然笑容，像個天王巨星般朝臺下揮手：「大家的熱情我聽到了！那就再獻唱一曲……」

「對不起！」闔末綸一把搶走他的麥克風，「這傢伙是觀眾越拍手，他就越嗨，唱到天亮也唱不完。」語畢，他一手拎住汪承昊的後領，將他硬拖下臺。

「不！團長！我和可愛的麥克風兩心相許，海枯石爛至死不渝，你不要狠心拆散我們！我還要唱！」汪承昊哇哇大叫，雙手在半空呈划水狀，逗得臺下一堆小朋友哈哈大笑。

下臺後，七個人邊打鬧，邊從舞臺旁繞回塗鴉木箱，拿起放在上面的外套和背包，夏夕瑀走過去，伸指戳了一下闔末綸的背。

闔末綸轉頭發現她時，面色微訝：「夕瑀，妳一個人來嗎？若媛阿姨呢？」

「小阿姨沒有來。大哥，你們剛才跳得好棒，跟電視明星一樣！」她稱讚。

闔末綸謙虛地笑了笑。

「那個……末風，他也是舞團的一員嗎？」

和其他團員聊天的汪承昊，突然轉頭盯著夏夕瑀。

闔末綸點頭，一邊穿起外套說：「末風很喜歡跳舞，他小學三年級和我一起拜師學舞。去年十二月中旬，他起床時雙腳突然痛到不能動，我爸媽帶他看醫生，西醫說是腰椎受傷，要長期復健，中醫說是坐骨神經痛，要針灸推拿。」

「原來如此……」

「至少要休養半年，末風做了熱敷和電療，雖然比剛開始的不能走路好上很多，不過天氣變化時，腳痛還是經常發作，輕微點是腳痠，嚴重點就像今天早上，痛到無法走路。」

夏夕瑀想起這幾天剛好寒流來襲，昨晚又開始下雨……

「街舞和做其他運動都一樣，熱身不夠或場地不良時，都有可能造成長久的運動傷害。」說到這裡，閻末綸神情帶著一絲自責，淡淡嘆了口氣，「我是團長，他是團員，還是我的弟弟，沒把他照顧好，全是我的責任。」

「大哥，這個送給末風。」她從口袋裡掏出糖果，撿出幾顆巧克力放到閻末綸的掌心裡，「生理期吃巧克力，心情會變好。」

「生理期？妳有沒有搞錯？」汪承昊一臉不悅走到她面前，右手拇指點著自己的胸口，「我麻吉，閻末風，他是個男生欸。」

「『送給末風』的後面，我有打句號做分隔。」她伸指在半空畫了個圓。

「誰看得到對話裡的標點符號？」他腦筋轉不過來。

「我看得到，你剛才那句話結尾是問號。」

「妳——」

「破折號。」

「這太扯了！」

「驚嘆號。」

兩人你一言、我一句，爭到額頭幾乎抵在一起。

閻末綸雙手按住兩人的肩頭，用力分開，忍著笑說：「承昊，她指的是末風的心情，應該跟她生理期一樣鬱悶吧，所以想送他巧克力。」

「奇怪的女生，說話沒頭沒尾的……」汪承昊嘟囔。

「夕瑀，今天晚上圍爐時，末風把自己鎖在房間裡，家裡的氣氛有點糟，我會把巧克力和妳的心意傳達給他。」閻末綸將巧克力收進口袋，朝她擺了擺手道別。

待閻末綸和其他團員走遠後，汪承昊防備地雙臂抱胸，面帶笑容，卻稱不上友善：「喂！從幼稚園到國中，末風身邊的蟑螂螞蟻總是趕不完，妳是不是喜歡他？」

夏夕瑀搖搖頭。

「少假了！妳以爲趁他身體不舒服，送巧克力關心，就能讓他喜歡上妳嗎？我告訴妳，妳不了解他的個性，這樣做只會讓他的心情更受傷，情緒更低落。」

「所以說……」她一手摸著下巴，很認眞地思考，「打他會更好。」

「嗄？」出乎意料的答案，汪承昊笑臉僵住，「妳打過末風？」

「今天早上，他在公園淋雨……」

「妳就是夏小怪？」

「愛哭包跟你哭訴他被打嗎？」

「愛哭包？」他又傻了幾秒，接著噗哧笑出，「我們是通過電話……原來那個野蠻女就是妳呀！」他邊笑邊轉身，走了幾步又回頭，別有深意地望她一眼。

夏夕瑀讀不懂他的眼神，也不想研究，轉身欣賞舞臺上的魔術表演。

晚會持續到凌晨十二點，臺下的觀眾跟著主持人一起倒數，在秒數歸零時，煙火衝上夜空，在黑絲絨般的天幕上綻放絢爛光彩。

震耳的爆裂聲中，夏夕瑀澄淨的眼眸倒映著七彩花火，一顆心卻無力地下沉。

日復一日，年復一年，時光不斷向前推移，她每天都在祈禱，希望時間能夠變慢，最好永遠停止不前，最好能讓她永遠不要長大。

因爲每過一年，她就離爸爸越來越遠……

爸爸的名字叫夏彥勤。

身材高高瘦瘦的，臉上戴著一副眼鏡，他是建設公司的工地主任，經常跑建築工地巡視施工進度，所以皮膚曬得有點黑。

別人家小孩的床邊故事是《伊索寓言》或《安徒生童話》，但她的床邊故事不同，爸爸的書櫃上有成套的科學百科和雜誌，每天晚上睡覺時，他會隨便抽出一本讀給她聽。

「光年，是光寶寶跑了一年的路長，一秒可以繞地球七圈半，從太陽跑到地球只要八分鐘……」

剛開始，夏夕瑀抱著熊胖躺在床上，期待聽到光寶寶的歷險故事。

「當光寶寶在空氣中遇到水寶寶時，光寶寶還會像漩渦鳴人一樣，使出影分身之術，分成紅、橙、黃、綠、藍、靛、紫七個小光寶寶，他們手牽手就變成彩虹……」

一分鐘後，她的眼皮垂了下來，眼神開始呆滯。

「夕瑀今年七歲，假如妳跑得比光寶寶快，到一光年外的宇宙，就可以攔截到妳六歲的影子……」

又一分鐘後，她的眼皮沉重地闔上，直接夢周公去。

爸爸笑說：「這是三分鐘催眠法。」

聽了幾年的科學床邊故事後，夏夕瑀懵懵懂懂記住了一些專業詞語，上學後才能跟數學和自然老師對談幾句，但是同學們都聽不懂她說的話，覺得她臭屁又愛現。

其實她不喜歡聽科學故事，但是爸爸在談論天文物理時，炯炯有神的雙眼，活靈活現的神情，讓她覺得他是全宇宙最帥氣的老爸！

夏彥勤時常關注天文和科學新知，每當新聞報導彗星經過、流星雨、日月蝕、金星映月……他總會帶著女兒到頂樓欣賞，父女間有聊不完的話題。

夏夕瑀深刻記得八歲那年，二月十四日情人節晚上，爸爸兩手背於身後，一臉神祕來到她的床前。

「夕瑀，妳知道宇宙中最大朵的玫瑰花在哪裡嗎？」

「在地球上嗎？」

「不對。」

「在水星上？」

「不對，再猜看看。」

當夏夕瑀把八大行星全念完後，爸爸搖了搖頭，接著從背後拿出一張圖片，獻寶地說：「鏘鏘！是位在麒麟座的玫瑰星雲！這是美國太空總署NASA的『每日天文一圖』，今天公布在網站上的星雲圖，宇宙中最大朵的愛情花。」

「哇！好漂亮。」那是夏夕瑀第一次看見玫瑰星雲的照片，紅色氣體塵埃中閃著寶石般的星光，像一朵沾著露珠的紅玫瑰。

「這是爸爸最愛的星雲，妳看它中央的空洞，直徑有五十光年那麼長。」夏彥勤指著圖片中央，眉飛色舞地解說，「等夕瑀長大後，如果男朋友要送花，就叫他把錢存下來，買個望遠鏡帶妳看玫瑰星雲，這絕對是全宇宙最浪漫的事！」

「好啊，和男朋友一起看玫瑰星雲！」

「可是這樣，爸比又會忌妒。」

「那我和男朋友帶爸比一起看玫瑰星雲！」

「好！爸比要當最亮的電燈泡。」

夏夕瑀伸出小指，夏彥勤也伸出小指勾住她，兩人拉拉手指定下約定。

同年的五月，溼答答的梅雨季，夏夕瑀感冒加腸胃炎發燒了兩天，整個人病懨懨地躺在床上，爸爸請了兩天假照顧她。

燒退後，夏彥勤拉著她的手按在他的額頭上，一臉開心地說：「夕瑀，妳摸看看，感冒病毒被爸爸全部抓起來，這代表妳的病快好了，過兩天就能活蹦亂跳去上學。」

掌心下的肌膚微微發燙，讓人不禁擔心，但她卻被爸爸的表情逗笑了。

後來她的感冒痊癒，卻換成爸爸病倒了，但他沒有在家休息，吃了藥撐著身體巡視工地，竟失足從五樓高的鷹架跌落……

後面的記憶突然消失，像腦中有一道斷層，夏夕瑀一直回想不起來。

當記憶再次清晰時，是社工阿姨陪她坐在沙發上，隔著茶几，對面坐著媽媽。

媽媽和爸爸在她兩歲時離婚，她對媽媽的臉完全沒有印象。

會談結束後，夏夕瑀抱著熊胖跟著媽媽回家，面對穿著黑色套裝像個女強人的媽媽，她感覺非常陌生，不知道怎麼讓她喜歡自己。

小手試探地拉住她的手，媽媽也回握住她，掌心的溫暖傳進她的心房，仰起臉，發現媽媽也在看她。

「媽……」夏夕瑀怯怯地微笑，緊張地找話題聊，「妳、妳知道愛因斯坦嗎？」

媽媽看著她的眼神漸漸變暗。

「爸爸說，愛因斯坦很聰明，他死掉後大腦被保存下來做研究。」

淡淡的厭惡在媽媽的眼底閃現。

「媽，爸爸還說，阿基米德在洗澡時發現浮力……」

「閉嘴！妳爸爸已經死了，以後不准在我面前提起他！」媽媽突然揮開她的手，長長指甲刮過她的臉。

夏夕瑀緊閉著嘴，臉頰上的刺痛，在她和媽媽之間劃下一道鴻溝……

夜空中，最後一朵煙花散去，新年晚會也畫下句點。

夏夕瑀爬上塗鴉木箱，吹著寒風看著四周觀眾散場，工作人員收拾舞臺器具，絢爛後的寂寥像潮水般湧來。

多年來她常常想，要不是她把感冒傳染給爸爸，爸爸就不會孤單地留在七年前，媽媽也不用收留她這個大麻煩……

她坐著發呆，直到公園的照明燈熄了，她才滿臉落寞走回阿姨家。

洗完澡上床時，突然感覺喉嚨有種沙沙的異樣感，身體明明很累了，卻怎麼也睡不著，漸漸地，她的全身開始發冷顫抖……不知躺了多久，一隻手溫柔地撫上她的額頭，她睜開眼睛，看見林若媛坐在床邊。

「想叫妳起來吃飯，沒想到妳在發燒。」林若媛皺起眉頭，擔憂地望著夏夕瑀燒紅的臉，「大年初一，附近的診所都休息了，該怎麼辦？」

「我不要看醫生，我想睡覺……」她拉起棉被掩住臉，悶著聲說：「小阿姨離我遠一點，不要被我傳染感冒。」

林若媛沒轍地起身，拿來退熱貼敷在夏夕瑀的額頭上，她昏昏沉沉躺著，感覺全身肌肉都開始痠痛時，又突然被搖醒，這次房間裡多了一個人。

張鈞澤在床畔蹲下來，朝她爽朗地笑道：「嗨！原來妳是若媛的外甥女，我們見過兩次面，記不記得？」

「貓老闆你好……」夏夕瑀回給他一記虛弱的笑。

「夕瑀，我叫鈞澤開車載我們到大醫院掛急診。」林若媛握住她滾燙的手。

「不要，我想睡覺……」

「一直昏睡不行，不然先起來吃個飯，阿姨拿退燒藥……」

「我不要吃飯！不要吃藥！不要看醫生！」她的情緒變得激動，眼角盈著淚光，伸手在牆角和棉被間找尋什麼，「我只要熊胖、熊胖……」

「熊胖是什麼？」林若媛柔聲問。

夏夕瑀愣了一下，羞窘地搖頭，又拉起棉被蓋住臉。

「若媛，要不要打個電話問妳姊姊？」張鈞澤小聲建議。

「好。」

林若媛和張鈞澤一同走出房間，之後就沒有再進來。

夏夕瑀昏昏沉沉躺著，身體忽熱忽冷，熱的時候像火在烤，冷的時候像墜入冰谷裡，不知躺了多久，突然聽見書頁翻動的聲音。

睜開眼睛一瞧，一道身影優雅地坐在旁邊的椅子上，那人的大腿上趴著一隻虎斑貓。

視線緩緩上移，橙黃色的燈光映在閻末風眉目俊秀的臉龐上，柔和光影襯托他沉靜的氣質，他一手拿著書本閱讀，一手溫柔撫著貓咪的背，貓咪正舒服地發出呼嚕聲。

Chapter 03 心動一刻

「愛哭包……你怎麼在這裡？」夏夕瑀翻身坐起，被子一離開身上，她就冷得發顫，趕緊一把抓起棉被將自己從頭到腳裹得密不透風，只露出一張小臉。

「我媽要我送瑞士卷來，若媛阿姨剛好要外出，就被她托嬰了。」閻末風抬頭睨她一眼。她包成肉糰子的模樣，加上憔悴慘白的臉色，和眼睛下方沒睡好的兩圈黑輪，活像神隱少女中的無臉男。

「瑞士卷……」發燒讓她反應慢半拍，聽到有瑞士卷可以吃時，滿臉開心，思路一往後走又馬上變臉，氣鼓著雙頰，「我不是小嬰兒！」

「哼！哭鬧說不吃飯、不吃藥、不看醫生，這不是小嬰兒嗎？」他口氣涼涼地說。

「我哪有哭鬧？」

「這裡的樓梯間反射聲波時會產生共鳴，我在樓梯口聽得一清二楚。」

「你、你接收到的是宇宙的謎之聲！」

「宇宙沒有空氣做介質，是無法傳遞聲音的，就算是星星大爆炸，地球上也聽不到任何聲音，只能看見爆炸的光。」

「你、你聽到是地球的四度空間……」

「我沒有陰陽耳，」他肯定地打斷她的話，「我聽到的是，來山莊度假的B615星球的三度空間的夏小怪的哭聲！」

「你——」不也愛哭！她紅著臉瞪他，到嘴邊的話又憋回肚子裡，雖然很想反擊，但她不是拿人家的身體病痛大作文章的沒品之人。

不過她自認有品，可他卻沒有同情心，見她吶吶說不出話，完全不留情面地吐槽：「妳幫我撐傘，結果自己反被感冒打敗，身體都顧不好了，還管別人的事。」

「我、我是代替你承受感冒的！」她硬拗。

「好笑！」閻末風擱下書本，右手撐著好看的臉龐，脣角一撇，「妳怎麼證明妳的感冒是代替我？說不定病毒早就潛伏在妳的身體裡，只是延到今天才發病。」

「就算、就算病毒早就潛伏了，也是替你擋風遮雨才誘發。」她再拗。

「呵，擋風遮雨是妳自願的，關我什麼事？」

「愛哭包你……冷血！自私！」她拔高的嗓音吵到閻末風腿上的虎斑貓，牠眼神警戒地跳起來。

「夏小怪，爲了病人的身體著想，請保持安靜，不要過度激動。」他輕揉貓咪的耳朵，牠翹起屁股伸展身體，轉了個方向趴睡。

病人是她欸！夏小怪也是她欸！所以病人等於夏小怪欸！

夏夕瑀腦袋燒糊了，還順著他的話意去推敲其中的關聯性，思緒轉了一圈才理解出他在嫌她吵，氣炸地指向門口：「爲了保持病人夏小怪的好心情，你出去！」

「我是很想走，不過若媛阿姨有交代，所以在她回來之前，我會一直待在這裡。」閻末風不爲所動，慢悠悠地拿起書本。

「嗚……討厭鬼！」趕不走他，夏夕瑀倒回床上抱著棉被左翻右滾，發燒加兩天沒睡好，心情越來越煩躁。

閻末風低頭看書，完全無視床上像毛毛蟲般蠕動的生物。

夏夕瑀埋在棉被中哼哼唉唉了半晌，突然聽見書桌那邊傳來奇怪聲響，掀開棉被一角偷瞄了眼，這一看不得了！愛哭包他……他……他他他竟然在殺瑞士卷！

她瞪大眼看著他拿起小刀，切下一圈瑞士卷放到紙盤上，螺旋狀的蛋糕塞滿粉紅色奶油，裡頭夾著一顆顆草莓，濃濃的草莓香氣瞬間彌漫整個房間，她的肚子不爭氣地咕嚕叫。

「想吃嗎？」閻末風叉起一大塊蛋糕含進嘴裡。

夏夕瑀一臉哀怨地瞪著他。

「嗯？」他抽出叉子，挑眉看了看她。

「我……口以吃嗎？」

「可以，這是我媽做來送妳吃的。」

「真的？」她很快地爬起來，跪坐在床上眨巴著眼睛。

閻末風拿起刀子，切了薄薄一片瑞士卷放在紙盤上，目測大約5mm厚，夏夕瑀伸手接過，雙手竟無力地輕顫，叉子從指縫間落到棉被上。

「我餵妳。」他輕輕嘆氣，拿過她手裡的盤子，叉了一塊蛋糕遞到她嘴邊。

夏夕瑀無比感動，張口咬向蛋糕，閻末風突然抽開叉子，她一咬落空，五官馬上揪成一團。

「我覺得……」他的眼神帶點戲謔，再一次將蛋糕遞到她脣邊。

她立刻含住蛋糕，濃郁的草莓香氣在舌間漫開，她心花怒放，一臉期待地等他接話。

「我好像在餵狗。」

夏夕瑀惡狠狠地瞪他，嘴巴繼續嚼嚼嚼，彷彿將他連蛋糕一起嚥下肚。

薄薄的一片瑞士卷三口就吃完了，閻末風收回紙盤，將包裝盒蓋蓋上，露出燦笑：「剛才是開胃點心，剩下的是飯後甜點，正餐妳想吃什麼？」

「不要！我不要吃飯！」夏夕瑀彷彿被雷劈到，倒回床上抓起枕頭埋住自己的頭。

吃完甜食反而挑起食慾，肚子發出非常慘烈的咕嚕聲，她怎麼那麼笨！就這樣著了他的道！

看夏夕瑀還是不肯吃飯，不知道在固執什麼，閻末風重新坐回椅子上看書，懶得再動心機整她。

「嗯！哼哼哼哼……」她全身骨頭痠痛，持續在棉被裡怪叫。

他嫌吵地皺眉，看著不斷蠕動的棉被，突然想起什麼：「夏小怪，妳的B615星球長什麼樣子？」

夏夕瑀停止呻吟，從被窩裡探出腦袋瓜，喘了一口氣說：「B615星球上有兩個月亮，一個金色，一個藍色。」

「恐怖。」他的腦海中浮現一幅景象，「黃色加藍色等於綠色，妳的星球晚上是像鬼片的慘綠色？」

「才不是！它們是輪流出現的，一天是金色月亮，一天是藍色月亮。」她強辯，停了一下繼續說：「B615星球的地心引力比地球小，可以兩手抓著扇子大的樹葉，用力一跳飛上半空，再拍著樹葉慢慢飛行和降落。」

「如果樹葉在半空中掉了，人不就摔死？」他眼神變得無神，像一泓死水。

「才不會，星球上的草地很軟，掉下來也不會受傷。」她解釋，一臉陶醉地閉起眼睛，「森林裡的花草長得比我高，下雨時，我可以坐在花朵下躲雨；天氣晴朗時，我可以趴在花心上曬太陽。」

「其實，未必是花草長得比妳高，而是妳縮小了。」這少女趴在花心上的畫面，很像國小生會畫的圖，這傢伙是沒成長，還是腦袋退齡了？他完全無法理解。

「對耶！應該是我縮小了。」她一臉崇拜望著他，因為她從來沒想過是花草巨大化了？還是自己縮小了？

「縮小後……」閻末風見她又被套住話，嘴角閃現一絲戲謔，「狗大便會跟山一樣高，一泡尿就能夠淹死妳，妳可以騎著蟑螂兜風，牽著螞蟻去散步。」

「噁……」她的臉色一陣青，翻身坐在床上，摀著嘴巴乾嘔，「我的星球沒有那些東西，上面只有我……和熊胖……嘔……」

「只有妳和熊胖？那眞無聊。」

夏夕瑀一愣，聽他的口氣好像知道熊胖是什麼……不可能！她和他只見過一次面，連小阿姨都不知道熊胖是什麼，他怎麼可能知道？

「我無聊的時候，會有星際訪客來拜訪，你想不想看牠們的模樣？我畫給你看。」她馬上轉開話題。

「不要。」依她的腦袋和想像，應該不是什麼可愛的東西，「妳什麼時候開始住在B615星球？」

夏夕瑀的眼神突然轉為膽怯，望著他平靜的臉龐，猶豫了半晌後才答：「八……八歲的時候。」

閻末風沒表情地望著她，心裡不知道在想什麼，兩人陷進冗長的沉默裡。

此時，房門突然打開，兩道身影走進來，夏夕瑀看見林若媛抱在懷裡的泰迪熊時，瞬間漲紅整張臉，羞窘到無地自容。

「夕瑀，」林若媛舉起熊胖，語調轉為強硬，「熊胖叫妳要先吃飯，再吃藥，然後乖乖睡個覺，不然……不然……」

「牠就永遠不理妳！不當妳的朋友！」張鈞澤接口威脅。

閻末風看著頭低到不能再低的夏夕瑀，又看向林若媛手裡的泰迪熊——咖啡色的小捲毛，圓嘟嘟的身體，脖子上繫著一個紅色蝴蝶結，模樣非常可愛。

隔了半晌，夏夕瑀細如蚊蚋的聲音傳來：「好……我要吃飯……吃藥……」

林若媛和張鈞澤對視一眼，同時鬆了一口氣，再轉頭朝閻末風感激一笑，隨後來到床邊將泰迪熊遞給夏夕瑀，她伸手接過熊胖緊緊抱在懷裡，小臉輕輕蹭著牠的頭頂。

「我去炒幾個菜。」林若媛微笑說。

「我來榨檸檬汁，加點蜂蜜，喝了感冒會更快好。」張鈞澤溫柔地摟住林若媛的肩，一同走出房間。

閻末風收好書本，拿起披在椅背上的外套穿上。

「愛哭包，你要回家嗎？」夏夕瑀抱著熊胖跳下床，一手揪住他的衣角。

「嗯。」

「你……沒有話要說嗎？」

「說什麼？」

「是不是覺得……我有病？」

「對！妳有病。」閻末風扯回衣角，轉身走向門口，「妳有幻想症，還有戀物癖，妳腦袋想的東西沒有規則性，讓我不能理解。」

幻想症！戀物癖！沒有規則性！連續三把箭直射進心口，夏夕瑀一臉受傷，赤著腳站在冰冷地板上，眼淚滑下臉頰掉在熊胖的頭頂。

她以為他和別人相比，至少有一點的不同。

聽見她的啜泣聲，闔末風在門邊停住腳步，微微一嘆：「但是……」

但是？

她淚眼望著他的背。

「但是，愛因斯坦說過：『想像力比知識更重要。因爲知識是有限的，而想像力是無限，它包含一切，推動著進步，是人類進化的泉源。』」

「什麼意思？」她一時聽不明白。

「現在的想像，也許是未來的科學，科學家們都有異於常人的想像力，他們終其一生研究一項理論，這也是一種戀物般的執著。」語畢，他昂起下巴，頭也不回地走出房間。

看著闔末風的背影消失在門口，夏夕瑀呆了半晌才回神……雖然他說她有病，但是他沒有說出「討厭」兩個字，這就代表他不完全討厭自己，還是有機會可以當朋友。

「熊胖！愛哭包眞的和別人不一樣！」

她綻開笑容，舉起熊胖轉了一圈，心情非常感動。

她覺得有些輕飄飄、有點不知所措、還有一點點的空虛感，就好像身體裡有一部分的自己，在闔末風離開的時候也一併被勾走了。

當天晚上，因爲熊胖的關係，夏夕瑀乖順地吃了飯、服了退燒藥、洗了個熱水澡，最後抱著熊胖窩進棉被裡，不到一分鐘就熟睡了，這是她來到阿姨家的三天，頭一次睡得如此舒服香甜。

張鈞澤調配的蜂蜜檸檬水非常有效，夏夕瑀睡到隔天早上十點多起床後，喉嚨的腫痛消退不少，精神和氣色都比昨天好很多。

和熊胖交換過早安吻後，她下樓來到客廳，林若媛正坐在沙發上看電視。

「早安。」她在小阿姨的身邊坐下。

林若媛抿著笑說：「半夜探視妳有沒有再發燒時，夕瑀抱著熊胖睡覺的模樣眞可愛，一隻手還捏著牠的耳朵，害我好想偷拍一張。」

「小阿姨不要取笑我啦……」捏熊胖耳朵是小時候聽爸爸講床邊故事的小動作，她的小臉一陣窘紅，瞥見電視正在播日劇，趕緊轉移話題：「妳、妳喜歡看日劇呀？」

「我國高中的時候很迷日劇，到現在快四十歲了，每一季還是會追個一、兩部。」

「快四十歲？」她驚訝地望著林若媛沒有上妝的臉，膚質白皙細緻，「小阿姨看起來像三十歲。」

「妳的嘴巴眞甜。」林若媛嬌羞地笑起來，「其實我小妳媽媽一歲，今年都三十七嘍，只是長得娃娃臉，身材比較嬌小，衣服穿得年輕一點，就騙過不少人，連鈞澤都小我兩歲呢。」

「小阿姨和鈞澤叔很相配。」提到張鈞澤，夏夕瑀想起昨天發生的事，吶吶地問：「妳昨天是……打電話問媽媽……熊胖的事？」

「嗯，知道熊胖是妳從小到大的玩伴後，我和鈞澤決定接牠過來，就請末風先照顧妳。」

「所以……末風也知道熊胖？」

「我走到樓梯口遇到他，打電話給姊姊時，他就站在旁邊聽呀。」

愛哭包竟然偷聽她的小祕密！原來他早就知道熊胖是什麼，難怪沒有疑問。

「夕瑀，昨天我和姊姊談了妳的事。」林若媛突然斂起笑容。

「媽媽她……」她黯然地垂下臉，「是不是說我有心理疾病？」

林若媛搖頭：「阿姨覺得妳的個性很獨特，只是姊姊的事業忙碌，沒耐性和孩子溝通，所以我想……妳要不要轉換個環境，來阿姨家住一陣子？」

她傻住。

「我跟姊姊提了這件事，她沒有意見，說妳願意就行。」

夏夕瑀聽了心裡非常難過，在媽媽把決定權丟給她的那一刻，事情已成定局。

這些年來，她一直覺得自己的存在，像丟進水池裡的石頭，擾亂了一個家庭的寧靜，她很想還給媽媽原來的空間，而這個想法，媽媽心裡其實也明白。

「如果小阿姨和鈞澤叔結婚……」她微笑著問，眼淚卻掉下來。

林若媛心疼地抹去她臉頰上的淚，溫柔地說：「這兩年，我一直守在病床邊照顧妳外婆，現在突然很想自由一陣子，所以不會在百日內結婚，鈞澤昨晚也答應給我時間，就算以後結婚了也不會丟下妳，一定會接妳過來當免費傭人。」

夏夕瑀噗哧一笑，心裡掙扎了幾秒，終於含淚點頭。

轉學和小阿姨共同生活的事，就這麼定了。

過完農曆年，離學校開學只剩一個星期，時間非常匆促，夏夕瑀回家收拾衣物和課本，接著處理遷戶口的事宜，以及辦理轉學手續。

開學的前一天，林若媛和張鈞澤開著小貨車來接她，夏夕瑀望著收拾一空的房間，心裡難過又不捨，她拿起背包轉身要走時，突然看到媽媽站在門口。

林若雪默默望著女兒，說道：「妳和妳爸爸長的很像，個性和說話方式也像，尤其是看人的眼神……」

「媽媽很討厭爸爸嗎?」夏夕瑀鼓起勇氣問。

「Curiosity killed the cat.」林若雪的眼神相當複雜，這意思是:好奇會殺死一隻貓。

夏夕瑀沮喪地走向門口，她明白媽媽不要她過問太多，因爲過去幾年，媽媽常拿這句話來搪塞她的疑問。

「夕瑀，在不同人的心裡，關於某個人的回憶會有很多種面相。」背對著女兒，林若雪的眼中閃過一抹苦楚，「所以，不要過問別人對妳爸爸的回憶，因爲那份回憶不屬於妳，同樣的，也不要將妳對爸爸的回憶加諸在他人身上，因爲那份回憶只屬於妳。」

夏夕瑀大吃一驚，這是媽媽第一次解釋不談論爸爸的原因，這段話的意思是:她認識的好爸爸夏彥勤，和媽媽認識的前夫夏彥勤不同，所以多年來，媽媽才不准她談起爸爸嗎?

離開家後，她坐在車上，心裡不斷思索這個問題。

兩個小時的車程過去，回到梅藝山莊，夏夕瑀打開房門時，驚訝地發現房間被重新布置過，牆壁粉刷成玫瑰白，家具也全部換新。

她一手抱著熊胖，一手摸著床架上的白色紗幔，看著造型典雅的書桌和衣櫃，綴著蕾絲花邊的粉藍色窗簾和碎花床單，原本裝潢呆板的客房變成夢幻的少女房間。

「原本想買一套可愛一點的床單，和鈞澤挑著挑著，就越挑越多，好像在布置自己女兒的房間。夕瑀，喜歡嗎?」林若媛捂著心口，擔心她不喜歡自己挑選的家具。

「謝謝小阿姨和鈞澤叔，我很喜歡，熊胖也喜歡。」雖然她對粉藍粉紅的喜好，比不上深藍和黑色，但是小阿姨的心意讓她非常感動。

「喜歡就好。」林若媛鬆了口氣，和張鈞澤相視一笑。

三個人將行李搬進房間後，張鈞澤回咖啡店處理事務，夏夕瑀開始拆箱，將衣服擺進衣櫃，林若媛也幫忙整理，拿起美工刀想拆開一個外觀陳舊的紙箱。

「啊！這個箱子不能拆。」夏夕瑀突然伸手護住箱子。

「這裡面裝著什麼？」

「裡面……封著風暴之眼，拆開時會引起暴風雪摧毀B615星球。」

林若媛愣了一下，領悟到箱子裡可能裝著她父親的遺物，微微一笑：「我明白了，我不會動它，我們一起……保衛B615星球。」

「好。」她滿臉感激，將箱子推進床底下藏著。

決定轉學後，現實的問題也接著來，夏夕瑀要重新適應新學校的生活，也要讓新同學接納言行古怪的她，這讓她非常不安。

「小阿姨，我可以轉到末風的班級嗎？」雖然只見過他兩次，但是班上有認識的人，總是比較有安全感。

「末風啊……」林若媛爲難地皺眉，「他讀梅藝國中的數理實驗班，要轉進去的話，妳的數理成績必須很好。」

「很好的意思，是指數理成績全部要一百分嗎？我的數學差了點。」

「這……我看看。」林若媛拿起資料袋，抽出夏夕瑀從原學校申請的成績單，翻開第一頁時呆了一下，接著翻開第二頁和第三頁，雙眸逐漸瞪大，「生物、理化、地科……國一到國三的月考和小考全部滿分，其他科成績也都在滿分到九十五分之間，名次全班第一！校排前十！」

「我考不到校排第一讓媽媽開心。」她有些沮喪，媽媽從來沒有誇讚過她的成績。

「不！姊姊的成績沒有這麼好，妳比她還棒！」林若媛握住她的肩膀，語氣激動，「這樣就好說話了，明天阿姨會盡力和學校溝通，讓妳轉到末風的班級，最好和他坐在一起。」

翌日，梅藝國中的開學日，早晨的校園非常熱鬧，全校同學都在進行大掃除。

林若媛辦完轉學手續，夏夕瑀配合學校做了測驗後，時間已到了第二堂上課，她跟著教務主任走向三樓的九年級教室。

主任沿路對她解說班級概況：「九年一班是數理實驗班，班上有三十個同學，男生二十六個，女生只有四個，班導是理化老師。」

來到教室門口，教室裡傳來一陣騷動：「來了來了！轉學生是個女生耶！」

班導是個四十多歲的中年男子，身材高壯，聲音有些粗獷：「各位同學，這學期有個轉學生進來，大家要好好相處，我們先請她自我介紹一下。」

歡迎的掌聲中，夏夕瑀走進教室站上講臺，爲了給大家好印象，小阿姨幫她在瀏海上夾了可愛的髮夾，還教她睁大眼睛，側著臉微笑，說這樣可以萌到理科小宅男的心。

「哇！笑起來好可愛！」

「好有氣質喔！」

「夏小怪！怎麼是妳？」坐在第二排第五個座位的汪承昊，突然拍桌指著她。

「班長，你認識她嗎？」

「爲什麼叫夏小怪？」

同學們交頭接耳討論著。

好吧！既然被人揭穿身分，再假就不像了。

夏夕瑀肩頭一垂，轉身拿起粉筆，在黑板上寫下自己的兩個名字，自我介紹道：「我的名字叫：卡依珊．星亞．吉莫達斯，來自宇宙的B615星球，地球代號：夏夕瑀。請多多指教！」

彎腰鞠躬，再抬起頭時，教室裡一片靜悄悄，這群梅藝國中的精英，有的人眼神不屑像看著白痴，有的人像看著瘋子，更多是一臉幻滅。

班導也被嚇到了，愣了半晌才乾笑兩聲：「夏夕瑀，妳坐第一排第五個座位。這是國中的最後一個學期，大家要好好相處。」

夏夕瑀走下講臺，在眾人的注視下坐到座位上，擺好書包後，轉頭朝左邊座位看去，汪承昊一臉見鬼似地瞪著她。

「汪承昊，你是班長，要負責照顧新同學。」班導下令。

「是，老師。」汪承昊滿臉不情願。

夏夕瑀轉頭看著後方的課桌椅，但空無一人。

「妳是追著末風來的吧？」汪承昊雙臂環胸斜瞪她，口氣帶著嘲諷，「他請病假喔，上學期也請了半個多月，只有期末考才來，這次不知道要請多久。」

她想不透地蹙眉，隔了一個寒假，愛哭包的腳痛沒有好轉嗎？

雖然夏夕瑀的自我介紹雷到不少人，但是下課後，同學們並沒有欺凌或找碴的舉動，只是遠遠地觀察她，四個女同學還結伴過來和她打招呼，不過聊沒幾句就沒話題了。

風聲傳得很快，九年級的數理實驗班來了個外星轉學生，不少學生都跑來一睹夏夕瑀的眞面目，研究她的五官和手腳哪裡不同，教室外的走廊突然變得很熱鬧。

坐在鄰桌的班長汪承昊，因爲被老師指派照顧新同學，不管上課或下課，只要夏夕瑀一有動作，他的目光就瞥向她，兩堂課過去後，兩人還是沒有說話。

直到午餐時間，飄著飯香的教室鬧哄哄的，汪承昊看到夏夕瑀吃完午餐後默默在背書，忍不住調侃：「夏小怪，少裝氣質了，妳的人皮裡不是這個模樣吧，怎麼不現出眞面目？」

「班長想看嗎？」她斜睨他。

「想！我當然想！全班同學也想！」汪承昊一嚷，吵嘈的教室突然變得安靜，數十道目光直直射來。

夏夕瑀一臉正經站起來，面無表情地盯著他，突然扭轉了一下脖子，像在做變形前的熱身，接著抬起右手伸到耳朵後，慢慢摸著後頸，像在尋找什麼，詭異的氣氛讓汪承昊頓時笑不出來。

「啊！」她突然大叫，整個人僵住不動。

汪承昊屏息，微微瞠大眼。

「拉鍊卡住了。」

「我靠！還卡鍊咧！」他又急又氣地跳起來，兩手掐住她的雙頰，「我幫妳撕開比較快！」

「唔要……」她抓住他的手抵抗。

「非撕下妳的人皮面具不可！」他咬牙，兩手狠扯她的臉頰。

「嗚，黏好動……」

「人皮面具有痛覺神經呀？」

兩人拉拉扯扯像幼稚園生在打架，幾個同學過來架開汪承昊，一邊笑一邊說：「班長，老師叫你要照顧轉學生欸，結果你第一個欺負她。」

「誰叫她要怪裡怪氣的嚇人！」汪承昊掙開同學的手。

這時，午休鐘聲正好響起，他拍拍制服坐回座位上，吆喝全班同學趴下午睡。

夏夕瑀眼角泛著淚光，雙頰被他掐得像皮卡丘一樣紅咚咚，滿臉委屈坐下，咚地一聲趴倒桌面上……

午休結束後，下午第一、二堂是數學課，夏夕瑀翻開課本的第一單元。

「各位同學，請翻到第二單元。」數學老師在黑板上抄寫題目。

竟然跳過一個單元！她傻眼了，轉頭望著汪承昊的課本，上頭寫滿筆記，想起主任提過，數理班的課程進度超前普通班，補充題目比較深，小阿姨還跟主任保證會協助她趕上進度。

夏夕瑀集中精神望著黑板上的數字，有些部分聽不懂，只能先抄下來。

汪承昊看她睜大眼睛直直瞪著黑板，手中的原子筆不停抄寫，忍不住又想捉弄她，他將橡皮擦掰成數小塊，趁著老師轉身時用力彈到她的頭上，但她完全沒反應，像元神出了竅。

兩堂數學課結束後，老師前腳剛走出教室，夏夕瑀像消氣的氣球，小臉貼在桌面上呻吟：「好……好餓喔……」

「不會吧，吃完午餐隔了兩堂課，妳就餓了？」汪承昊傻眼地看著她。

「這裡的數學好難……和我之前學校的進度不同……越聽越餓……」

「原來妳是CPU負載過大，動能消耗殆盡。」剛才看她專心聽課的模樣，大有泰山崩於前也不為所動的氣勢，那份專注力非常驚人。

「餓……好餓……餓死了……」

汪承昊見她翻著白眼，一副快斷魂的模樣，班長的責任感總算覺醒，彎身從書包裡掏出一包小熊軟糖，拋到她的桌上：「給妳。」

夏夕瑀趴在桌上盯著軟糖，輕輕嘖了一聲：「造孽……我不吃熊胖的朋友。」

「嗄？熊胖是什麼？」

「我不吃熊型的食物。」

「妳很難搞欸！」

汪承昊喃喃抱怨著，跟同學要來一包牛奶餅乾，拋到她的桌上；夏夕瑀打起精神拆開包裝袋，拿著餅乾一片接一片往嘴裡塞。

「要不要喝水？」

「嗯嗯嗯嗯嗯。」

他倒了杯茶過來。

「謝謝。」她接過杯子大口喝著。

「不用謝我，妳沒準備杯子，我先借末風的。」

「噗——」一口茶全噴到他身上。

「夏小怪！妳有夠噁心的！」看到制服上沾著黏糊的餅乾屑，汪承昊慘叫一聲衝出教室。

愛哭包的茶杯啊……

夏夕瑀舉起茶杯細看，是全黑的，杯身沒有任何圖案，黑得像通往廣闊宇宙的入口，黑得讓她的想像力不斷延伸，彷彿看見杯緣浮出闇末風的唇印，她的心臟狂跳了一下，呼吸一陣凝滯。

Chapter 04 同一個星空下

一個星期過去，走了一波寒流，天氣又回暖些許，夏夕瑀嘴巴叼著餅乾，轉頭望著闔末風空蕩的座位，微暖的陽光輕灑在桌面上。

雖然剛開學，但是國三下學期面臨基測，數理班幾乎每堂課都有複習考，一直不來上課，進度跟得上嗎？

汪承昊斜睨著夏夕瑀，開學的第二天起，她自備茶杯和餅乾來學校，每堂上課就見她中邪般瞪著黑板，下課後就是吃吃吃，肚子裡像藏了個塡不滿的小宇宙。

傍晚放學，汪承昊一邊收拾書包，瞄到她上學時胖鼓鼓的便當袋瘦身有成，忍不住揶揄：「夏小怪，妳這麼會吃，男生看到妳都會退避三舍，怕被妳吃垮。」

「男生不喜歡就算了，我自己喜歡自己就好。」她將書包甩上肩頭走出教室。課業壓力大，肚子餓又不是她能控制的……

「是喔，這麼瀟灑？」鎖好教室門，他快步追上她，輕拍她的肩，「欸，能不能幫個忙？」

「不要，你掐我的臉，害我痛了兩天。」她撇開頭，還在記恨。

「是妳先嚇到我，害我也做惡夢兩天，再說……這個不是我的私事，而是班務，妳我一起合作，撇除成見幫助班上同學，化敵爲友吧！」

豪氣萬千的一席話，讓夏夕瑀聽得熱血沸騰，停下腳步斜睨他：「什麼事？」

汪承昊從書包裡拿出一疊測驗卷和三本作業簿，滿臉堆笑說：「老師每天叫我拿測驗卷和作業給末風，我今天要去練舞，不順路，想麻煩妳拿給他。」

「愛哭包爲什麼不來上課？」她疑惑地問。

「我也天天勸他呀，他說沒心情，就是不想來。」他嘆了口氣，「雖然現在被醫生禁舞，但是身體好很多了，走路也沒問題，他卻一直縮在家裡不來上課，這樣遲早會悶出憂鬱症，對吧？」

「嗯！要出來曬曬陽光，行光合作用。」

「沒錯！不如……妳也勸勸他吧。」

「我幫你勸他回來，有什麼獎賞？」

「獎賞嘛……我幫妳複習前面沒上到的數學。」

「成交！我先回家吃飯儲備戰力，吃飽再拿給他。」將測驗卷和作業本塞進書包裡，夏夕瑀大踏步地走出校門。

開學的這個星期，小阿姨和鈞澤叔被她的數學作業殺死一堆腦細胞，班長的提議正合她所需。

「夏小怪，」望著她遠去的背影，汪承昊的眼眸閃過淡淡愧疚，「大家都拿末風沒轍，我就賭一次，希望妳能拎他回來……」

夏夕瑀一臉餓慘地回到家，林若媛已經煮好海鮮麵，她拋下書包和便當袋衝到餐桌前，拉開椅子抓起筷子，夾起一口麵吸進嘴裡，露出滿足快樂的表情：「好好吃喔！」

「阿姨讀國三的時候，面對聯考壓力，肚子也很容易餓，睡前還要再吃宵夜呢。」林若媛被她的表情逗笑。有人陪吃，即使是簡單的海鮮麵，吃起來都像五星級大餐。

喝完最後一口湯，夏夕瑀拍著肚子癱在沙發上，突然想起什麼，問道：「小阿姨，如果要威脅一個人，用什麼方法最有效？」

林若媛吃驚地瞪大眼：「夕瑀！妳和誰結怨？想威脅誰？」

「不是啦……是學校有個專題報告，關於談判的技巧。」

「原來如此。」林若媛鬆了口氣，「方法嘛，首先要握住對方的把柄，例如不雅照片、貪污的帳冊、竊聽錄音、家人的醜聞……威脅要公開在新聞媒體上。」

「我懂了。」夏夕瑀受教地點點頭。

晚上八點多，她提著紙袋來到閻家，透過對講機向閻母說明來意後，踩著樓梯爬到二樓的空中小花園。

推開鍛鐵雕花門，花園裡的庭園燈感應到有人靠近，自動開啓，照亮整個草坪，草坪上種著高高低低的花草和小樹，中央一道石板路通到大門口，旁邊屋簷下吊著一個白色搖椅，冰冷的夜風中飄著不知名的花香。

雖然除夕當天送愛哭包回來時上來過，但是當時顧著和閻母說話，沒能看個仔細，現在想想，這唯美的小花園一定是愛哭包爸爸的傑作。

來到門前，大門一開，探出閻末綸俊雅的笑臉：「請進。」

「晚安，打擾了。」夏夕瑀脫下鞋子走進屋內，一陣蛋糕香氣撲鼻而來。

「夕瑀，妳能轉學過來和若媛作伴，實在讓人開心。」閻母滿面笑容從廚房走出，圍裙上沾著白色麵粉，「阿姨在烤波士頓派，等一下我拍完照，帶一個回家吃。」

「波士頓派……謝謝阿姨！」想像鬆軟蛋糕夾著鮮奶油，表面灑上一層糖霜，她口水都要滴下來了。

「果然，女兒比兒子好……」見她臉上透著想吃的期待，閻母心裡感動不已。

「媽，那妳再生個女兒呀。」閻末綸聽了不服氣。

「小綸綸，你媽我都幾歲了，還生？」閻母雙手扠腰瞪著兒子，「眞生得出來，大家會以爲是你的女兒，我的孫女。」

「那算了。」閻末綸連忙搖手，不敢想像自己被誤認成爸爸。

「阿姨，我帶測驗卷和作業給末風。」夏夕瑀拎起小提袋。

「抱歉，這孩子太任性了，造成老師和同學的麻煩。」閻母沒轍地嘆息。

「他在房間嗎？」

「他在頂樓。末綸，妳帶夕瑀去找他。」

閻末綸領著夏夕瑀來到頂樓，陽臺門半闔著，她探出頭左右張望，外頭一片漆黑，右側圍牆邊立著一道黑影，仰頭靜靜望著滿天繁星。

夏夕瑀眼裡盈著調皮光芒，學小偷踮起腳尖潛進陽臺想嚇他，沒想到才走個幾步，屋簷下的感應燈突然亮起，照亮整個頂樓，她定住腳步，看著閻末風收回目光，緩緩轉過身。

「怎麼是妳？」發現不是汪承昊時，他表情微微一訝。

「你家眞是處處機關。」自從她發燒那天分開，三個星期不見，他眉宇間的憂鬱變得更濃，

「你在頂樓做什麼？」

「不管做什麼都和妳無關。」

「眞冷淡……」她低喃了聲，視線下移定在他的雙手上，眼神突然一亮，快步奔過去搶過他手裡的東西，「是星象盤！你在找星座嗎？」

「還我！」他伸手想搶回星象盤。

夏夕瑀身姿一轉，跑到屋簷前，就著明亮燈光看著星象盤上的圖，再抬頭朝他剛才看的方位望去，指著天頂的三顆星又跳又叫：「是冬季大三角！天狼星、南河三、參宿四！你在找哪個星座？」

「妳好吵。」他冷著臉，大步走向陽臺門。
「別走別走！」她張開雙臂攔住他，不讓他走。
閻末風嫌煩地蹙眉，左轉右走都被她擋路，又轉身折回圍牆邊。
「告訴我，你在看什麼？」她又追過去，圍著他繼續逼問。
被她像八爪章魚般死纏住，他一臉受不了地投降：「獵戶座M42大星雲。」
「M42大星雲！」她興奮地尖叫，移轉腳步搜尋夜空，伸手指向獵戶座，「那裡那裡！三顆星連成獵戶座的腰帶，大星雲在哪裡？我怎麼沒看見？到底在哪裡？」
「吵死了！妳一直動來動去怎麼看得到？」他摀著右耳，抵禦她的聲波攻擊。
「我不吵不動，你教我看。」
「妳閉嘴，再閉眼，安靜一分鐘。」
怕他騙她突然跑掉，夏夕瑀貼到他的身側，雙手緊緊抱住他的右臂，再閉上眼睛。
閻末風渾身一顫，有種被吸血蟲纏住的感覺，第一次和女生零距離接觸，她淡淡的髮香讓他的雙頰發熱，右臂掙不開她的箝制，只好由她。
經過一分鐘，陽臺燈偵測不到人影走動，瞬間熄去，頂樓再度陷進黑暗裡。
閻末風仰頭望著廣闊夜空，眼底的浮躁漸漸平靜，輕語：「妳從獵戶座的腰帶往下找，在代表佩劍的星星那裡，有沒有看到小小一團，像霧氣一樣的光影？」
夏夕瑀睜開雙眼，視覺馬上適應四周的黑暗，仰望夜空，星光清晰燦爛，她仔細觀察獵戶座腰帶下的天空，在中間一顆亮度較暗的星星周圍，果眞看到小小一團朦朧的光斑。
「腰帶下有一團像霧氣的光影，若隱若現的，它就是M42大星雲嗎？」她一下子瞠大雙瞳，一下子又眯眼，想將那個淡淡光斑看清楚點。

「嗯。」黑暗中，聽見她找到星雲時，他唇角揚起一抹淡笑，落滿星光的眼眸透著嚮往，「獵戶座M42大星雲，距離地球一千五百多光年，所以我們現在看到的光，是一千五百年前發出的光。」

「爸爸說，獵戶座是『星座之王』。」她的眼神也開始變得陶醉，「希臘神話中海神的兒子奧利昂，自稱是全宇宙最厲害的獵手。」

「M42大星雲是恆星誕生的搖籃，裡面有很多年齡不到一百萬歲的星星，和四十五億歲的地球相比，就像初生的嬰兒。」

「天后覺得他很自大，派了一隻天蠍去暗殺他，奧利昂被毒死時也壓死天蠍，之後，一個變成天蠍座，一個變成獵戶座，兩個星座是仇人，只要一個升起，一個就會降落。」

「看起來小小的星雲，裡頭有上百個太陽系……」

「奧利昂的狗變成大犬座……」

完全雞同鴨講！

闔末風眼裡的熱情瞬間熄去，有股想踹她屁股的衝動，正想推開她時，她的身子突然縮了縮，尋求安全感般緊偎著他。

「愛哭包……」她的嗓音突然變得落寞，「你知道麒麟座在哪裡嗎？」

「麒麟座？」

「爸爸說……那裡有個玫瑰星雲……我想和熊胖一起看。」

聽她提起去世的父親，闔末風心一軟，耐著性子回答：「肉眼能看到的星雲，北半球只有冬天的獵戶座和秋天的仙女座，其他的都要用望遠鏡才看得到。」

「你有望遠鏡嗎？」

「沒有，那種可以看到星雲的望遠鏡，應該要上萬元吧。」

「我的撲滿沒那麼多錢……」

「國中畢業的暑假，妳可以去打工，慢慢存一定存得到。」語畢，闔末風突然覺得自己好像吃錯藥，和她發燒時舉例愛因斯坦的名言一樣，竟又說出勵志的話安慰她。

「好！我要打工存錢。」心裡的難過被他一席話掃空，她抬頭望著獵戶座大星雲，雙手圈住他的脖子又轉又跳，「愛哭包！這是我第一次看見星雲，如果玫瑰星雲是爸爸的，那獵戶座大星雲就是你，只要抬頭能看見獵戶座，我永遠不會忘記你。」

這一跳，感應燈再次亮起，照亮夏夕瑀摟住闔末風的身影，也照亮兩張四目相對的臉孔，闔末風來不及反應，脣角還含著淡笑，黑黑的眼眸閃著清澈光芒，像深邃的星空，讓她心口隱隱悸動。

「妳不要記住我，最好徹底忘掉，立刻忘掉！」闔末風被她告白般的語句撼動心口，用力扳開她圈著自己的雙臂，冷下臉掩飾不知無措的羞赧，「夏小怪，妳到底來幹麼？」

「我幫班長拿測驗卷和作業給你。」夏夕瑀拎起提袋，想起這趟路的目的。

「我收下，妳可以走了。」抽走提袋，他開始趕人。

「愛哭……」

「不要叫我愛哭包！」

「末風同學……」

「我和妳不熟，不要這樣叫我。」

「那就叫回愛哭包！」她雙眼瞇起，笑得開心，再次勾住他的手臂，「理化老師在教電流，說要把大家電到哇哇叫，你來上課，大家一起做實驗，好不好？」

「不要！」他也再一次甩開她的手。

「你不怕功課跟不上？」望著空空的掌心，她眼底閃過一絲落寞。

「我可以自學，不懂的哥哥會教我，上學期請了假，期末考一樣考得很好。」

「你不怕失去朋友？」

「沒差，反正國中畢業都會分開。」

「眞冷漠……」

夏夕瑀側頭望著他的臉，眉心蹙著淡淡焦躁，其實他心裡非常不安吧？很想質問他不去上課的原因，更想挖苦他縮在家裡等於逃避，但是這些話不必問也不必講，因爲老師、班長、媽媽和大哥一定是好話壞話都說盡了，至今仍勸不動他，所以……軟的手段不行，必須來硬的。

「愛哭包！」她一手插在外套口袋中，一手指著他下令，「我以B615星球夏小怪之名，命令你明天去上課，否則……」

「怎樣？」他眼神透出防備，雙手緊緊握拳，提防她動手打人。

「我就把你在公園哭的照片，貼在學校中廊的公布欄，讓全校同學欣賞。」

「幼稚！隨便妳。」他無所謂地冷哼，繞過她走向陽臺門，反正不去學校了，他管全校同學怎麼想。

「隨便我嗎？」

「隨便！」

「嘿嘿嘿……」她神祕一笑，「你知道地球上最強的修圖軟體是什麼嗎？」

闇末風腳步一頓，回頭瞪著她。

「這個軟體叫做Photoshop，簡稱PS，你看看紙袋裡的照片，我的合成技術不錯吧？」

他臉色微變，馬上翻找紙袋抽出一張影印紙，上頭印著一張圖片，是他在公園淋雨的哭臉，被合成在綁著雙馬尾、身材玲瓏的女生臉上，含淚的神情楚楚可憐。

「這張照片貼出去，你會當選梅藝國中的校花！男生女生都想追你。」她拍胸脯打包票。

「夏小怪，妳——」他咬牙，怒氣在眼裡凝聚。

「如果你再不來上課，我就把你的照片上傳網路論壇，標題寫：『跪求大神PS掉愛哭包的眼淚』，接著就會看到你的照片被PS成眼淚狂噴，兩眼被挖空，綁著繃帶變木乃伊，塗成無眼男……絕對會造成網路轟動，網友四處轉貼，登上網路新聞版面，標題寫：『PS慘案重現！大家來笑笑。』」

「妳敢！」他怒火中燒，強烈的自尊無法接受照片被人惡搞和取笑，兩手一扯將照片撕毀，指著她警告：「我告妳侵犯肖像權！我爸爸認識律師，把妳告進地心去。」

「侵犯肖像權？」她噗哧一笑，思維快速運轉，「要告之前，也要有犯罪事實，我明天先印個十張送同學，對了！剛才你說『隨便我』，我有徵求到你『同意授權』喔。」她伸出左手，從口袋裡取出一只錄音筆，在他眼前搖啊搖、晃啊晃。

閻末風突然衝向夏夕瑀，想搶過錄音筆。

「明天學校見！」她靈巧地閃過他的撲抓，衝進樓梯口。

「夏小怪！我要殺了妳！」

「救命！阿姨阿姨阿姨阿姨，末風發瘋瘋瘋瘋瘋了……」

夏夕瑀從頂樓一路尖叫跑到一樓客廳，將閻母和閻末綸嚇得從沙發上跳起來，她勾起茶几上的蛋糕盒，急急道了再見後，一溜煙跑出大門。

閻末風隨後氣沖沖地追進客廳，一手按著大腿，走路微跛著，閻末綸見狀馬上攙扶住他。

「末風，你和夕瑀怎麼了？」閻母緊張地問。

「她——」氣炸地指著門口，他突然語塞，如果跟媽媽、哥哥和若媛阿姨告狀說她PS他，結果會怎樣？

結果是她不會得到懲罰，反而全部的人都會挺她，聯合起來勸他回去上課。

可惡！竟敢這樣逼他！

翌日清晨，夏夕瑀提著早餐來到學校，將英文課本攤開在桌面，一邊背著單字，一邊享受美好的早餐時光。

當她拿起三明治咬了一口，吵嘈的教室突然變得安靜，感覺一道涼氣從身後襲來，冷得她起雞皮疙瘩，抬頭一瞧，同學們表情各異地望著她背後。

緩緩轉頭朝左後方望去，一道人影立在那裡，視線順著那人的長腿往上爬，爬過腰部，爬上制服筆挺的胸膛，最後停在一張清冷的臉龐上。

「愛、愛哭包，你來了……」她差點噴出三明治。

小阿姨的方法眞有效，馬上逼他出籠，但……但是小阿姨沒教她要怎麼收尾啊？

閻末風一語不發，朝她伸手討照片。

她呵呵陪笑，將咬了一口的三明治，恭敬地放進他的掌心裡。

他眼中閃現怒光，丟開三明治，右掌用力拍向她的桌面。

砰——

這麼凶！她嚇得肩膀一縮，雙腿有點發顫，苦著臉慢慢翻開書包，拿出一個黃色信封袋，恭敬呈上。

闔末風抽過信封袋，打開封口朝裡頭望去。

這傢伙果眞印了他被PS成女生的照片，雖然只有一張，不是昨天說的十張，但印了就是事實。他的表情瞬間變得冰冷，直瞪著夏夕瑀，像在研究如何處決。

「我是外星保育生物……你敢動我，會變成宇宙公敵！」她威脅回去，護衛自己。

「妳這種禍害，早點滅絕最好。」他口氣淡冷，右手抓著信封高高揚起——

「哇啊！你冷血！你黑心！你暴力！你不是地球人！你竟然打女生！」身子一縮，她閉著眼雙手摀住頭，這用力打下去，準把夏小怪打進四度空間和鬼怪作伴。

等了半晌，信封並沒有如她預料地掃上她的頭，微微鬆開抱頭的手，她睜開一隻眼睛，從指縫中偷偷看他。

信封在她頭頂輕輕點了一下，闔末風一臉沒好氣，轉身走回座位。

夏夕瑀還傻著，瞅著他拉開椅子坐下，收回目光時，竟看到汪承昊一臉幸災樂禍，抱著肚子笑翻天。

她小臉一垮，突然理解班長最是奸詐，故意躲在一旁看夏小怪和愛哭包相鬥，坐收漁翁之利。

此時，早自習的鐘聲響起，她翻開課本，感覺一道冰冷目光不時刺著她的後背，心想要不要跟老師要求換座位，萬一被黑化的愛哭包趁隙偷襲，夏小怪可能會曝屍教室，回不去B615星球。

眼角瞥見汪承昊還在偷笑，她伸指戳向他的手肘，小小聲抗議：「班長，你說撇除成見一起合作，我幫你引出愛哭包，剛才差點被他爆擊，你怎麼可以袖手旁觀？」

汪承昊低頭看書，很辛苦的憋笑。

突然，後桌傳來椅子推開聲，夏夕瑀下意識抱住頭，只見闔末風從旁走過，慢悠悠地跨上講臺，瞥了眼桌上的點名簿，拿起粉筆在黑板右側寫下「夏夕瑀」三個字。

她歪著頭望著黑板，又伸指戳向班長的手肘，不解地問：「愛哭包寫我的地球代號幹麼？」

汪承昊縮回手肘，拿著課本別過身不理她。

「班長，轉學生有疑問，你不解答嗎？」她火大地狂戳他的背，逼他回答。

汪承昊被她煩得受不了，轉身揮開她的手，低罵：「笨蛋！妳搞不清楚狀況嗎？末風是風紀股長，妳自習時間講話被記名了，第一節下課要到走廊罰站。」

「他是風紀股長？原來我被記名了……」開學一個星期以來，她腦袋瓜忙著重整剛轉學的混亂，全班還有三分之二的同學不認識，早自習和午休也有班長在管秩序，她根本沒注意到幹部裡少了個風紀。

望著黑板，夏夕瑀微微一笑，忍不住欣賞起自己的代號，愛哭包的字很好看吶……

此時，閻末風突然在「夏夕瑀」旁邊寫下「汪承昊」三個字。

汪承昊見狀跳了起來，一手指著他抗議：「喂！我班長欸，我只是回答她的疑問，這樣也要記我？」分明是公報私仇！

閻末風冷然昂起下巴，手中的粉筆點向黑板，一副「你再吵，我記你十筆，讓你罰站到放學」的樣子。

眼看班長敢怒不敢言地坐下，夏夕瑀瞇眼衝他一笑：「報應，這是你背棄夏小怪的後果。」

第一節下課，教室走廊上並肩站著一男一女，上廁所的、出來散心的、換教室的，路過的學生無不緩下腳步，欣賞兩人罰站的「英姿」。

隔壁班的英文老師推門出來，見到汪承昊時愣了一下，輕拍他的肩笑道：「看到九一的班長在罰站，就知道小閻王來上課了，很好很好。」

「好個屁！」待英文老師走遠，汪承昊繃著臉小聲抱怨，「末風眞是無情，我和他從幼稚園同班到現在，整整十年的情誼欸，竟敢這樣記我。」

「報應。」有班長陪罰，夏夕瑀可得意了。

「話說回來……」他斜睨她，眼裡滿是好奇，「夏小怪，妳用什麼方法讓末風來上課？信封裡又裝著什麼？」

「我P他呀。」她簡短說明照片的事。

「妳把他P成女生？還印來學校？」他極力忍笑，一臉不敢相信。

「如果我沒印照片，那豈不是怕了他，輸在前面？」

「說的也是。」

「沒想到他那麼凶，班長還不幫我。」

「不凶怎麼當風紀？」聽她還記恨著，汪承昊肩頭微微一聳，趕緊轉移話題：「末風從國一當風紀到現在，我們班的生活秩序都是全年級第一名，他管秩序和記人的時候臉上從來不笑，完全不偏袒，所以有個綽號叫『小閻王』。」

「嗯，管人要公平，」她感同身受，理解地點頭，「我以前的班級，風紀股長很偏心，都不記自己的好朋友，經常被同學們砲轟。」

「其實風紀很難當，是幹部裡最顧人怨的，管得嚴就被同學們討厭，管不好又被老師罵，經常被同學們公幹，所以沒人想當，而班導又覺得末風管得好，就指派他連任到現在。」

「你剛才也罵他無情。」

「我隨便念念嘛。」

「原來愛哭包的查克拉，會被學校的氣場凝聚，攻擊力爆強，以後在學校裡少惹他爲妙。」

「因爲是資優班嘛，要做全校的榜樣，」汪承昊無奈地嘆氣，「班導對課業和秩序的要求也高，就造成末風管人比較嚴格，和同學的感情不會很好，像這次腳痛請假，同學們的反應很冷淡，都說解脫了，還有人笑他活該遭天譴。」

「這實在太過分了！」夏夕瑀聽了非常生氣，腦海浮現閻末風和她鬥嘴的樣子，抱著貓咪看書時的恬靜，餵她吃瑞士卷的小溫柔，還有看星雲的侃侃而談。雖然有點小壞心，嘴巴也有點賤，愛捉弄她，但這些都無傷大雅。

風紀股長是個吃力不討好的職務，無關這個人的本性如何，往往聽命於班導，爲了管秩序對同學們大小聲，因而招來討厭和排擠。這般想來，閻末風被怨得有些無辜啊，難怪他會不想上學，還說出「反正畢業都會分開」這種話，即使失去朋友也無所謂。

「對了，教數學……」她想起和班長的約定。

「噓。」汪承昊以手肘輕輕頂她手臂一下。

眼角瞄到閻末風從樓梯口走來，夏夕瑀馬上站得挺直，心裡好奇著，他剛才被輔導室的廣播叫去，不知道輔導老師和他聊了什麼？

下午，第二堂課是體育課，同學們換上運動服來到操場，二月的天氣還很冷，凍得大家分成好幾小圈偎在一起。

鐘聲響起，全班同學排好隊，體育股長帶領大家做完熱身操，接著是跑操場一圈。夏夕瑀邊跑邊看後頭，閻末風和汪承昊落在隊伍的最後面，兩人並肩一起慢跑，視線移到他的雙腿上，步伐似乎沒什麼異狀。

跑完一圈操場，男生們分組去打籃球，五個女生挑了比較不激烈的羽球對打，約好十分鐘後換人。

夏夕瑀先到隔壁的籃球場觀戰，剛在場邊站定，闊末風和汪承昊脫下外套走進內場。哨聲一響，開場的跳球中，身為A隊隊長的汪承昊縱身一跳，雖然身高不及全班最高的B隊隊長，但跳街舞訓練出來的彈跳力補足了身高差距，讓他一舉拿下球權。

後方的隊員搶到球，馬上運球奔向前場，中途被阻擋，馬上將球傳給附近的闊末風，B隊隊長迅速上前阻擋，闊末風眼神專注，一個跳投的假動作後，旋身自左方空隙突圍，壓低的身影連續閃過兩人切進籃下，一個跳投擦板得分。

「好帥啊！」夏夕瑀拍手大聲叫好。

闊末風愣了下，轉頭看她一眼。

偌大的籃球場裡，十個男生來回奔跑，她目光緊追著闊末風，約莫十分鐘後，發現他的脣色開始發白，應該是激烈的跑步和跳投讓他的雙腿吃不消，最後在一次爭球時，被B隊隊長不小心勾到腳，整個人摔倒地上，遲遲爬不起來。

體育老師吹哨，汪承昊扶著闊末風站起來，他淡淡表示腳痛要換人，步伐微跛走到場邊，穿起外套坐在地上休息，神情淡漠地望著奔來跑去的同學。

夏夕瑀凝視他眼裡的不快樂，深海色調的憂鬱，接著瞇眼瞪向B隊的大塊頭隊長，竟看到他臉上閃過一絲嘲諷的竊笑。

「夏夕瑀，輪到妳打了。」

「好。」她轉身跑向女同學。

冬季的天色很快就暗了，上完第九節輔導課，校舍和操場已被夜色掩住。

回家的方向相同，夏夕瑀跟在闊末風的身後，兩人相隔著五步的距離，他走她就走，他停她就停，經過貓球咖啡後，眼看他家的路口到了，她跑到他身側，輕輕拉住他的袖子。

「腳還痛嗎？」她關心地問。

「都休息兩個月了，還是不行……看到我退場，大家的心裡一定很開心，這樣的結果，妳滿意了吧？」他自嘲地笑了笑，撥開她的手，轉進回家的小路。

「你不該逞強的，要聽醫生的話，下次體育課不要打籃球了，和我打羽球吧。」她追了進去，想起闇末綸的話，醫生要他休養半年，不能做激烈運動。

「不要。」

「你明天會來上課吧？」

「上課很無聊，我不想去了，照片隨便妳P。」

「好啊！」彷彿領到聖旨，她一臉開心抱住他的手臂，「我要把你P成筋肉人。」

闇末風蹙眉瞪著她，搞不懂她的思維模式，困窘地甩開她的手，走上空中花園的樓梯。

「愛哭包！」夏夕瑀站在樓梯下望著他的背影，「如果你覺得上課很無聊，我可以介紹我的星際朋友讓你認識，他們可以用腦波交流，上課講話不會被老師發現。」

「不需要。」

「好可惜，他們很想認識你……」

他不理睬她，一步步跨上樓梯。

「其實你還不想放棄吧，無論是跳舞或讀書。」若想放棄，就不會在家裡讀書，還讓哥哥教吧。

闇末風停下腳步。

「獵戶座M42星雲很神祕，但是你必須抬起頭，才能看見它的模樣；同樣的，如果你的腳那麼愛地心引力，一直黏在家裡的地上，這樣會完全跳不動喔。」

他低頭看著自己的雙腿，思考她的話意：如果還想跳舞，就必須先走。

眼看他總算有反應了，夏夕瑀微微一笑，朝他的背影大聲喊：「如果你不要我的星際朋友陪，那我就每天早上來接你，我們一起去上課，我陪你慢慢走，每節下課都陪你說話，這樣就不會無聊啦。」

他沒有回頭，沒有答應，但也沒有拒絕，逕自走進空中花園門口，反手扣上鐵門。

Chapter 05 指尖的溫柔

既然愛哭包慷慨授權，那夏小怪就不客氣啦！

當天夜裡，夢幻少女的房間亮著一盞檯燈，夏夕瑀戴著白色耳機坐在書桌前，雙眼專注地盯著筆電螢幕，藍光映在她不懷好意的笑臉上。

電腦裡正開著Photoshop，上頭貼了一張帥氣男模袒露上身、淋著小雨的照片，雨珠從健壯胸肌蜿蜒流到精實的腹肌上，性感又撩人。

她移動滑鼠，剪下閻末風淋雨的哭臉，合成到男模臉上，P成天使面孔、魔鬼身材的「極品」……呃，極度詭異的作品。

「科科科科科……熊胖熊胖，你看你看。」她小聲竊笑，想拉熊胖欣賞這偉大傑作，椅子一旋，瞬間對上手捧餐盤站在後方的林若媛，嚇得她差點從椅子上滾落，「哇啊——小阿姨……妳穿牆進來的嗎？」

「我剛才有敲門，妳一直沒應聲，我就直接進來了。」林若媛微微彎身看著電腦裡的照片，雙脣抿笑：「原來妳喜歡這型的男生。」

「啊啊啊！不是！我在練習PS。」她紅著臉，迅速拿下耳機蓋上螢幕，將筆電推到旁邊。

「等末風長大，我叫他練幾塊腹肌給妳看。」林若媛打趣道。

「阿姨！不是妳想的那樣！」

「別害羞，阿姨也是過來人，可以理解少女的戀慕之情。」

「不是的！小阿姨誤會大了，我沒有喜歡他啦！」

「我懂我懂……」

越解釋越慘！夏夕瑀的耳根莫名發熱，趕緊翻出聯絡簿轉移話題：「小阿姨，要簽名。」

「好。」林若媛將餐盤擱到她面前，拿起聯絡簿在床沿坐下，「基測倒數八十天，我看妳天天熬夜看書，煮了些魚湯讓妳補充體力。」

夏夕瑀低頭看著湯碗，切塊的魚肉、豆腐和薑絲熬出乳白色濃湯，湯面飄著幾顆紅色枸杞，香氣四溢，她的心裡一陣感動。

「天氣冷，快趁熱喝。」

「謝謝小阿姨。」她拿著湯匙舀起一塊魚肉吃著，再喝一口濃郁魚湯，鮮美的滋味暖了胃，心頭滿溢幸福感。

「咦，末風去上課了？」林若媛讀著她寫在聯絡簿裡的日記，內容提到閻末風到校上課的事。

「他來上課了，可是心情不太好。」

「為什麼？」

「他當了兩年半的風紀，可能平時管太嚴，造成同學們對他有些疏遠。」她將汪承昊的話和體育課發生的事，轉述給小阿姨聽。

林若媛點頭，沉思了一下，說道：「資優班不好管，每個都是聰明過人的孩子，心思非常細膩，大家可能表面上看起來和平，私底下卻像敵人一樣激烈競爭，升學路其實很艱辛，加上末風的成績總是班上第一名，又被老師欽點為風紀，同學間難免會比較，無法接受一直被他踩在腳底。」

「原來如此，小阿姨知道的事真多……」夏夕瑀同時領悟了一件事，難怪開學以來，她率性地認為會寫就會寫，不會就不會，幾次小考總是第一個交卷，每次交卷時，全班同學的目光一齊射向她，有種像要被大卸八塊的感覺。

「阿姨也是聽來的，我讀高中的時候，補習班的數理小老師待過資優班，他說資優班的學生從小被父母寄予厚望，家長常拿自己的小孩和班上其他同學相比，就造成同學間的情誼變得淡薄。」

「小阿姨，我明天去跟老師講，請老師撤掉末風的職務。」既然無法改變大環境，那就先改變閻末風的現況。

林若媛不贊同地搖頭：「夕瑀，末風自己沒有提出解職，妳就不能插手。阿姨認爲，應該幫助他去面對問題，而不是遇到問題就辭掉職務。」

「那……要怎麼做？」她苦著臉，感覺腦袋快爆炸。

「我明天打個電話跟閻爸爸談一下，畢竟他是一家公司的老闆，末綸和末風將來都要繼承他的事業，管理的技巧應該由他去教，妳能做的，就是當他的好朋友。」

「我懂了，就當好朋友。」和小阿姨談開後，原本傷神的事突然變得簡單。

翌日早晨寒流來襲，天氣乾冷，凍得令人呼吸時胸口都會發疼。

夏夕瑀起了個大早來到閻家，按下牆上的對講機，心想：要是閻末風拒絕上學的話，她就殺進他的房間，一腳把他踹下床。

「夕瑀，早啊。」閻母的聲音自對講機裡傳來。

「阿姨，我找末風一起上學。」

「末風昨天打球拉到筋，腳有點不適……」

「阿姨，幫我開門，我要叫他起床……」話未說完，鐵門開啓的聲音響起，夏夕瑀愣了一下，探頭朝樓梯上望去。

閻末風反手扣上鐵門，他一身整齊的學生制服，頸間圍著灰色圍巾，肩上背著書包。

「末風沒有賴床喔，他剛才出門了，妳沒遇到嗎？」閻母的嗓音帶著笑意。

「有，遇到了……」她心口怦然而動，怔怔看著他一手插著褲袋，緩步走下樓梯。

「夕瑀，阿姨要麻煩妳，在學校裡幫忙注意他一下。」

「好！他暫時不能打籃球，只能和我打羽球。」她雀躍一跳，壓抑不住內心的興奮，張開雙手撲向閻末風，「愛～哭～包！」

閻末風額角微微一抽，伸直右手頂住她的額頭，像阻止一頭撲過來的餓狼，他沉聲說：「夏小怪，我不是因為妳昨天的話才想上學的，而是看到承昊身兼兩職很辛苦，妳不要誤會了。」

「欸？」她愣住。

「承昊來了。」他朝路口走去，唇角含著若有似無的笑意。

夏夕瑀追著他的背影，看見汪承昊站在路口朝兩人揮手，笑容燦爛。

通往學校的人行道上，幾棵山櫻開得繽紛，冷風颯颯拂過滿樹桃紅，飄然而下的朵朵櫻花，交織錯落在兩道男生背影上。

「冷死了！天氣說變就變，昨天還出大太陽，隔了一個晚上又降到十度。」汪承昊縮著身子，兩手插進褲袋取暖，邊踢著路面的小石頭前進。

閻末風漫不經心地聽著，雙眼望向馬路盡頭，眸光悠遠。

「末風，你要考縣立第一的高中資優班嗎？」

「大概吧，先考進去再說。」

「你成績那麼好，一定沒問題。」

「難講，自信不等於結果。你呢？」

「我喔……就算全力衝刺考上縣立第一的高中，成績應該也是墊底，不如就近讀梅藝高中，那所的升學率至少也排得上前三。」汪承昊一手搭上閻末風的肩，搖頭晃腦地嘆氣：「只是……我們從幼稚園到國中的同班情誼就要斷了。」

「喘口氣也好。」閻末風微微一笑。

「講這樣！和我同班是很委屈喔？」汪承昊一拳搥向他的肩頭。

兩人有一搭沒一搭地聊天，完全無視背後跟著一個孤零零的身影。

熊胖，這班長眞是奸詐！只扮白臉當好人，將黑臉的工作都推給她。

夏夕瑀望著兩人感情很要好的背影，眼裡透出淡淡怨氣，忽地一陣冷風迎面襲來，嗆得她的喉頭發癢，低下頭輕輕咳了幾聲。

閻末風突然停下腳步，她反應不及一頭撞上他的背。

「好痛！」她揉著被撞疼的額頭，看他轉過身，面無表情瞪著自己，心裡一陣疑惑，「看我幹麼？你們聊你們的，我和熊胖用腦波交流，又沒礙到你們。」

閻末風冷冷的眸光掃過夏夕瑀的脖子，然後定格在她凍得微微發紫的脣上，他伸手解下圍巾遞給她，那舉動令汪承昊不敢置信地瞠大眼。

同窗十多年，這是他第一次看到閻末風主動關心女生。

夏夕瑀愣愣望著那條圍巾，遲遲不敢接過。他的關懷，讓她有種像作夢的不眞實感。

「妳感冒很囉唆，又哭又鬧的，會給若媛阿姨添麻煩。」

「我不是大麻煩！上次是例外，下次就不會了，只要……」只要熊胖在，她會乖乖配合。

「圍著吧。」手一抬，閻末風將圍巾拋給她，打斷她的辯解。

夏夕瑀慌亂地接住圍巾，然後繞上頸間，柔軟的毛絨觸感還餘留他的體溫，她拉高圍巾掩住口鼻，聞到一股屬於他的清爽氣息。

這是……締結友誼的信物吧！

笑容在臉上綻開，她邁開步伐追上兩個男生，左右手撥開兩人，大剌剌地占據中間的位置。

閻末風和汪承昊被她粗魯地擠開，臉上寫滿困擾。

「喂！妳擠進來幹麼？」汪承昊的口氣有些嗆。

「取暖。」她嘻嘻一笑，「班長，教我數學。」

閻末風斜眼瞥向滿臉笑容的她，發現她的眼神隱含著怕被拒絕的怯弱，他口氣冷淡地說：「承昊，不要教她，基測的時候，我們就可以少一個敵人。」

「閻末風，你很冷血欸！吃到班上同學的口水嗎？」汪承昊見他如此無情，體內的熱血都沸騰了，拍著胸脯保證，「我是班長，怎麼可以失信於同學，夏小怪，答應妳的事，我絕對做到，有什麼不會的，下課時間隨妳問。」

「所以，我們締結同盟了？」她感動地望著班長。

好像……被某人陰了一把。

汪承昊全身熱血頓時凍結，斜眼瞪向閻末風，果不其然看到他默默別開臉，抿脣忍笑。

他們三個人一同走進校門。

閻末風和汪承昊是一冰一火的組合，數理班的精英、長相帥氣、擅長運動、才藝是街舞，在校園裡向來是學弟妹們注目的對象，現在雙人組又夾了一個女生，聽說是從外星轉學來的，更加引起眾人討論。

每堂下課，閻末風總是一手托腮，冷眼看著夏夕瑀嘴裡咬著餅乾，將椅子拖到汪承昊身邊，向他請教數學解題方式，而汪承昊也耐著性子教她，所幸她的理解力不錯，順道膨脹了汪承昊身爲班長的成就感。

但是到了下午，汪承昊教得無聊，又開始揶揄她：「夏小怪，妳國中畢業後，要轉回B615星球讀星際高中嗎？」

「我……不想畢業。」夏夕瑀小聲回答。

閻末風正在計算理化的電功率，聽到她的回話，手裡的筆一停，睨向她有些落寞的側臉。

「爲什麼？」汪承昊不解地追問。

「沒有爲什麼。」她佯裝沒事地回道。

「一定有爲什麼。」

「就是沒有爲什麼。」

「不可能沒有爲什麼！」

「怎麼不可能沒有爲什麼！」

兩人你一言、我一句，越爭越大聲。

「你們兩個安靜點！要講話請出去。」閻末風打斷他們不斷跳針的爲什麼。

汪承昊馬上閉嘴，無奈地聳聳肩；夏夕瑀低下臉，吐吐舌頭，心想這人有管理強迫症，性格裡帶著虐待人的因子，自習時間不准人講話也就算了，連下課時間也愛管秩序，難怪不討同學喜歡。

自那天開始，閻末風每天早上打開花園的門，就會看到兩張笑臉守在樓梯下，他們三人結伴上學，汪承昊習慣貼到左側，夏夕瑀則黏在右側取暖。

閻末風瞥向她的頸間，這傢伙竟然把他的圍巾據爲己有了，是說……他也不缺圍巾，家裡還有好幾條，也就沒有跟她討回來。

「愛哭包，你看你看。」夏夕瑀秀出雙手的手套，「小阿姨送的，今天有熊胖的分身陪我上課。」

細看她的手套，手背上繡著可愛的小熊圖案……承認熊胖的存在，就等於認同B615星球的存在，由此看來，若媛阿姨的思想已經被她干擾，漸漸走向同化之路；除此之外，還有一個人也正在淪陷。

「我媽要給妳的。」閻末風從書包裡掏出一包手工餅乾，塞到她掌心裡。這女生憑著肚子裡塡不滿的小宇宙，完全征服喜愛做甜點的母親大人。

「是巧克力核桃餅乾耶！」夏夕瑀感動地捧著餅乾。

「夏小怪，妳知道妳的臉變圓了嗎？」汪承昊探頭，用研究的眼神掃視她的臉。

「變圓？跟熊胖一樣可愛嗎？」她伸指戳著臉頰。

「變圓就是腫到跟饅頭一樣，哪會可愛？」她的回答不知算天眞還是遲鈍，讓汪承昊有種難以溝通的抓狂感，「再說……熊胖到底是什麼？」

「祕密。」她撇頭。

「末風，熊胖是什麼？」汪承昊轉攻閻末風。

「是她的泰迪熊娃娃。」閻末風別無選擇，不答的話，汪承昊會纏個沒完。

「跟豆豆先生一樣。」汪承昊噗哧大笑。

「我跟豆豆先生不一樣！」夏夕瑀怒目瞪了班長一眼。

「戀態加行為思想奇怪，明明就一樣。」

「不一樣！不一樣！完全不一樣！」

閻末風嫌吵地皺起眉頭。

要爭執也不要讓他夾在中間！實在想不透，汪承昊的個性外向，人緣一向很好，和班上同學相處和睦，怎麼和夏夕瑀兜在一起，兩個人卻大小爭執不斷？鬧得他無法清淨。

國文課的下課時間，夏夕瑀突然轉身，將她的課本疊到他的課本上，指著書頁的左下角，一臉神祕地說：「愛哭包，你看你看。」

他定睛看著課本角落，那裡畫著一顆香菇頭，頭上長著三個大眼睛，下方垂著六根觸角的不明生物。

「水母？」

「不是，是NCG5457星系的朋友，剛才上國文課時密我，牠說想認識你。」

「謝了，我不需要。」他眼神死，輕輕撥開她的課本。

上學的路程變吵，下課時間也不得安寧，放學時間更慘，汪承昊要補習和練舞，每天都會提前一節課離開，留下閻末風一個人，每當他上完輔導課走出教室，夏夕瑀就會像跟屁蟲般追上來，唧唧喳喳黏著他回家。

甚至到了睡覺前，他的腦袋仍亂哄哄的，全都是夏小怪的聲音，這女生完全顛覆他原本寧靜的世界，徹底掀起一場「夏小怪之亂」。

閻末風突然感到渾身一陣惡寒。

這B615星球根本是個黑洞吧？吞噬了媽媽、若媛阿姨和汪承昊，現在正一寸寸罩向他的天空……

不行！他必須和她切割，否則後果不堪設想。

體育課跑完一圈操場後，夏夕瑀拉著閻末風走向羽球場，兩人從籃子裡挑出羽球拍進行對打。

閻末風對羽球顯然沒什麼興趣，打出的球速不快，有點輕飄飄，夏夕瑀難得擁有專屬對手，不用和其他女生輪替，她樂得開心，每一球都精心調整方向，盡量讓羽球落在他的四周，以減少奔跑的次數。

此時，之前絆倒閻末風的高個子同學，突然領著幾個男同學從旁邊走過，一群人發出低低的竊笑聲。

「閻末風，跟女生打羽球很好玩吧？」

「你看他打得軟趴趴，跟個娘炮一樣。」

「不要打得太用力喔，小心腳痛復發……」

閻末風假裝沒聽見嘲諷，心裡的怒氣卻逐漸升高，揮拍的手勁越來越強，原本半弧形的高空慢球，瞬間變成快速的直球，幾個正拍加反拍加左右吊球，讓夏夕瑀東跑西追，累得氣喘吁吁，最後又來一記扣殺，殺到她雙手發軟。

汪承昊剛打完籃球，走到場邊打趣笑道：「你們兩個，把羽球當網球打啊？」

「班長，生氣的愛哭包太可怕了，瞬間進化成超級愛哭包，攻擊力驚人！」夏夕瑀朝汪承昊扮了個哭臉。

「夏小怪，要不要換人？」

「不用，夏小怪奉陪到底。」

體育課結束後，夏夕瑀全身是汗，將球拍放回籃子裡，伸出發紅的右手說：「愛哭包，你看看我的手……」

「不要煩我！」闍末風一臉煩躁，將羽球拍拋進籃子裡。

被他突來的怒氣嚇到，她倏地縮回右手。

看她一臉錯愕，他歉然地緩下嗓音：「讓我安靜一下，先不要和我說話。」

夏夕瑀望著闍末風憂鬱的眼眸，那句「不要和他說話」，像敲下鋼琴的最低音鍵，咚地一聲擊進她心口。

自己……會不會被他討厭了？

下午第六、第七堂課，是連兩堂的理化課，老師手中的粉筆在黑板上寫著電解公式，夏夕瑀一邊抄筆記，心思不時飄向後桌，藉由後方傳來的細碎聲響，揣測闍末風現在在做什麼。

椅子的拖動聲、課本的翻頁聲、自動筆的按壓聲……偶而在老師提問時，聽見他輕聲和她念著相同的解答。

夏夕瑀懲得發慌，很想轉頭看他一眼，和他說句話，但是不清楚他的鬱悶有多深，不要說話的時限有多長。

從幼稚園開始，教室是她的另一個棲所，每天背著書包往返在住家和學校之間，幼稚園畢業升國小、國小畢業升國中，一堂課接一堂課，小考接著月考。

在基測逼近，神經跟著緊繃的日子裡，現在因爲一個人的出現而變得不同，她和他讀著同樣的課本、一起上下課、一起打球……身體裡好像被催化出一種能力，即使不回頭，也能感應到他的強烈存在，所以她的肩背挺得筆直，更認眞地盯著黑板。

因爲，他的目光看得到她，她想給他更好的印象。

第七堂課要做電解實驗，全班同學帶著筆記移往實驗室。

夏夕瑀環顧四周，靠窗的準備桌上擺著酒精燈、燒杯等器具，玻璃鐵櫃裡鎖著貼著白色標籤的瓶瓶罐罐。室內設有兩排長型實驗桌，每張桌子可以供兩組學生進行實驗，中間以一道十公分寬的溝槽區隔，左右端各有一個洗手台。

按照教室的座位分組，夏夕瑀和閻末風坐在同一排，正好是第一組，兩人從上完體育課後到現在，完全沒有說過一句話。

上課鐘聲剛響，閻末風是小組長，負責去領電解實驗的器材，夏夕瑀有些心不在焉，視線追著他的背影，兩手閒閒沒事做，不自覺地撿起溝槽裡殘留的一小塊白色肥皂，在桌面上畫圈圈。

閻末風拿著燒杯和酒精燈回來，看她微微垂著臉，想事情想得出神，擱下燒杯時，視線定在她的手指上。

「夏小怪。」他警覺地瞇著眼。

「啊？」聽他終於開了金口，她馬上回魂，一臉期待地望著他。

「妳的手在玩什麼？」

「肥皂啊。」她抬起手，露出桌面的「肥皂」。

閻末風臉色一變，猛然伸手扣住她的手腕，將她用力拖到洗手台前，旋開水龍頭，抓著她的右手伸到水柱下沖水，突來的大動作引起四周同學的注目，紛紛轉頭看向兩人。

「怎麼了？」夏夕瑀一時搞不清楚發生什麼事。

「笨蛋！那不是肥皂！」他低罵了聲。

「不是肥皂？」她疑惑地瞅著他。

「肥皂的成分是什麼？」

「是油脂加氫氧化鈉……」

「妳想測試氫氧化鈉的腐蝕性，非得用自己的手指嗎？」

夏夕瑀傻了一下，腦海浮出氫氧化鈉的模樣，白白薄薄的一塊，乍看之下很像肥皂，再低頭看向自己的手，閻末風將她的手指扳開，只見指尖皮膚變成焦黃色。

全班同學聽到她拿氫氧化鈉來玩，突然一窩蜂圍了過來，爭相觀賞她的手，有人竊笑罵她笨，有人大聲驚叫好恐怖。

汪承昊擠到洗手台邊，看到她手指的慘況，表情擔心地說：「氫氧化鈉是強鹼，有強烈的腐蝕性，它會灼傷皮膚，嚴重時皮膚會壞死變黑，妳怎麼會去摸它？」

「我的手指壞死了！」夏夕瑀倒抽口氣，腦筋開始打結，「那……要用硫酸中和嗎？」

「強鹼用強酸中和，妳的手指準備廢掉吧。」閻末風完全被她打敗，這兩者澆在她的手上，不廢掉才怪。

「嗚……那怎麼辦？要切掉手指嗎？」她快哭出來。

「先切掉妳的笨筋。」閻末風關上水龍頭，抓著她的手毅然走向大門，「班長，我帶她去保健室，幫我跟老師說一下。」

「喔。」汪承昊抱著雙臂，目送他拖著夏夕瑀走出教室。

在前往保健室的途中，閻末風快步走在前面，一手緊緊握著夏夕瑀的手，兩人穿過長長的走廊，經過好幾間教室，引來教室裡老師和學生的好奇注視。

夏夕瑀望著閻末風神色凝重的側臉，再看向他握著自己的手，雖然指尖冰涼，力道有點重，卻有一抹甜甜的暖意在心頭泛開。

她縮了縮手指，輕輕回握他的手，感覺掌心有點麻，力氣好像被他抽走了，操場上的打球聲和教室裡的讀書聲突然消失，整個世界只剩下自己的心跳在大聲鼓噪。

兩人來到保健室門口，閻末風伸手想開門，她卻突然扯住他。

「怎麼了？」他不解地回頭。

「你、你知道地球的北緯三十度線嗎？」她表情凝重。

「知道又怎樣？」他沉下臉瞪她。她又想耍什麼花招？

「瑪雅文化、古巴比倫、埃及金字塔、中國的神農架、百慕達三角洲……都位在北緯三十度線上，那裡存在著時空裂縫和神祕力量，自古以來，常常發生飛機和船隻消失的事件，還有很多人目擊到幽浮、幽靈船、尼斯湖水怪、野人……」

「講重點。」他冷聲打斷她的話。

夏夕瑀輕咳一聲，滿臉正經地說：「保健室在學校裡的存在，就跟北緯三十度線一樣，裡頭有很多的謎……」

「放心。」他眼神死，伸指輕叩她的頭，「妳的存在，絕對比北緯三十度線更謎！再大的時空裂縫都比不上妳的B615星球，任何妖魔鬼怪都不敢靠近。」

「我不要……」

「進去！」閻末風拉開保健室的門，將她用力推入，「護士阿姨在嗎？」

保健室裡靜悄悄，一個人都沒有。

夏夕瑀僵著身子，大眼一轉，視線緩緩掃過兩張病床、擺著瓶罐的櫥櫃、身高體重計、掛在牆上的視力檢查表，最後定在牆角的人體模型上。

成年人的大小，右半邊是正常模樣，左半邊是解剖圖，暗紅色的肌肉紋理、血管、心、肺……等器官清楚可見。

「有磁場干擾，我頭暈……」像被刺到似地，她縮回目光，一手按著額頭。

「又怎麼了？」看她腳步微微搖晃，他趕緊扶住她。

「愛哭包，叫他不要看我！」一手抖啊抖地指向人體模型。

閻末風轉頭看了人體模型一眼，總算理解出她在恐懼什麼，突然覺得好笑：「只要妳不看他，又怎麼知道他在看妳？」

「可是我感應得到……」她噘嘴。

「妳的手現在感覺怎樣？」他打斷她的話，直接切進重點。

「熱熱的，刺刺痛痛的。」經他一問，手指突然痛了起來，夏夕瑀攤開右手，發現指頭的皮膚開始發黑了。

「再沖個水，氫氧化鈉還殘留在皮膚上，會繼續腐蝕下去。」閻末風見狀，微微皺眉，又將她推到洗手台前，打開水龍頭，握著她的手沖水，「實驗室的東西不要亂撿，怎麼一點警覺心都沒有？把氫氧化鈉當肥皂。」

「我之前讀普通班，學校很少做實驗，有些實驗只有老師示範而已，並沒有實際操作，必須參加課後的理化加強班，才會補充做實驗，我班上有三分之二的同學連肥皂都沒做過呢。」

閻末風沉默，他不否認實驗班的教學資源比普通班豐富。

夏夕瑀凝視他輪廓漂亮的側臉，前額散落幾綹瀏海，微微遮住眼睛，高挺的鼻梁下，雙脣堅毅地緊抿，溫柔的指尖輕輕勾動她的心。

感覺到她的注視，閻末風突然轉頭看她，她屏息，在他澄澈的眼瞳裡看見自己的倒影，時間彷彿暫停。

根據愛因斯坦的「狹義相對論」推論，當人類的速度追上光速時，時間會發生暫停或倒流，可以看見過去發生過的光影。

現今人類的科技還無法追上光速，但在這一刻，她在他眼裡覓得一道光，也追上了這道光，彷彿印證了時間暫停的理論。

而這道光，正是被他注視的目光。

夏夕瑀心裡湧起一股從來沒有過的渴望，她想繼續被他注視，想跟他一起讀書、一起上高中、一起上大學、一起到……不管他去哪裡，她都想跟著他。

「妳自己沖水，我去導師室問護士阿姨在哪裡。」閻末風不自在地移開眼，突然被女生近距離注視，他的心口隱隱顫動著。

「啊，我到門口等你。」她慌張地拉住他，不想和人體模型共處一室。

「妳眞的是小孩欸。」他沒轍地嘆氣。

「我不是小孩，我和你一樣！」

「雖然我們外表一樣，可是實際上……」閻末風輕笑了聲，不認同地搖頭，「妳叫卡伊珊什麼的，B615星球人，從八歲起就不想長大；而我，是十五歲的閻末風，地球人，我們之間可是相差了七歲，兩顆星球距離一光年！」

「欸？」

「還是……妳現在想長大了？」

夏夕瑀一臉震驚地望著他，整顆心揪痛起來，終於察覺兩人的距離這麼遠。

八歲和十五歲……整整七歲的差距。

B615星球和地球，一光年的距離。

在爸爸去世後，她和熊胖住進B615星球裡，那裡的時間永遠靜止，如果想要他的目光繼續看著自己，想要牽住他的手，想要他……再更喜歡自己一點，那麼八歲的夏小怪是不行的。

她必須從B615星球回到地球，從八歲長成十五歲的夏夕瑀。

Chapter 06　七項任務

黑板的右上角，基測倒數的日子再減去八天，下課後留在教室裡溫書的同學變多，空氣裡彌漫著緊張氣息。

夏夕瑀坐在座位上欣賞自己的右手，四根指頭的黑皮膚變得乾硬，完全失去觸感，摸東西的感覺像隔著一層紙，護士阿姨說等這層死皮脫落，她的手指就能恢復到原來的模樣。

突然很想和閻末風說話，她過轉身，看見他右手握著筆，食指和拇指在數學題目旁輕輕撥動，小小聲問：「你會心算啊，我從幼稚園學到八歲，心算二級，你呢？」父親去世後，她轉學到另一間小學，心算的學習跟著中止。

「心算十段，珠算六段。」他簡明扼要地回答，不答的話，她會追問不休。

「好厲害，」她眼裡洋溢著崇拜，「你喜歡什麼顏色？」

「白色。」

「但你的茶杯是黑色的，爲什麼不用白色？」

「實用就好。」

「我喜歡黑色。」她伸出右手，現出黑色的指尖給他看，「顏料如果吸收光譜內所有的可見光，人眼看到的就會是黑色，所以喜歡黑色，就等於喜歡全部的顏色。」

「恐怖……」全部一網打盡！閻末風打了個寒顫，決定明天換一個白色茶杯，因爲白色是黑色的相反，沒有任何光被吸收。

她心滿意足轉過身，打探到他最喜歡的顏色，對他的了解又多了一點，這明明是件微薄小事，卻變成升學壓力裡的小確幸。

「哈哈哈……都是你啦！」教室裡突然響起一陣爆笑，伴著椅桌的碰撞聲，惹得幾個正在溫書的同學皺起眉頭。

夏夕瑀朝發聲處望去，五個男同學聚集在教室角落，推來踢去打鬧著，其中一個就是體育課絆倒閻末風的高個子。

閻末風停下筆，轉頭看著吵鬧的同學，出聲制止：「同學，不要在教室裡大聲玩鬧，要聊天請到走廊。」

被當眾糾正，高個子同學面露不滿，大聲回嗆：「閻末風，你很機車耶！下課是自由時間，你管什麼管？」

夏夕瑀看向旁邊座位，汪承昊剛才被廣播召喚到訓導處，不在教室裡。

「眞麻煩……」淡淡煩躁閃過閻末風的眼眸，他起身看著五人，儘量保持緩和的語氣：「下課是『休息』時間，很多同學晚上熬夜看書，上課又消耗精神，下課需要安靜休息一下，還有同學想統整筆記，溫習下一堂的小考。所以我認爲，不管上課或下課，教室內都不能大聲喧鬧。」

「是你看我們不爽吧？其他同學又沒有講什麼，何必牽拖？」高個子同學不接受他的解釋。

「當風紀很威呀，自以爲了不起啊。」

「我繳學費是來讀書的，不是來給你罵的。」

「馬屁精，抓扒子，只會耍特權找同學的碴。」

「噗哈哈哈，他現在是不能跳的軟腳蝦……」

一群人開始狂戳閻末風的痛點，在課業壓力下，人的脾氣容易變得暴躁，一點小磨擦都可能引發燎原大火，教室裡薄弱的平衡正在崩解，但是在座的同學只是各做各的事，彷彿出聲排解爭執，都會浪費讀書的時間。

闔末風的雙手在身側緊握，波濤般的憤怒掩埋理智，他跨開腳步正想過去理論時，一道嬌小的身影突然推開他，大步走向五個同學。

「你把他說得那麼差，就代表你的能力比他好，那風紀股長換你當！」夏夕瑀雙手扠腰，抬起下巴瞪著高個子同學，一百五十六公分對一百七十五公分的身高差，使畫面看起來有些好笑。

「誰、誰稀罕當風紀！」她的亂入讓高個子同學傻了一下。

「所以……這叫嘴炮嘍？」

「妳才白痴咧！氫氧化鈉和肥皂分不清楚。」

「謝謝關心，我記住氫氧化鈉的特性了。」

「幹！誰在關心妳？」他惱羞成怒，口不擇言，「笑得那麼醜、那麼噁心，裝什麼可愛，還滿口謊話，說什麼是外星來的，妳明明是精神分裂！還跟個花痴一樣，每天只會發春，黏著闔末風的屁股。」

「你在抱怨沒有女生黏你嗎？」她笑臉不變。

「神經病！妳聽不懂人話啊？」他低吼了聲，突然眼神一縮，目光落在她的身後。

兩隻手一左一右握住夏夕瑀的雙臂，將她整個人向後拉開，同一時刻，兩道身影朝中間靠攏，橫擋在她的前面。

「同學，我剛從訓導處回來，一看不得了。」汪承昊指了指窗外，困擾地搖頭，「男生這樣罵女生，你勇，你猛，我佩服！這叫人身攻擊，全班同學都是目擊證人，要是記了大過，你的推甄就完了。」

高個子同學看向走廊，窗戶前圍著一排隔壁班的同學，又聽到推甄兩個字，氣勢瞬間大減，此時，上課鐘聲敲回大家的理智，他扭頭一瞧，剛才幫腔的同學全部縮回座位上，擔心被他牽連，留下污點影響升學路。

「上課了，快回座位吧。」閻末風口氣平淡，給他一個臺階下，「我也有繳學費，也是來讀書的，不是來罵同學的，如果你真的很討厭我，那就自律，不要讓我管。」

兩人一個威嚇、一個勸退，高個子同學臉上青一陣、紅一陣，狠瞪閻末風和汪承昊一眼後，默默走回座位。

此時，國文老師走進來開始上課，班上一片安靜，好像什麼事都沒發生過。

課上到一半，汪承昊睨著夏夕瑀，她垂臉看著課本，雙手藏在抽屜裡，不知道在玩什麼。

他有些好奇，故意將橡皮擦掉在地上，彎身下去撿時，斜斜看進她的抽屜裡，發現她的手抓著一只手套，指尖輕輕摸著手套上的小熊娃娃。

他心裡有些疑惑，不明白這舉動代表什麼。

隔天，夏夕瑀請了病假，沒有來上課。

下課時間變得比以前靜多了，閻末風停下手中的筆，掃了教室一眼，留在座位上的都是看書和睡覺的同學，再轉頭朝窗外望去，高個子同學和兩個男生趴在走廊欄杆上聊天，昨天的爭執竟然起了效果，雖然不知道這個成效可以維持多久。

收回目光，他提筆在作業簿上寫了幾個字，又忍不住看向夏夕瑀的座位。

今天的上學路上和下課時間，少了一隻唧唧喳喳的夏小怪，耳根清淨多了，內心卻有一種說不上來的感覺，好像掉了什麼東西，想回頭去找回來。

病假嗎？

腦海浮現夏夕瑀發燒的模樣，像個小孩抱著棉被在床上耍賴，大人都束手無策，是說……有態胖在，若媛阿姨應該可以制住她，逼她吃飯和吃藥吧，但是……她是眞的生病嗎？

「末風。」輕輕拉開夏夕瑀的椅子，汪承昊反坐在椅子上，趴在他的桌緣問道：「沒看到夏小怪，感覺渾身不對勁，明天要不要去探望她？」

「嗯。」他點頭，毫不遲疑。

翌日，星期六早上，天氣陰陰冷冷的，閻末風帶上母親昨晚做的手工蛋捲，汪承昊也帶著老師交代的作業和測驗卷，兩人朝著夏夕瑀家走去。

「末風，我前天看到她在玩手套，有點鬱悶的樣子，後來想想，一般女生被這樣罵，心情一定很難過。」汪承昊的語氣有些懊惱，想起夏夕瑀在課堂上玩手套的事，當時應該關心她一下。

「她應該是在跟熊胖訴苦。」原來早就有徵兆了，可惜他坐在後面，沒看到她的異樣。

「你怎麼知道？」

「女生小時候，好像都會有一兩個娃娃朋友，她們會和娃娃玩角色扮演、家家酒，甚至聊心事。」

「對喔，我幼稚園的表妹也會跟芭比娃娃說話。」汪承昊突然理解了熊胖和夏夕瑀的關係，「我們男生小時候，大概都在幻想自己是救世主，率領機器人或搖控飛機，去拯救全世界。」

「長大的那一刻，就是理解自己無法成爲救世主。」閻末風勾勾脣角。

「哈哈！是啊，你的機器人和模型飛機還在嗎？」

「在啊，和童年一起收在儲藏室裡了。」

「我的童年都被媽媽丟掉了。」汪承昊一臉惋惜。

兩人一路閒聊，來到夏夕瑀家門口。

「我昨天仔細想過，就算言行再奇怪，夏小怪還是個女生啊，她可能沒有表面上那麼堅強，不過說實在話，我一直沒把她當成女生看待。」

「不然當什麼？」

「就夏小怪呀，某種性別和年齡不明的生物……這不能怪我呀，她感覺很像小孩……」汪承昊話音一頓，視線觸及庭院裡的某個事物時，雙眸微微睜大。

閻末風見他表情有異，循著他的目光望去，只見夏夕瑀雙手抱著泰迪熊站在木棚架下，一身紅底黑格紋的英倫娃娃裝，及膝的蓬蓬裙下，黑色保暖襪包覆著纖瘦雙腿，上身合身的衣型勾勒出優美的胸部線條。

她仰頭靜靜望著棚架，及肩的柔順短髮上映著天光，難得安靜的她，臉龐浮著淺淺微笑，不知道和熊胖神遊到哪裡去。

閻末風收回空白了一瞬的心神，伸手扳開門栓，夏夕瑀聽見開門聲，回魂般眨了一下眼，緩緩轉過頭，看見兩人時，眼底閃過淡淡的驚訝膽怯，慌亂地將熊胖塞在身後。

「早安。」閻末風走向她，和平日一樣道早。

「早……」她垂下臉，在身後抓著熊胖的指頭不斷糾結。

前天她被男同學的話中傷，雖然心裡覺得難過，但她最在意的，是她在他的面前丟臉了……第一次，有無地自容的感覺，她很想像駝鳥一樣把自己的頭埋起來。

「熊胖，早安。」

夏夕瑀倏地抬頭，看著閻末風臉上的淺笑，猶豫了一下，才從身後拿出熊胖，對著他說：「熊胖說：『早安，第二次和你見面。』」

這是……在扮家家酒嗎？

汪承昊看著兩人一熊的互動，眉角尷尬地抽動，原來他的麻吉有他不知道的隱性興趣啊？

「自我介紹。」閻末風以手肘頂了汪承昊一下。

「我？」汪承昊發窘地看著泰迪熊，內心交雜奇怪尷尬的感覺，「呃……熊胖，我叫汪承昊，是九年一班的班長，你好，呵呵，久仰大名，很開心見到你。」

「熊胖說，謝謝你教我數學。」夏夕瑀怯怯地笑了笑，伸手指著纏繞在棚架上的爬藤，「你們看架子上的藤蔓，我一直以為它枯死了，剛才發現藤蔓上長出小芽，我在想它是什麼植物？會不會開花？」

「喔，那個是……」汪承昊順口接話。

「班長！」她下意識抓起熊胖，將它的臉塞向汪承昊，泰迪熊圓圓的嘴堵住他的嘴，「不要告訴我它是什麼植物，我想等等看，等一棵正要發芽或開花，卻不知道名字的花草，不是很有趣嗎？」

「夏小怪……」汪承昊身體僵直，後退一步，口氣像想殺人：「這是我的初吻欸！」

「這也是熊胖的初吻。」

「熊胖是公的還母的？」

「公的。」

汪承昊突然覺得頭暈，一手搭住閻末風的肩，剛才看她秀氣地站在庭園裡，有種她是「女生」的錯覺，一顆心莫名悸動了一下，但是這種悸動，此刻已完全散去，只要她是B615星球的夏小怪，不管她偽裝得多像女孩子，他以後都只會當她是「特別」的同學。

「妳不會等很久的，答案就在三月底。」閻末風抬眸望著木棚架，看似枯槁的爬藤凌亂交錯，沉眠了一個冬季，現在已發出小芽。

「眞的嗎？我會耐心等，熊胖也好期待！」夏夕瑀眼睛一亮，整個精神都來了。

「這是妳的作業和測驗卷，雖然請假沒考到試，但是班導要求考卷必須寫完，不然會跟不上大家的進度。」汪承昊拎起一個小紙袋，又確認她的「病」沒什麼大礙後，此趟的任務便完成了。

「謝謝班長。」她接過紙袋。

「夏小怪。」閻末風盯著她氣色紅潤的臉，看不出生病的跡象。

「嗯？」

「妳生什麼病？」

「咳咳咳咳……我頭暈咳咳咳……我喉嚨痛咳咳咳……」她的手馬上按住胸口，一邊咳一邊暈轉，彷彿得到重感冒，隨時會昏倒。

「這麼嚴重啊，既然喉嚨痛就不適合吃蛋捲這種乾燥的食物，妳好好休息，我和承昊就不打擾了。」語畢，他拉著汪承昊準備離開。

「蛋捲咳咳咳……」兩人才剛跨出步伐，夏夕瑀就衝上前，一把揪住閻末風的手臂，「愛哭包不要走！咳咳咳……我的病快要好了，咳咳，現在只有咳兩聲，咳，現在一聲……現在沒有咳了。」

「欠揍。」閻末風扳著臉，伸指輕叩她的額頭，實在被她的貪甜打敗！

昨天她沒有來上課，害他擔心了三秒、內疚了五秒、煩惱了十秒，怕她被同學的言語刺傷而一蹶不振，畢竟她是爲他出頭，他也有部分責任，沒想到今天抽空來看她，一盒蛋捲就把他的擔心內疚煩惱全部變成多餘。

此時，紗門拉開的聲音響起，林若媛站在門口望著三人，夏夕瑀見到小阿姨，馬上鬆開闔末風的手臂。

「末風、承昊，你們兩個怎麼跑來了？」林若媛微笑問。

「林阿姨，我拿作業和考卷給夕瑀。」汪承昊和林若媛比較不熟，不像闔末風自小就在林家進出，所以說話態度自然比較拘謹。

「不好意思，讓你們跑一趟。」

「不會！這是班長的職責。」

「鈞澤煮了咖啡，進來坐一下吧。」

「不用了，我十點要去補習班。」汪承昊看了眼手錶，輕輕推闔末風的肩一下，「你進去坐，我先走了，星期一見。」

汪承昊離開後，闔末風和夏夕瑀走進飄著咖啡香的客廳，一隻虎斑貓跑了過來，在他的腳邊磨蹭，喵嗚喵嗚地撒嬌，他臉上浮起溫柔淡笑，蹲下身輕揉牠的頭。

「末風，早啊。」張鈞澤坐在沙發上看報紙，林若媛放假的時候，他經常來家裡陪她吃早餐或聊天，兩人親暱的言行常常閃到夏夕瑀睜不開眼。

「早安，鈞澤叔要不要吃蛋捲？」他起身，將蛋捲放在咖啡壺旁邊。

「呵呵，不了，你媽上星期送的餅乾還沒吃完呢。」

闔末風暗自在心裡嘆氣，附近鄰居都吃怕了，難怪母親聽到他要帶蛋捲來看夏夕瑀，開心到快跳起來。

夏夕瑀將熊胖放在沙發上，打開紙袋拿出作業簿和一疊考卷，苦著臉說：「這麼多張，要寫到什麼時候？」

林若媛不忍地看著她，自己也是過來人，知道國三學生的壓力。

「末風急著回家嗎？」

「沒有。」

「我和鈞澤要外出，你可以陪夕瑀寫考卷，教她不會的題目嗎？」

夏夕瑀愣了一下，心裡萬分期盼，卻又怕他拒絕。

「給妳兩個小時。」閻末風看著時鐘，自覺必須爲她的請假負點責任。

話剛講完，夏夕瑀「呀」地一聲撲到沙發上，抱住熊胖左翻右滾，非常開心的模樣。他面無表情地瞪著她，搞不懂這怪怪女生在幹什麼……

林若媛和張鈞澤外出後，夏夕瑀拿了張小椅子坐在茶几前，開始寫起考卷；閻末風從書櫃裡抽出一本書，坐在沙發上看著，虎斑貓隨後也跳到他的大腿上，乖乖趴著休息。

客廳很靜，靜到他的存在感被無限放大，夏夕瑀不時從眼角偷偷覷向他，他捧著書本靜靜閱讀，幾束瀏海斜斜落下，一人一貓的畫面美得像幅畫。

「金星，是天空裡看起來最亮的行星，眞想去上面玩。」寫到地科的複習考卷時，她看著題目念出心裡的願望，試圖拉回不斷被他勾走的心神。

閻末風愣了一下，腦海迅速閃過金星的資料，然後想像把夏小怪丟到金星上的畫面，說道：「金星的大氣壓力是地球的九十幾倍，夏小怪會『啪』地一聲壓扁在地上，金星的地表溫度有四、五百度，變成肉餅後馬上烤成焦碳。」

「哈哈哈……烤成焦碳！」夏夕瑀捧腹大笑，「那去火星呢？」

「火星，大氣壓力只有地球的百分之一，妳的身體會先爆開，火星的地表溫度幾乎維持在零度以下，爆開後馬上變成冷凍肉塊。」

「哈哈哈……冷凍肉塊！那去土星呢？」

他抬眸瞥向時鐘，口氣淡冷：「妳還有一小時十二分鐘三十八秒。」

「好嘛。」夏夕瑀低頭竊笑，和他說到話後心情更樂了，她越寫越起勁，很想找出不會的題目問他，可惜地科她全部都會，只好抽出數學考卷放大絕。

閻末風看她換了考卷，但寫沒幾題就一臉困惑地歪頭，便放下書本挪開虎斑貓，起身來到她身旁，一手撐在桌面上，彎身看向考卷，問：「哪題不會？」

輕輕的嗓音搔著耳廓，夏夕瑀心一跳，僵著脖子微微轉頭，他的臉龐非常靠近，近到她能感覺到他的體溫。

閻末風聽她半晌沒回應，下意識轉頭凝視她的臉，夏夕瑀一觸及他的目光，呼吸瞬間一窒，低頭看著考卷囁嚅道：「第、第七題。」

右腳勾過一張小椅子，閻末風坐到她的身邊，修長指尖在題目上畫著，解讀題意時，輕聲念出：「上截圓的圓面積爲9π cm2，下截圓的圓面積爲16π cm2……求球體的半徑。筆給我。」

夏夕瑀立刻把筆放到他的手中，閻末風在球體上畫了幾條輔助線，解說完解題方法，再將筆交還給她，一來一往，兩人的肩膀不自覺地抵在一起，頭也越靠越近。

「這題錯了。」他突然靠向她，想指出計算錯誤的題目。

「哪一題錯？」她倏地探過頭，以爲他拿在手裡的地科考卷有寫錯。

叩！

兩顆頭應聲撞在一起，閻末風又氣又痛地捂著左臉頰，夏夕瑀無辜地按著右邊額頭，兩人的表情都有些難看。

「夏小怪！妳搞什麼？」他狠瞪她，心裡想殺人。

「對不起，我幫你呼呼……」她不斷賠笑，伸手輕揉他被撞紅的顴骨。

「趕快寫！」他側臉避開她的碰觸，抄起一枝筆敲她的頭。

「好嘛好嘛。」夏夕瑀捂著被他敲痛的部位，肚子突然發出動能耗盡的「咕嚕」聲，她滿臉堆笑地問：「我可以吃蛋捲嗎？」

「隨便。」閻末風挪動椅子和她拉開距離，看著她打開保鮮盒拿出一根蛋捲，滿臉幸福地吃起來。

她很聰明，剛才檢查她的考卷，幾乎每道題目都答得條理分明，即使是不會的問題，解說後也一點就通。

她在班上的小考成績排名在中間，但資優班的分數差距很小，同分的情形很多，如果她到普通班肯定是班上的前三名，但她的言行舉止偏偏像個八歲小孩，為什麼不想畢業、不想長大呢？

回想夏夕瑀感冒發燒那天，閻末風站在客廳裡，聽著若媛阿姨講電話，從對話中得知八歲的她在父親去世後，心靈受到嚴重打擊，變得非常依賴父親送的生日禮物——熊胖，之後他詢問她什麼時候搬到B615星球，她的回答也是八歲。

「夏小怪。」他想到一件事，心裡非常好奇。

「嗯？」

「通往B615星球的蟲洞在哪裡？」

夏夕瑀眼神一縮，猶豫著該不該說出自己的小祕密，默默望著他許久，才小聲答：「棉被……」

果然是八歲小女孩的思維，通往B615星球的蟲洞竟然藏在棉被裡？一般人聽到一定會狂笑，當她有幻想症吧。

但閻末風完全笑不出來，胸口一陣悶，腦海浮現一幅非常悲傷的畫面：一個八歲小女孩，抱著小熊躲在棉被裡，想著爸爸在哭泣，爲了隔離悲傷，最後將自己封進一個想像中的小星球。

見他沒有笑，眼神複雜，她讀不出他在想什麼，於是試探地問：「你要不要來？」

「去哪兒？」閻末風回過神。

「來……B615星球玩？」

「和妳……一起躲棉被？」

「嗯啊！」她用力點頭。

「地球上的基測要到了，我沒有閒時間去外星球旅遊。」他一臉認眞，拒絕她的邀請。

「喔……」她失望地嘆息，心頭卻暖暖的。他沒有嘲笑她，完全認同B615星球的存在。

「夏小怪妳……」

「怎麼？」

「都隨便邀男生一起躲被子，穿梭蟲洞到B615星球玩嗎？」他是正常男生，不是幼稚園小孩，男生和女生一起躲被子，這是人命關天的事，她不會傻到四處邀請人吧？

「你是我第一個邀請的男生。」夏夕瑀嘻嘻一笑，「不過，是你躲你家的棉被，我躲我家的棉被。」

「欸？」所以……只有他的思想邪惡嗎？

「難道……」她咬著筆桿看他，眼神有點害羞又有些期待，「你想和我一起躲棉被？」

「妳快寫！還有三十七分鐘四十九秒。」一股熱氣朝臉頰衝，閻末風用力拍桌掩飾內心的羞赧。

「好啦，這麼凶。」她縮了縮肩頭，又伸手拿起一根蛋捲。

「妳再吃，會變成胖小怪！」

「胖就胖，不管怎麼樣，我都會喜歡自己。」她不在乎，大口咬著蛋捲。

閻末風一愣，這是她常常掛在嘴邊的一句話——即使全世界的人都不喜歡她，她也會喜歡自己。

腦海浮現出她纖瘦的身影，那時面對比她高壯的男同學，不管言語攻擊多猛烈，她也坦然無懼。

反觀他，當了兩年半的風紀，同學們的排擠並不是國三才開始，為什麼之前可以無視大家的冷嘲熱諷，現在卻變得這麼意志消沉？

只因為雙腿的病痛……

從小到大，成績也好、運動也好，他的人生很順遂，沒什麼阻礙和煩惱，但這場病痛，卻將他從雲端打進谷底，他開始在意起旁人的目光，但是套一句夏小怪的口頭禪，如果自己都不喜歡自己，不接受這樣的自己，又怎麼有勇氣舉起盾牌抵抗？

她的勇氣讓他自愧不如……

「愛哭包。」夏夕瑀伸指輕戳閻末風沉思中的臉頰，他深沉的眸光穿過手中的考卷，不知道落在地球的哪個角落，「你的志願是市立第一的男校嗎？」

「嗯。」閻末風收回思緒，點了點頭。

「這樣喔……」她一臉落寞。

她想追逐他的目光，和他一起讀高中，但現在知道無法和他同校後，那份渴望一掃而空，變得……更不想畢業了。

然而，不管夏夕瑀如何抗拒畢業，如何掙扎著不想長大，黑板上基測倒數的日子還是持續遞減。

院子裡的木棚架上，纏繞而生的枯藤長出新綠，圓圓的花芽跟著葉片一起冒出來，花苞串越垂越長，在三月底陸續盛開成紫色的大花穗，一串串垂綴在半空中，迎風搖曳。

在清雅的花香中，夏夕瑀抱著熊胖踩著滿地的紫色花瓣，仰頭望著一串串紫藤花，華美得勾人心魂。

林若媛走到她身邊，伸手輕撫著紫藤花，一臉感慨地說：「紫藤花，平均要種上七年才會開花，必須依附樹木而生，象徵著纏綿執著的愛情。花語是：沉迷的愛、對你執著、永恆的思念。」

聽完紫藤花的花語，夏夕瑀想到不能和閻末風讀同一所高中的心情，心頭湧上愁悵和不捨，更害怕國中畢業後會變回以前那種寂寞的生活，甚至被他遺忘。

這種想依附閻末風，想有他陪伴的心情，宛如紫藤花的心事，原來……這就是「喜歡」。

考過第一次基測後，夏夕瑀和汪承昊遞交了梅藝高中的入學申請書，接著迎來國中的畢業典禮。

典禮的前一晚，夏夕瑀打了通電話給母親。

「媽，明天是畢業典禮，妳會來嗎？」

林若雪沉默了一下，回答道：「明天早上，我和妳繼父要出席一場重要會議。」

「嗯，會議比較重要。其實小阿姨和鈞澤叔會來學校，媽媽就去參加會議吧。」她裝做不在意，掛上電話後呆了半晌，才黯然轉過身。

林若媛和張鈞澤不知什麼時候來到客廳，兩人靜靜望著她，眼神帶著心疼。

「小阿姨，畢業典禮是早上八點半開始。」夏夕瑪微微一笑，收起臉上的落寞。

「我們不會遲到的，阿姨穿這件小洋裝，好不好看？」林若媛拉著裙子輕轉一圈。

「非常好看！」夏夕瑪猛點頭。

「若媛，妳穿得這麼美，那我也要穿著西裝去。」張鈞澤一臉欣賞地看著她。

「鈞澤叔穿西裝一定很帥！不過穿得這麼正式，同學們會以爲你要上演求婚記。」夏夕瑪噗哧笑開，心裡的落寞被兩人的關懷沖淡許多。

「那正合我意，乾脆把戒指帶上順便求婚。」張鈞澤朗聲笑道。

林若媛滿臉尷尬，搥了他胸膛一拳。

「我也期待小阿姨和鈞澤叔結婚。」夏夕瑪撒嬌地勾住小阿姨的手。

「若媛，那就成全夕瑪的心願吧，明天畢業典禮結束後，我們直接去戶政事務所登記。」

兩人一左一右纏著她，林若媛羞紅臉欲言又止，最後受不了地說：「好好好！不過古代有蘇小妹三考新郎倌，那我也要出幾個任務考你們，只要全部完成，我就馬上結婚。」

「什麼任務？」兩人異口同聲地問。

「我是個日劇迷，以前讀高中和大學的時候，常常幻想日劇的浪漫情節能發生在自己身上，只要夕瑪幫我收集幾個日劇梗做爲祝福，我就馬上結婚。」

「爲什麼是我收集而不是鈞澤叔？」夏夕瑪不解地指著自己。

「因爲鈞澤年紀不小了，這些任務要由妳收集，才會有美感呀。」林若媛解釋。

「夕瑪，拜託！我的幸福就靠妳了。」張鈞澤兩手合掌懇求道。

「好吧，是哪些任務？」夏夕瑀決定豁出去，因為小阿姨和鈞澤叔待她很好，她希望兩人的幸福能提前降臨。

聽她答應了，林若媛微笑說：「第一個任務是：『第二顆鈕扣』。明天畢業典禮後，夕瑀去跟班上第一名的男生要第二顆鈕扣。」

她震驚地倒退一步，班上的第一名正是閻末風啊！

半個小時後，夏夕瑀拖著步伐回到房間，攤開小阿姨給的任務表：

一、第二顆鈕扣
二、校長愛種花
三、頂樓吃便當
四、腳踏車雙載
五、夕陽下河堤散步
六、園遊會遊鬼屋
七、意外之吻
以上任務可以自由對調，但完成後必須附上照片證明。

「好煩啊！第一個任務就是BOSS級的。」夏夕瑀扯著頭髮哀號，班上的第一名是難搞的愛哭包，要第二顆鈕扣就等於告白，她要怎麼跟他討？他會給她嗎？如果不給怎麼辦？

校長愛種花，原來日劇裡的校長都愛種花啊，可是台灣的校長不種花呀。

頂樓吃便當，台灣的學校屋頂都是尖的，就算是平的也不能隨便上去，哪來的頂樓啊？

腳踏車雙載、河堤散步、園遊會遊鬼屋，這三項還不難，但意外之吻就麻煩了，這是要她在走廊上奔跑，和男生在轉角相撞接吻嗎？

夏夕瑀分析完全部的任務後，沮喪地垂下雙肩。

有哪個男生會陪她演出這些任務啊？這根本是要她上高中後，先交個男朋友才方便執行任務吧？

Chapter 07 第二顆鈕扣

翌日，梅藝國中舉辦畢業典禮，天氣晴朗的六月早晨，天空蔚藍得像一片海洋，映著晨光的浮雲飄遊其中。

早自習時間，微熱的夏風自走廊竄進教室裡，吹散沉澱一夜的冷空氣，黑板上，原本會寫值日生名字的位置完全空白，課桌上也沒有書包和課本，同學們彼此交換畢業紀念冊簽名，鬧哄哄地談笑著。

夏夕瑀無精打采地趴在桌面上，想著要如何跟閻末風要鈕扣，煩惱到連早餐都吃不下。

日劇中，男生制服上的第二顆鈕扣，由於最靠近心臟的位置，得到它就好像得到對方的心，當女生在畢業典禮向男生要第二顆鈕扣時，就是暗示喜歡他，如果男生願意交出自己的鈕扣，就代表答應和她交往。

同班半個學期，閻末風當她是長不大的小孩，所以告白……應該行不通，還是直接說明七個任務，或許他會看在小阿姨的面子上，將鈕扣施捨給她。

「夏小怪，妳身體不舒服嗎？」汪承昊將畢業紀念冊放到她的桌上，納悶著。

她不吃早餐的情況很反常，她的肚子今天沒和小宇宙相通嗎？

「我沒事……」如果第一名是汪承昊，依他樂於助人的個性，應該會幫她一把吧？可惜事情沒這麼容易。

她輕嘆口氣，拿出畢業紀念冊和他交換簽名，再轉身看向閻末風的座位：「咦，愛哭包呢？」

「他去理化實驗室還教具，剛才整理講臺的置物櫃，發現兩個教具沒還。」

「理化實驗室……」夏夕瑀丟下畢業紀念冊，倏地起身朝理化實驗室奔去。

這是和愛哭包獨處的好機會！不用等到畢業典禮結束，頂著眾人目光向他討鈕扣，萬一被拒絕，更不會糗到全校都知道。

來到理化實驗室門口，她深深吸了口氣，毅然推開門，只見閻末風站在置物櫃前，陣陣夏風從旁邊窗戶吹進實驗室，綠色窗簾像波浪般翻飛。

聽見開門聲，他轉頭看著她，微微一笑：「還有教具漏掉嗎？」

夏夕瑀像咬到舌頭，頓時說不出話，怔忡望著他難得的笑臉。

以往，他總是頂著整齊規矩的黑髮，一副好學生的模樣，今天要代表畢業生上臺致詞，黑髮修剪出俐落的層次，瀏海削短後，他的臉顯得精神煥發，雙眼澄澈有神，整個人多了幾分逼人的剛毅帥氣。

喜歡跳舞的男生，個性多半是大方外向的，但是她遇見他的那天，卻是他最低潮的時候，她幾乎沒見過他開朗活潑的一面，一直當他是隻病貓，哭喪臉的愛哭包。

「夏小怪，妳在呆什麼？」閻末風疑惑地皺了下眉。

「閻末風……」她視線一垂，定在他制服的第二顆鈕扣上。錯過這次，下次要等到三年後的高中畢業，她別無選擇，只許成功不許失敗。

「怎麼？」聽她喊他全名，閻末風察覺到她的不對勁。

「你制服的……第二顆鈕扣……能不能送我？」她囁嚅著，心跳瞬間飆速，手心開始冒汗。

「爲什麼？」他眼神一沉，笑容淡去，雙臂環胸防備地看向他。

「那是……是熊胖要的。」

「爲什麼？」

「熊胖要留做紀念。」

「爲什麼?」

「因爲國中畢業後，大家要分開了。」

「時間不多，妳講實話。」

「其實……要鈕扣有另外的用途。」

「快講。」

「昨天，小阿姨和鈞澤叔……」夏夕瑀沒轍，只好將七個任務說明一遍，「所以，我才會跟你要鈕扣。」

聽到她要鈕扣的動機不是告白，闔末風心裡有點不是滋味，說不出的惱火感，令他口氣不悅：「妳無聊!大人的婚事輪得到妳插手嗎?若媛阿姨會這樣說，就代表她現在還不想結婚，妳搞不清楚狀況，耍笨也要有限度，不要玩到我身上!」

「那鈕扣……」

「不給!」

「那如果……」被他冷然拒絕，她一慌，顧不得衿持地完全豁出去，「如果、如果……如果我說……我喜歡你，想和你在一起，你會給我鈕扣嗎?」

闔末風靜靜凝視她幾秒，在說明完七個任務後才告白說喜歡他，讓他莫名地更加憤怒，他哼笑道：「如果是這樣，我更不會給妳鈕扣。」

「爲什麼?」她心一沉。

「夏小怪，我之前說過，妳和我相差七歲，距離一光年，我對妳沒有交往的興趣，永遠不可能成爲情人。」

告白正式被拒，夏夕瑀彷彿被雷劈到，一顆心隱隱痛了起來。

好吧！既然他嫌棄她是夏小怪，那麼她再假就不像了。

她壓抑想哭的沮喪，伸手揪住他的制服，決定強搶鈕扣。

閻末風一手按住胸口，轉身閃躲她的撲抓。

「夏小怪，這裡是理化實驗室，這樣拉扯很危險！」

「愛哭包是小氣鬼！不過是一顆鈕扣而已，你寶貝什麼？」

「要不到就強搶，妳跟三歲小孩耍賴有什麼不同？」

「我不是小孩！我和你一樣！」

兩人持續拉拉扯扯，但男生的力氣畢竟比女生大，閻末風掙開她的手用力推開，夏夕瑀煞住踉蹌的腳步，不死心地回頭，快跑兩步用力一跳，張開雙臂摟住他的肩頸。

突然被她撲抱住，閻末風整個人失去平衡地向後倒退，重心後傾沉進隨風翻飛的窗簾裡，他被她壓制在窗框上動彈不得，愣了一下正想掙扎，她卻收緊雙臂，低下臉輕輕吻住他的脣。

兩脣相貼的那一刻，脣上柔軟的觸感，讓閻末風腦子裡的思緒瞬間抽空。明明只是個蜻蜓點水般的輕吻，比小時候媽媽給的晚安吻還輕，卻像一道魔法，讓周圍景象彷彿變成電影裡的慢動作。

蟬聲在窗外大聲喧鬧，流動的夏風逐漸停歇，透著明亮陽光的窗簾在身側緩緩飄降……最後定格。

夏夕瑀的心也在墜落，有一種自高空急速沉降，重重落定在地球上的感覺，她隱約感覺到自己的腳步前進了一點，不再是八歲的夏小怪了，「閻末風」三個字就此鐫刻心底，占據了一個非常重要的位置。

嗚嗚嗚……怎麼會變成這樣？

告白被閻末風拒絕，她心緒一亂，腦筋打結，氣急之下才撲抱他，本來只是想要他安靜下來，乖乖讓她拔鈕扣而已，但看到他掙扎地抬頭，她下意識就「封鎖」他，意外釀成強吻人家的窘狀。

這理化實驗室的氣場有點邪門，一定存著瑪雅文化活人獻祭的神祕能量，上次要她獻出四根手指，這次連初吻都奉上，下次該不會要挖心祭神吧？

夏夕瑀雙頰染成緋紅，狼狽地拉開距離，右手滑向他的胸口。

閻末風僵著身體，意識到她在動歪腦筋時，身上的制服已被用力拉扯了一下，然後，她整個人迅速退離。

他低頭一看，第二顆鈕扣已經被她拔走了。

「夏小怪，妳敢帶走那顆鈕扣，我們之間的同學情誼就到此為止。」他眼裡閃過一抹震怒，原來她的獻吻也是搶鈕扣的手段之一。

「如果、如果……」聽他把話說絕了，她心裡一陣慌亂，想再確認，「是十五歲的夏夕瑀，說我喜歡你……你會給我鈕扣嗎？」

「不會，因為妳不是我喜歡的類型。」他再次拒絕。

「你喜歡什麼樣的女生？」

「安靜的、有氣質的、懂事的、會撒嬌的、不會死皮賴臉的、不會耍心機的。」

「我明白了，謝謝你的鈕扣。」這些特質她全都沒有……忍住心口的擰痛，她帶著鈕扣走出實驗室。

九年一班的教室裡，汪承昊正在發畢業生的胸花，發到一半，夏夕瑀失魂落魄地飄進教室，他正想過去關切時，閻末風也跟著踏進教室，但臉色冷冰冰的。

「你們兩個怎麼了？」汪承昊回到座位，一頭霧水地掃視他們兩人。

「承昊，你有別針嗎？」

「沒有欸，不過胸花有多一個，你要嗎？」

「嗯。」閻末風接過他遞來的胸花，別在制服第二顆鈕扣的扣眼上。

汪承昊看著他少了一顆鈕扣的制服，接著瞟向前座的夏夕瑀，心裡暗自揣度他們發生了什麼。

畢業典禮即將開始，全班同學到走廊上排隊，在班導的帶領下，一路走過貼滿學弟妹祝賀畢業海報的走廊，來到禮堂大門前，在熱烈掌聲中，全體畢業生進場。

夏夕瑀坐在第二排最左端的位置，轉頭朝旁邊的家長席望去，張鈞澤拿著攝影機正在攝影，林若媛抱著熊胖坐在椅子上，一手握著熊掌朝她招手，隔壁座位坐著閻母，同樣拿著相機四處拍照。

她心尖一顫，害怕同學用異樣眼光看待熊胖，所以多年來一直隱藏它的存在。

林若媛起身來到她身側蹲下，將熊胖和一束向日葵遞給她，暗示地眨眨眼：「夕瑀，這是送妳的畢業小熊。」

「好好喔，有畢業禮物耶！」隔壁的女同學羨慕地叫道。

接過僞裝成畢業禮物的熊胖，夏夕瑀心裡一陣激動，雖然媽媽不能出席畢業典禮，但此刻有熊胖、小阿姨和鈞澤叔在，讓她幸福到想大哭。

「小阿姨。」她取出鈕扣放進林若媛的掌心裡，在她耳邊說：「第一個任務完成了，這是末風的鈕扣。」

林若媛看到鈕扣時愣住，神情非常複雜，柔聲說：「謝謝，阿姨好感動，心裡有小小的幸福感。」

聽到小阿姨說幸福，夏夕瑀一陣開心，抓著熊掌搓搓臉頰，撫慰被閻末風拒絕的心痛。

感覺一道視線從旁射來，她轉頭一瞧，坐在中間的閻末風側著臉在看她，她撇頭望著臺上，昂起下巴不理他。

兩個小時過去，典禮接近尾聲時，閻末風代表畢業生上臺致詞，之後全體合唱畢業歌，隨著禮成的禮炮響起，片片碎紙花像落雪般灑下，同學們有的笑、有的哭，三三兩兩或擁抱、或拍照。

「來來來，末風和夕瑀合拍一張。」閻母將閻末風拖到夏夕瑀身邊。

林若媛和閻母一同舉起相機，螢幕裡卻看到兩人很有默契，一個向左轉、一個向右轉，背對背，誰也不看誰。

「轉過來靠近一點啊！」閻母搖著手指揮，偏偏兩人還是背對背，她不禁納悶地問：「吵架了嗎？快和好吧，高中還要同校三年吶。」

同校？夏夕瑀怔住，懷疑自己聽錯了。

「媽，妳話眞多。」閻末風一臉煩躁地踱步走開。

「末風不是申請第一志願的男校嗎？」林若媛也好奇了。

「本來是，不過交志願卡的時候，他偷改成梅藝高中，昨天晚上才跟我坦白。」

「爲什麼？」

「梅藝高中前年換了新校長，校長想提高升學率，今年祭出菁英培訓計畫，只要是成績可以錄取第一志願的學生，入學後就有二十萬的獎學金。」

「所以，末風爲了拿獎學金，才改成申請梅藝高中？」林若媛一臉訝異。

「嗯。」閻母點了點頭，「他說想靠自己存錢，買一組可以拍攝星雲的天文望遠鏡和相機。」

「末風眞有決心！」張鈞澤一臉佩服，爲了興趣放棄第一志願，以大人的眼光來看是相當傻氣的，但是有這種魄力也是不簡單，「不過拍攝星象照片的設備不便宜，初階的望眼鏡加相機就要好幾萬元，一旦投身進去，根本就是個無底洞。」

「就是說啊！」閻母嘆了口氣，家裡有個天資聰穎加興趣特殊的孩子，父母也是挺傷神的，「末風說要慢慢存錢，不會向我們要錢，加上去年梅藝高中的菁英班升學率不錯，我和先生就尊重他的意見了。」

「讀書嘛，不管到哪個學校，都要靠孩子自身努力，我相信末風不會讓妳失望的。」林若媛拍著閻母的肩。

望遠鏡……

夏夕瑀臉色一黯，想起曾經和閻末風站在頂樓上望著同一片星空，隨著今天的告白失敗，她和他的關係也全然改變，回不到當時的單純了。

「夏小怪，我們三個人合拍一張，當成國中友誼的紀念。」汪承昊拽著一張臉的閻末風過來。

「好，一起合照。」

按照以往三個人一同上學的習慣，夏夕瑀總是擠在兩人的中央，這一次她抱著熊胖站到左邊，強撐起一抹微笑，中間隔著搞不清楚狀況而燦笑著的汪承昊，最右邊則是閻末風，一臉心事重重的模樣。

閃光燈一閃，快門定格了這一刻，畫下了國中的句點。

申請入學放榜後，閻末風、汪承昊和夏夕瑀都錄取了梅藝高中。

閻末風更以基測達到第一志願門檻的分數入學，獲得二十萬元的獎學金，但是領取規則是，入學的第一學期先頒發五萬，之後每一學期的總成績在全年級前百分之五就能續領三萬，直到高中畢業共計二十萬。

同年閻末綸也自大學的建築系畢業，錄取了研究所，閻家為了慶祝兩個兒子畢業，暑假時一家人到日本旅遊十幾天。

汪承昊和舞蹈教室的團員組團參加「捷運盃亞洲街舞大賽」，七月初展開密集的練習，通過初賽和八月中旬的複賽後，成功打進前十名進入決賽，最後在決賽上獲得第五名。

夏夕瑀則背著行李抱著熊胖回媽媽家，大半年不在家，她的房間被弟弟占據，擺了電腦和電視遊樂器，家裡的氣息似乎也變得陌生。

吃完晚餐，她來到媽媽的書房，林若雪正在整理資料。

「媽，我基測考上梅藝高中……外婆家的紫藤花，三、四月時開了，非常漂亮……媽，我在學校認識兩個很要好的同學，一個是班長，一個是風紀……小阿姨和鈞澤叔說，他們結婚時要找我當伴娘……」她站在門邊，和媽媽報告轉學後的生活近況，見媽媽沒什麼反應，她越說越小聲，最後沒了聲音。

林若雪停下筆，抬頭看著她，淡淡說道：「妳沒長高，倒是變胖不少。」

聽到媽媽回話了，夏夕瑀雙頰赧紅地抓抓頭，笑了笑：「我的好朋友……風紀股長，他的媽媽很會做甜點，常常送我蛋糕和餅乾，小阿姨也常常煮宵夜……」

「夕瑀。」林若雪打斷她的話。

「嗯？」

「高中畢業後搬回家裡。」

「好。」雖然口氣依舊冷淡，但是夏夕瑀安慰自己，媽媽靜靜聽她講了十分鐘的話，還注意到她變胖了，甚至要她高中畢業後搬回家，這就是一種關心，「對了，我可以出去打工嗎？」

「妳去教弟弟功課，教完我會給妳家教費。」

「好。」夏夕瑀不想輸給閻末風，隨後來到弟弟的房間，翻開他的作業和考卷，發現她離家之後，弟弟的功課一落千丈，突然有種被媽媽需要的感覺，心情雀躍不已。

這是最輕鬆的一個暑假，沒有考試和作業，直到八月下旬新生訓練前一天，夏夕瑀才帶著熊胖和行李返回阿姨家。

梅藝高中位在市區，上學必須搭乘三十分鐘的公車。

新生訓練當天，夏夕瑀一早出門遲了，匆匆跑到社區外的公車站，跟著一群學生和上班族擠上公車，剛在走道中間站定，她環顧四周，見到汪承昊和閻末風坐在最後一排座位。

汪承昊朝她揮手打招呼，閻末風則雙臂環胸望著窗外，膚色曬黑了點，看起來健康許多。

夏夕瑀見他還是不理人，也抬起下巴撇頭不看他。

公車搖搖晃晃前進，閻末風心不在焉地看著窗外的景致，忍不住覷了夏夕瑀一眼。

兩個月不見，沒有媽媽餵食蛋糕和餅乾，她瘦了不少，下巴都削尖了，頭髮也留長許多，外表雖然清秀文靜，但仍隱藏不住大眼裡的慧黠光芒。

夏夕瑀一手抓著吊環，百般無聊地發呆，此時，站在右側的女生突然靠過來，她好奇地瞄了一眼，那女生一副要哭的模樣，正想詢問她是不是身體不舒服時，一個飄著體味的男人貼近夏夕瑀的背，他下半身的某個東西隨著公車搖晃，不停碰撞到她的臀部，粗喘聲傳進她耳中。

胃裡一陣翻湧，夏夕瑀忍住作嘔的感覺，抬起右腳朝那男人的腳尖用力一踩，大聲說：「神農架的野人先生，麻煩你把木棒收起來，不要一直戳我的屁股！」

男人痛得悶哼一聲，故作鎮定地裝傻：「沒有啊！妳在講什麼？」

閻末風和汪承昊對望一眼，兩人倏地起身，擠開走道上的乘客，走向夏夕瑀。

聽到後方傳來乘客的爭吵聲，公車司機抬頭看著車內後照鏡，緩緩將車駛近路邊，大聲詢問：「發生什麼事？」

「小妹妹，是妳神經過敏想太多吧。」中年男子全盤否認。

「你、你用那裡……碰我，要我找人一起對質嗎？」夏夕瑀怒瞪著中年男子，話剛說完，隔壁的女生頭一垂，眼淚滑下臉龐，輕聲啜泣起來。

汪承昊擠到夏夕瑀的身邊，伸手推了中年男子的肩頭一下，滿臉嫌惡地說：「喂！你竟敢在公車上騷擾女生，男人的臉都給你丟光了，司機先生，麻煩報警。」

閻末風挺身封住中年男子右側的路，車上乘客聽到要找警察處理，擔心拖延到上班時間，幾個乘客出聲要求下車，司機一邊打開公車中央的門，一手拿起手機撥號。

「沒有就是沒有！」突然被兩個學生擋路嗆聲，中年男子惱羞成怒，粗著聲說：「公車上人擠人，大家難免會碰觸到，這關係到我的個人名譽，沒憑沒據的，那我也可以說你們三個是學生犯罪集團，故意串通起來要敲詐我。」

和他強辯無益，閻末風轉頭掃了駕駛座一眼，冷聲說：「公車上有監視器，你最好閉嘴，保留力氣跟警察說明。」

聽到監視器三個字，中年男子臉上閃過一絲驚慌，突然用力衝撞汪承昊和閻末風，抓著手提包左右推擠乘客，兩人被撞開後站不穩，一時沒能攔住他。

「司機關門！」汪承昊大喊。

不知道車門邊有無乘客，司機也不敢貿然關門，走道上的乘客見他身材高壯，又處於抓狂的狀態下，個個四處閃避，結果竟讓他趁隙逃下車去。

「野人！給我站住！我要你道歉！」夏夕瑀氣不過，看見閻末風和汪承昊雙雙被撞倒，她整個人怒火中燒，嬌小的身子迅速鑽過人縫，一路追出車外。

「夏小怪！」閻末風大喊，聲音有些緊張。

夏夕瑀拔腿狂追，一把抓起自己的側背包，朝那中年男子用力丟去，背包砸中他的背，他腳步踉蹌了一下，馬上拐進路邊的小巷裡，正要追進去時，她的左手臂突然被人拉住。

「人都跑掉了，算了吧。」閻末風緊緊攫住她的手，不准她追進巷子裡。

「放開我！我要揍他！踢爆他！把他踹回神農架！」她氣忿難平，右腳朝巷口的方向踢呀踢。

閻末風幾乎拉她不住，情急之下，雙臂環過她的身子，將她緊緊扣進懷裡，俯下臉在她耳邊說：「不行，追進去怕有危險。」

耳畔的低語讓夏夕瑀忘了掙扎，看著他交叉抱住自己的雙臂，滿心的憤怒瞬間消了大半。

汪承昊跑上前撿回她的背包，摸了摸她的頭，沒好氣地笑道：「乖，我知道妳很氣，但是人跑了也沒辦法，先回車上吧。」

夏夕瑀呆呆地跟著兩人回到公車上，被閻末風和汪承昊護在中間，聽著乘客們低聲討論剛才的事，司機也說要調監視影片出來，把色狼的照片貼在車門上。

她微垂著臉，感覺乘客們的目光不時刺來，眼角偷偷瞄向右邊的閻末風。

遇到這麼難堪的事，剛才又叫得那麼大聲，她現在才覺得丟臉，他的心裡會怎麼想她？

越是在意他的想法，她的心情就越低落，一陣委屈湧上心頭，視線也濛上一層水霧……

突然，閻末風伸手輕輕按住她的頭，溫聲說：「明天我和承昊會陪妳搭車，妳不要又睡晚了。」

「嗯。」她心裡一暖，點點頭，忍住淚水。

公車停在梅藝高中的校門前，三個人下車後朝前方望去，校門口站著一列學長姊，正在引導新生進校。

「請問……妳叫什麼名字？」背後傳來輕柔的聲音。

夏夕瑀轉頭一看，是公車上那個也被騷擾的女生，她立刻回應：「我叫夏夕瑀。」

「謝謝妳在公車上幫我。」那女生微微頷首道謝。

「可惜沒抓到那匹野人。」她又氣了起來，握緊拳頭想揍人。

那女生低頭笑了笑，雙頰染上淡淡紅暈，抬眸覷了汪承昊一眼後，轉身走進校門。

「就這樣跑掉了？問了別人的名字，結果自己沒報上名字。」汪承昊搞不懂地抓抓後腦。

「沒關係呀。」夏夕瑀無所謂地搖頭，想起公車上的經歷，不禁打了個冷顫，「眞搞不懂……在公車上做這種事，男生到底在想什麼？」

「喂！我們和那種變態不一樣。」汪承昊不服氣地說，頓了一下，彎身看著她的臉，「話說回來，妳眞的是個『女生』欸。」

「不然你當我是什麼？」

「某種像酵母菌一樣無性別，行出芽生殖的不明生……」汪承昊話未說完，夏夕瑀抬起鞋跟朝他的腳背用力踩踩踩，痛得他哇哇亂跳。

「夏小怪，我也搞不懂……」閻末風突然走到她身側，俯下臉靠向她的耳邊，以很輕的嗓音說：「請解答，撲倒男生強吻男生的女生，心裡又在想什麼？」

夏夕瑀的臉一陣熱，心跳微微加速，她僵著身子側移兩步，不懂這男生剛才還溫柔安慰她，怎麼下了車又變成黑化的愛哭包？

問題的答案只有一個，就是「喜歡」而已。

說出來等於又告白一次，她一定會被他三度拒絕，成爲一輩子都無法抹滅的大笑話。如果害怕拒絕而退縮，那她豈不是輸在前面了？

該如何回答，才能維持兩人剛和好的關係，更不會被他傷了心？

見他的眼神帶了點挑釁，夏夕瑀不服輸地抬起下巴，微微笑道：「根據愛因斯坦的蟲洞理論，假設：在一張白紙上，左邊有個A點，右邊有個B點，A點和B點距離一光年，請解答，要如何縮短A、B兩點的距離，才能達到零距離？」

將他丟來的直球打擊回去，夏夕瑀不等他回答，逕自走進校門。

閻末風怔愣了一下，以爲她會重提若媛阿姨的七項任務，沒想到她卻反問他。思緒在腦中快速運轉……

要縮短A、B兩點的距離，最快的方法就是把白紙對折，讓A點和B點疊在一起……再轉換到他的問題，飛撲和強吻……是要縮短一光年的距離？

好個夏小怪式的告白蟲洞理論！

「原來如此……」望著夏夕瑀遠去的背影，閻末風脣角微微揚起，第二顆鈕扣被搶走的挫敗和懊惱瞬間消去，心情輕盈起來，夾著一種說不清楚的感觸。

「末風，你和夏小怪在討論什麼A點和B點，我怎麼聽不懂？」聽到夏夕瑀的口氣帶點對損的意味，汪承昊實在不解，以前的她看到閻末風時，就像狗狗看到骨頭一樣狂追，怎麼現在變了？

「沒什麼。」

「怎麼會沒什麼？你們兩個從畢業典禮那天就不對勁。」汪承昊回想當天的情景，有件事讓他始終有些介意，「那天你掉了一顆鈕扣，是和夏小怪有關嗎？」

「改天再說，先去看分班表。」閻末風笑而不答。

兩人迎著早晨的涼風走進校門，穿過兩側種著大王椰子樹的大道，一路來到行政大樓的中廊，夏夕瑀站在公布欄前等著。

三個人看完分班表，因為閻末風早在八月初通過校內的資優鑑定，確定編進數理實驗班，班別是一年一班，汪承昊是一年五班，夏夕瑀則是一年六班，兩人都是普通班。

「我們三人都打散了。」閻末風淡淡表示。

「哈哈……抱歉啦，不能和你延續同班的情誼。」汪承昊乾笑兩聲，一手搔著頭，「暑假練舞練得太累，加上街舞比賽壓力大，資優甄選沒有考好，就被刷下來了，下學期再看看有沒有轉班的名額。」

考進數理實驗班的學生，如果學期成績沒有達到留班的標準，同樣會被踢到普通班，到時候會空出缺額，重新進行校內甄選。

「夏小怪呢？妳怎麼沒有參加甄選？」汪承昊轉頭詢問夏夕瑀。

「我喜歡天文、科學、生物和地科，可是不喜歡埋在一堆計算題裡，也不知道自己將來要走什麼路……」夏夕瑀的神情帶點迷惘。

沒有參加校內甄選，一方面是告白被閻末風拒絕，負氣地不想和他同班，另一方面是對數學計算題沒有興趣。

「沒關係，高中三年嘛，妳就努力找出自己的興趣。」汪承昊微笑鼓勵著。

「是！班長。」

三個人在種著龍柏和杜鵑花的中庭分開後，各自來到自己的班級，新生訓練的第一天，不外乎認識老師、熟悉學校環境、自我介紹和選幹部。

面對一整班的陌生臉孔，夏夕瑀很想介紹自己是從B615星球來的，但不能和閻末風、汪承昊同班，她必須顧及自己的人際關係，最後還是作罷。

班導時間結束後，全體一年級新生到禮堂集合，由校長主持開訓典禮，各處室的主任陸續上臺宣導校規和注意事項，之後由教官教唱校歌，算是非常枯燥的一天。

新訓的第二天比較輕鬆，下午有社團博覽會，勁舞社的街舞、吉他社的彈唱、童軍社的旗舞、魔術社的魔術……各社團陸續上臺表演，和國中的社團不同，學長姊們活躍的演出，讓新生臉上充滿崇拜和嚮往。

表演結束，禮堂裡設有社團攤位，學長姊們呼口號、發傳單，爭相拉攏新生入社，夏夕瑀也在人群中穿梭，研究要加入什麼社團，閻末風和汪承昊隨後和她會合。

「我和末風報名勁舞社了。」汪承昊一臉興奮。

「我可能會變成幽靈社員。」閻末風淡淡表示數理班沒有社團限制，但剛才班導調查了一下，班上有二分之一的同學不參加社團，「夏小怪，妳呢？」

「大概和國中一樣，選羽球社吧。」她聳聳肩。

「請問，妳是夏夕瑀嗎？」一名戴著眼鏡、長相斯文的學長走到她面前。

「是，我是夏夕瑀。」

「我叫沈家維，二年三班，是妳的直屬學長。」那學長指著胸口的學號。

「啊，學長好。」她有些驚訝，立刻禮貌地鞠躬。

「這是我的名片。」沈家維從口袋裡取出一張名片，「學妹剛入學，學校生活如果有不懂或需要幫助的地方，歡迎來找我。」

「謝謝學長！」夏夕瑀接過一瞧，那張名片竟是手工製作，上頭貼著三葉草的壓花，搭配手寫的鋼筆字，樣式相當典雅。

「學妹決定參加什麼社團了嗎？」

「還沒……」

閻末風和汪承昊對看一眼。原來這學長是來拉人的。

「我是花藝社的社長。」沈家維推了一下眼鏡，語氣變得熱絡：「不知道妳對插花、壓花、乾燥花、花束設計、禮品包裝藝術，有沒有興趣？」

「花藝社……」夏夕瑀的心一跳，腦海閃過外婆的身影。

「我的攤位在禮堂入口的右側，今天有成果展，歡迎學妹來參觀。」

「好，我會去參觀。」

沈家維離開後，閻末風看著夏夕瑀，她正低頭注視手中的名片，忍不住問：「妳想加入花藝社嗎？」

「我沒接觸過，只是看了外婆寫的書，覺得花藝很美而已。」她尷尬地笑道。

「如果沒有特別想參加的社團，那就試看看吧。」

「末風說得對，說不定妳外婆的花藝天賦會在妳體內覺醒。」汪承昊馬上附和。

夏夕瑀看看閻末風，又看看汪承昊，欣然地點頭：「好！我要加入花藝社。」

Chapter 08 八光分的曖昧

高中開學日，早晨的天空明亮而乾淨，夏蟬抓緊盛夏的尾巴嘶啞高歌。

和國三相連的這個夏天，跨過基測的界線，平常走路十五分鐘就能到校，現在拉長成通車三十分鐘的距離，像候鳥從這所學校遷移到下一所，繼續編織長大的夢想。

路口的公車站牌下，夏夕瑪覷著閻末風和汪承昊，一個氣質清冷沉穩，一個臉上掛著隨性微笑，晨光穿過葉縫在兩人的白色制服上灑下光點，鬆垮的領帶隨風翻飛，靛藍色長褲修飾出均勻瘦長的身形，彷彿是從漫畫裡走出的高校美少年。

她心裡暗嘆一口氣，想起新生訓練的第三次告白，以蟲洞理論比喻想拉近距離的心思，閻末風一定可以解答她的反問，就算一時不懂，他也會想辦法弄懂，但是告白之後，他的態度一如往常，沒有任何表示，答案就是拒絕……

表面上，她和他的關係縮短到一吻的距離，實際上，兩顆心還是相距一光年，他的不問不答也正中她的心計，避開正面拒絕的心痛和尷尬，保住朋友的情誼，或許……還留有一點星火般的小小希望。

閻末風感覺到她的視線，突然轉頭看她，眼裡寫著：怎樣？

「我看你的臉，仰角多了十五度，長高了？」夏夕瑪指著他大叫。

「暑假多吃多睡，長高了五公分，現在一七四。」

「夏小怪，我也長高了。」汪承昊摸摸她的頭，像在安撫小孩子。

「害呀！我沒有長高。」她震驚地抱住頭，一副要哭的模樣。

「定型了吧。」

「不要太貪心，妳之前臉圓得像熊胖，有變瘦就好。」

左一個冷笑，右一個奸笑，夏夕瑀不服氣地嘟嘴，雙手捧著自己的臉，安慰道：「雖然沒長高，不過我有變漂亮。」

「嗄？變漂亮？」汪承昊腳一拐，差點跌倒。

「小阿姨說兩個月不見，我變漂亮了，今天早上照鏡子，穿上高中制服後，我也覺得自己變漂亮了。」她一臉得意。

閻末風雙手環胸上下打量她，合身的白色制服，領口打著蝴蝶領結，下身搭著紅藍色的格紋百褶裙，黑色長筒襪加皮鞋，校服滿分，身高只到他的下巴，小小一隻……是很可愛，但是若媛阿姨眼裡的漂亮，和男生心目中「天使臉孔、魔鬼身材」的漂亮，標準絕對不同。

「末風，你覺得她有變漂亮嗎？」汪承昊笑問。

「漂亮無罪。」閻末風沒表情地回答。

「呀啊～～」她撲抱住他的手臂，心花怒放地衝著他露出甜笑。

「但是說謊有罪。」

「噗哈哈哈哈……」汪承昊捧腹大笑，只差沒倒在地上打滾。

夏夕瑀的笑臉瞬間垮下，轉身朝汪承昊的鞋尖用力一踩，痛得他唉唉叫，又回頭瞪向閻末風，抬起右腳瞄準他的腳。

「我的腳，妳敢踩？」他不躲不閃。

「當然敢！」嘴上說得霸氣，但腳尖卻只在他皮鞋上輕輕一點。

她哪敢踩他的腳啊，休養了半年，國三畢業前好不容易可以下場打球了。

閻末風見她踩汪承昊時毫不留情，卻捨不得踩自己的腳，一絲複雜的情緒閃過心頭，唇角噙著若有似無的笑意。

公車到站後，三個人上車在最後一排座位坐下，閻末風坐在裡側，汪承昊在外，中間夾著不怕中暑的夏夕瑀，大熱天也要和他們擠在一起。

「你們看！」她從書包裡掏出一個手機袋，抽出新手機翻到背面，「阿姨幫我辦了手機，看，背蓋上有熊胖。」看到小熊圖，她一臉幸福到像要融化。

「若媛阿姨對妳眞好，這是客製化的彩繪機殼。」閻末風抿笑。

對她而言，開心的不是擁有新手機，而是彩繪著小熊圖案的手機殼，這麼容易就滿足，那如果……三年後他存夠錢，把天文望遠鏡買回家，她看到時豈不當場發瘋？

「妳不要整天對著手機殼傻笑欸。」汪承昊無法理解她愛熊成痴的心態。

「不行嗎？看到熊胖心情會很好。」

「但是妳傻笑的表情很呆，只差沒有流口水。」

夏夕瑀無所謂地聳聳肩，將手機收進套子裡。

「手機號碼？」閻末風斜瞥她一眼。

「號碼是093……什麼的，我忘記了……」她又抽出手機，低頭按著鍵盤，進入功能表裡想找出手機號碼。

「眞是的，」汪承昊一把抓過她的手機，撥了兩通電話出去，他和閻末風的書包裡陸續響起手機鈴聲，「第一通是我的，第二通是末風的。」

「謝謝。」夏夕瑀接過手機，將手機號碼加進通訊錄，Key上「愛哭包」和「班長」的兩個名字。

「等等，我變成體育股長了。」汪承昊按住她的手。

「我喜歡叫你班長，那愛哭包現在當什麼？」

閻末風眼神死，突然別開臉，一副想磕車窗自殺的表情。

「末風說……」汪承昊左手勾過夏夕瑀的頭，憋著笑小聲說：「選幹部時，同學們互不認識，不知道要提名誰，班導突然看向他，他就酷酷地回瞪班導，兩人對看了五秒，只見空氣中閃過一簇火花，班導倒退三步，結果……『萬年風紀』是也！」

「好慘！哈哈哈……」換她捧著肚子大笑。

「閉嘴。」閻末風斜瞪她，右手指節朝她額頭輕叩。

「噢！」夏夕瑀撫著額頭，俏皮地吐吐舌：「你會不會跟國中一樣，管到班上天怒人怨？」

「我也不想。」他無奈地嘆息，一臉沒好氣，「我爸爸找我談過，他教我先按兵不動，觀察班上哪些同學愛說話，哪些同學有帶頭影響的能力，叫我和這些人打好關係，記名後，如果同學有收斂，就要網開一面。」

「多微笑，適時關心同學，人際關係也會改善。」汪承昊提供自己之所以有好人緣的祕訣，不過要閻末風多微笑，這有點難度，「夏小怪呢？妳當什麼？」

「從小到大，我是股長絕緣體，不具導電性。」她指著自己的臉。

「沒錯！妳電阻超大，一來就隔絕我和末風的同學情。」

閻末風莞爾一笑，她的言語帶點天真，行事又不按牌理出牌，溝通上必須花點腦力，很難當老師和同學們的「導電體」，所以沒人敢選她當股長吧？

開學的第一週是教學準備週，一年級新生忙著熟悉學校環境、認識新同學和老師，學校各處室不斷廣播班級股長集合，發下一堆資料和公告，對新生而言，是忙亂的一週。

而人的習慣一旦定型，當環境改變時，原本的習性很難馬上修正。

國中時，夏夕瑀的左邊坐著汪承昊，上高中後，同樣的位置現在坐著學藝股長，名字叫姚佳琳，是個長髮綁成雙馬尾，五官端正的漂亮女生。

記得新生訓練的時候，老師點名姚佳琳當學藝股長，下課後她不斷哀號：「我又不會畫圖，不想當學藝股長，有沒有人想當？」

夏夕瑀習慣性地轉頭看她，而姚佳琳不時被隔壁的女生一臉欲言又止地默默注視，心裡反而覺得奇怪。

開學第二天，學務處廣播學藝股長集合，發下了教室布置競賽和「反毒、反黑、反霸凌」壁報比賽的公告。

姚佳琳拿著壁報紙回到教室，馬上趴倒桌上，語帶哭音地抱怨：「眞的很討厭欸！我不知道怎麼布置，也不會畫海報，事情那麼多，我不想當學藝啦……」

「佳琳，凡事都有第一次，慢慢來嘛。」

「不要擔心，大家會幫妳的。」

幾個女同學走過來安慰她，夏夕瑀覺得身爲隔壁桌同學，也應該要表示點什麼，於是微笑說：「學藝股長，加油！我相信妳可以完成教室布置和壁報比賽。」

「請問——」姚佳琳轉頭看她，眼神有些古怪，「妳認識我嗎？之前看過我畫圖嗎？」

夏夕瑀愣了一下，搖搖頭。

「妳不認識我，也沒有看過我畫圖，怎麼『相信』我可以完成？」

「我……」

「這樣很像在說謊，要是我做不好怎麼辦？感覺很丟臉欸！」

微怒的口氣堵得夏夕瑀說不出話，她對自己的笨口拙舌感到沮喪，最後歸納出一個結論：她和學藝股長的腦波不合。

除了教室布置和壁報比賽，校內還有一項重要比賽，是數學、物理、化學、生物、地科、資訊的「學科能力競賽」，學校規定一到三年級的數理班學生一律要參加。

競賽公告一發下來，同學們開始討論競賽規則，透過學校、補習班向學長姊拿取題庫。

對閻末風而言，他是頂著獎學金光環的學生，無形的壓力逼著他必須儘快適應高中生活。

星期四下午，夏夕瑀翻開下堂課要上的生物課本，她一直很喜歡看自然和生物課本裡的照片，而且百看不厭。

一頁翻過一頁，突然看到一張水蚤的照片，她眼神一亮，拿起課本往後座男生的課本上一蓋，興奮地說：「愛哭包你看——」

「同學，妳又有什麼問題？」後座的男生不耐煩地問，他每天都被她煩、被問一堆奇奇怪怪的問題。

「你看，水蚤長得好可愛。」夏夕瑀小聲回答。她老是忘記閻末風現在並沒有坐在她後面……

「水蚤噁心死了！」男同學的口氣有些嫌惡，「拜託妳，不要一直轉頭打擾我！」

「對不起……」她黯然地轉過身，看著水蚤的照片發呆，直到上課鐘聲響起，才發現課本的空白角落上，不知不覺寫了十幾遍的「閻末風」。

明明和他處在同一所學校，只隔幾間教室的距離，卻突然好想念。她想和他說說話，想問他水蛋可不可愛，想知道現在的他……會不會跟她一樣，將前座的同學錯認成夏小怪？

生物課下課後，夏夕瑀無精打采地走出教室，來到走廊的洗手台前，剛旋開水龍頭，一道身影有如旋風般颳到她身旁，來人拿著水壺擠到她的水龍頭下接水，隨後彎下身，將壺裡的水嘩啦嘩啦淋在頭上。

「熱死了！哪有體育課排在下午兩點的，打球打到全身是汗，熱到快中暑。」汪承昊直起身子，像小狗一樣甩著頭髮。

「班長，不要甩水！」她伸手遮著臉，閃避他的水滴攻擊。

「涼爽多了！」他斜靠在洗手台邊，五指胡亂扒著溼髮，一臉舒暢地笑，「夏小怪，我在隔壁班上課，沒看到妳在旁邊吃吃喝喝的，真不習慣欸。」

夏夕瑀輕扯脣角。

原來汪承昊也有相同的感覺，那愛哭包呢？也會想起她吧。

汪承昊見她垂著臉，渾身散發沮喪氣息，四周彷彿也因爲她的不快樂而變得陰陰慘慘，於是伸手旋開水龍頭，捧了一點水潑上她的臉。

「哇啊！」夏夕瑀尖叫，回神瞪向他，伸手抹去臉頰上的水漬。

「清醒了？幹麼哭喪著一張臉，完全不像夏小怪，被末風傳染到面癱喔？」他邊說邊繼續用兩手朝她的臉甩水。

「我哪有面癱？」她轉頭閃避飛濺的水珠。

「有，都快變成夫妻臉了。」

「你不要亂講！」夏夕瑀臉一紅，雙手伸到水龍頭下，捧起一大把水朝汪承昊潑去，說時遲那時快，對方手腳靈敏地跳開，那把水直接潑中他身後的人！

她的心臟差點麻痺，小臉瞬間垮下：「啊……啊……愛哭包……」

汪承昊轉頭一看，閻末風整張臉溼淋淋，制服的胸口處溼了一塊，模樣有些狼狽，馬上賠笑道：「末風，我沒看到你站在後面，不然一定幫你擋下夏小怪的攻擊。」

「你們幾歲啊，國小生嗎？」閻末風冷冷地瞪著兩人，左手插著褲袋，右手背拭去下巴的水滴。

「對不起。」像做錯事的小孩，夏夕瑀趕緊關起水龍頭，瞥見教室後門和窗戶邊圍滿同學，個個交頭接耳，似乎在討論什麼。

「你們都沒有正事要做嗎？」閻末風不悅地質問。

「有啊，我很努力打球，把十二班殺得落花流水，今天還約我放學後再來場三對三鬥牛賽。」汪承昊假裝挽起袖子，一副要跟對方廝殺的模樣。

「我很努力在交朋友……」夏夕瑀手足無措地絞著手指。

交朋友……比讀書還難。

「打球，交朋友……」看著嘻皮笑臉的汪承昊，再看看一臉苦惱的夏夕瑀，閻末風滿臉不是滋味，心裡泛起淡淡的酸意，嘲諷地說：「你們玩得很開心嘛，有沒有想過……我會不會後悔？」

後悔？

夏夕瑀歪著頭看他，汪承昊一頭霧水地抓著後腦，兩人尷尬地對看一眼，對閻末風沒頭沒腦劈來的一句話，他們都不懂他要表達什麼。

閻末風的眼底閃過一絲不被了解的寂寞，黯然地說：「算了，我忘記今天有調課，誰有生物課本？」

「我沒有。」汪承昊以手肘推推夏夕瑀。

「喔！我有。」她轉身擠過圍在教室後門的同學，跑到自己的課桌旁。

兩個女同學突然圍上來，其中一個興奮地問：「夏夕瑀，他就是拿獎學金入學，上過學校新聞的閻末風吧？」

「對呀。」

「我前天看到你們一起下車，妳和他很熟？」另一位女同學好奇。

「嗯，加上隔壁班的體育股長，我們三個人是好朋友。」夏夕瑀朝她們笑了笑，抓起桌上的生物課本，快步擠出教室遞給他，「那個……班長放學要去打球，那你今天……」

「我沒空，要留校和同學研討試題，妳自己回家。」閻末風接過生物課本，轉身離開。

上課鐘聲響起，夏夕瑀落寞地走進教室，在座位上坐下後，突然想起一件事，雙眼倏地瞪大。

慘了！生物課本的其中一頁寫滿他的名字！

她到底要對他告白幾次，才能從理化實驗室的詛咒裡解脫？

夏夕瑀雙手抱住頭，窘到想躲棉被鑽回B615星球……但是靜下心想，他未必會翻到那一頁，再者，他本來就知道她的心意，反正都告白三次了，也不差這一次，她怕什麼？

鬆開手，發現姚佳琳正目不轉睛地看著自己，表情有些古怪，夏夕瑀讀不懂她的心思，只好試探地問：「學藝，請問……需要我幫忙畫海報嗎？」

「我找到四個人了，如果有需要，我會叫妳。」她別開臉。

「好，如果有需要，我一定幫妳。」

傍晚放學，汪承昊領著一票同學前往籃球場挑戰「汽水盃」，夏夕瑀獨自背著書包走向校門，心情像遭逢十二月的寒冬。

「愛哭包沒還我生物課本，今天有生物作業……」替自己找到一個藉口，她轉身走到一年一班的走廊上，背靠著牆壁朝門內偷偷望去。

夏日傍晚的夕照中，五個學生併起桌子進行小組討論，闊末風坐在靠窗的位置，隔壁坐著一個長髮女生，兩人拿著試卷在交換意見，那女生舉止輕柔，不時將長髮撩到耳後，露出甜甜微笑的臉蛋。

不知聊到什麼，闊末風心情似乎很好，抬頭朝她淺淺一笑，那女生羞赧地回望他，兩人四目相接的模樣，襯著窗外斜陽樹影，構成一幅唯美畫面。

夏夕瑀整顆心揪痛著，想起國中畢業那天，在理化實驗室裡，她問過他喜歡什麼樣的女生。

他喜歡安靜的女生，偏偏她話很多，很呱噪。

他喜歡有氣質的女生，而她總像個瘋子，又吵又跳又鬧。

他喜歡懂事的女生，她卻像長不大的小孩，今天還玩水被他抓到。

他喜歡會撒嬌的女生，而她舉止粗魯，也不管他願不願意，總是死皮賴臉地糾纏他。

他喜歡不耍心機的女生，她卻設下計謀逼他上學，還搶了他的第二顆鈕扣，奪走他的初吻。

她的一切，他全都不喜歡。

不管是八歲的夏小怪，還是十五歲的夏夕瑀，他統統不喜歡！

餐桌上擺著三菜一湯加水果甜品，對一個只有兩人的家庭來說，算是相當豐盛。

從國三下學期住進外婆家開始，夏夕瑀每天放學都能吃到熱騰騰的晚餐，即便林若媛下班晚了，也會簡單炒個飯麵，兩人一起度過溫馨的晚餐時光，但是今天的氣氛有點變調……

林若媛一手捧著碗，一手舉著筷子，愣愣地看著坐在對面埋頭吃飯的夏夕瑀——像被餓死鬼附身似地，炸豬排、清蒸鱈魚、炒青菜、海帶湯……她一口接一口塞進嘴裡。

這情況非常反常，雖然青春期的孩子食慾特別好，且她不否認夕瑀很會吃，肚子裡像藏著一個小宇宙，但以往的她，吃飯時總是一臉享受，時而露出幸福的微笑，這是她第一次看到她暴飲暴食。

「夕瑀，怎麼吃得那麼急？」林若媛擱下碗筷，神情擔心。

「因爲今天的飯菜特別好吃。」嘴巴說好吃，表情卻是苦瓜臉，一副不好吃的模樣。

「妳……會不會吃太多？」

「我想和熊胖一樣胖嘟嘟！」反正變瘦也沒人覺得漂亮。她伸長筷子戳起一塊豬排塞進嘴裡。

「妳這樣大吃大喝——」林若媛憋著笑意，丟下一記震撼彈，「好像失戀了。」

「噗！咳咳咳！」被小阿姨直白的話嗆到，她差點噴出豬排，立刻摀著嘴咳到眼圈微微泛紅。

「跟阿姨說，是哪個男生惹妳生氣？」見她一臉想哭的模樣，林若媛臉上浮現心疼的表情。

夏夕瑀垂著臉不答，伸手拭去眼角的淚。

「是末風嗎？」

被小阿姨一語戳中，她的臉紅到快榨出血，整個人像洩氣的皮球，細聲說：「小阿姨，我不是他喜歡的類型，不知道要怎麼讓他喜歡我……」

林若媛繞過餐桌坐到她身邊，溫柔地摟著她的肩，微笑安慰：「夕瑀，你們年紀還小，感情的事說不準的，今天不喜歡，也許明天就喜歡了。」

「但是，也可能永遠都不喜歡，一輩子只能當朋友。」

「沒錯，感情的事無法強求，我們只能以順其自然的心，去看待彼此。」

「那……很想他的時候，該怎麼辦？」

林若媛默默望著她，思索了幾秒，答道：「阿姨的做法是找別的事做，轉移自己的注意力。」

「我明白了。」將心事跟小阿姨講開後，她心裡的鬱悶抒解許多。

隔天，夏夕瑀起了個大早，故意避開閻末風和汪承昊，搭了前一班公車到學校上課。沿路上，看著金黃色太陽在車窗外升起，她慢慢找回夏小怪的生存動力。

閻末風不喜歡她就算了，她自己會喜歡自己。再說，學校裡還有這麼多男生，她就不信找不到比他更好的。

例如本班的班長，他是跆拳道黑帶，手臂上還可以看到肌肉線條，身材比愛哭包好五十倍。

例如第三排第五個座位的男生，他非常喜歡看動漫，說話比愛哭包幽默一百倍。

對了對了！還有她的直屬學長，雖然只見過一次面，但他的個性比愛哭包親和兩百倍，社團的時候一定要好好觀察他……

第三節下課，夏夕瑀翻出筆記本，偷偷觀察並記下班上幾個男同學的習性，越寫越快樂。

突然——

「夏夕瑀，外找！」女同學興奮地叫喊。

她轉頭一瞧，闔末風一手拿著生物課本，悠閒地站在後門，今天不是絕對零度的撲克臉，他清俊的臉上帶著若有似無的笑意。

她擱下筆，起身走到他面前。

「早上在公車站沒看到妳。」他眼神溫柔地看著她。

「我搭前一班公車。」

「爲什麼？」他的眼底閃過一絲疑惑。

「生物課本，不用謝。」她不想回答，抽走他手裡的課本，轉身想走回座位。

「過來，我有話要跟妳說。」闔末風迅速抓住她的手腕，將她拖出教室。

兩人來到中庭的花圃前，闔末風才鬆開她的手。

他輕聲問：「我昨晚打妳的手機，不通。」

「沒電了。」因爲沒人會打手機找她聊天，電力耗盡後，她懶得再充電，現在手機還擺在書桌上當展示品。

看她的態度有些冷淡，闔末風明白昨天的潑水事件，他的言語一定傷到她的心，經過一夜的冷靜和反省後，他早上已向汪承昊賠了不是，現在也必須跟她道歉。

「夏小怪，關於昨天下午的事……對妳，我很抱歉。」

夏夕瑀側著臉看他，平靜的心再度掀起波瀾。

爲什麼這麼簡單的一句道歉，就讓她想要說「沒關係」，想撲抱他的手臂，想再追著他跑？

「闔末風。」她深深吸了口氣，壓抑想和他妥協的紊亂心情，「昨天晚上，我和熊胖說了很久的話，想了很多事，就算我們三個人感情再好，你和班長也不可能永遠陪著我，我總是要獨立的，不能一直依賴愛哭包。」

「然後呢？」他臉色一沉。

「所以——」她抬起下巴微微一笑，語氣平靜而堅決：「夏小怪的長大宣言是：我決定不再喜歡你了。」

閻末風的臉上依然沒半點表情，但眼神隱隱閃過詫異。

「從今天早上開始，我決定自己上下課，自己坐公車回家。」

閻末風抿脣，無語地望著她，眼裡的思緒很複雜，從詫異震驚到淡淡的惱怒，還交雜一絲寂寞和不知所措，最後，所有情緒從他眼瞳裡撤去，只剩一片沒有溫度的黑。

他冷笑了聲：「隨便妳，我無所謂。」

兩人在花圃前各自轉身，夏夕瑀咬著下脣忍住心痛，快步走向走廊，卻看見汪承昊雙臂環胸斜倚在洗手台邊，那位置正好被一棵龍柏遮住，她跟閻末風剛才都沒發現，她不清楚他聽見多少。

「夏小怪。」他側身擋住她的路，彎下身看著她倔強的臉，微微泛紅的眼圈洩漏了心事。汪承昊輕輕嘆了口氣：「你們兩個的笨蛋病越來越嚴重，我——」

上課鐘聲干擾了汪承昊後半段的話語，他朝她神祕地笑了笑，旋身走進教室。

夏夕瑀黯然回到座位，將生物課本塞進抽屜，拿出下一節要上的課本時，發現幾個女同學在看她，目光帶著好奇和揣測，她知道這種注視是源於對閻末風或汪承昊的好奇，其實……她已經習慣了。

一整天，夏夕瑀的心情都悶悶的，直到放學鐘聲響起，她準備收拾書包回家，從抽屜裡拿出生物課本時，忍不住翻開水蚤那一頁……她的雙眼瞬間睜大。

昨天寫了十幾遍的「閻末風」全部消失，書頁上一片空白，乾乾淨淨沒有任何字跡，她馬上往前翻，前三頁抄滿筆記，但不是她的字，再翻到封底，左下角寫著「一年一班　閻末風」。

她傻了。這是愛哭包的課本呀，他怎麼會還錯？

「夏夕瑀。」

姚佳琳的聲音打斷夏夕瑀亂成一團的思緒，她把課本塞進書包裡，微笑望著她：「有事嗎？」

「妳星期六有空嗎？」或許因爲有求於人，姚佳琳難得和顏悅色，朝她展露友善的微笑，「壁報下星期要交，畫壁報的同學有一個不能來，妳可以幫忙嗎？」

「好呀！」被學藝主動邀請，夏夕瑀眼神透著期待，心頭的鬱悶也暫時清空。

週五的放學時間，暫時擺脫課業壓力，學生們臉上掛著愉悅的笑容，踩著輕鬆步伐走向校門口。

閻末風背著書包來到公車站，等車的學生裡只有汪承昊，不見夏夕瑀的身影，一股惱怒莫名地湧上心頭，還夾著一點悵然失落。

兩人搭著公車回到梅藝山莊，下車後並肩走在回家的路上，閻末風想事情想得出神，沒有發現汪承昊突然停下腳步。

「愛哭包和夏小怪PK到兩敗俱傷，生命值各剩下一百點，這時候，汪承昊覆蓋一張牌。」汪承昊的聲音在身後響起，閻末風愣了一下，轉頭望著他。這個從小一起長大的好友，此刻卻收起平時隨性的笑容，換上完全不笑的正經表情。

「攤開好友牌。」汪承昊低聲說，視線直直地看向他，「國三下學期，你、我，還有夏小怪三個人同進同出，其實不少同學都預言我們會一起喜歡上她，等著看你我的友情決裂。」

「我知道。」身爲當事者之一，他當然也聽說過。

「夏小怪轉學來時就很黏你，但是你沒有喜歡她，保持著一定的距離。而站在我的立場，如果我對她的感覺改變了，同學的預言就會成眞，所以我選擇保住友情，也和她拉開距離，維持三個人的平衡。」

閻末風的眼神閃過一絲驚訝，沒想到汪承昊的立場是這樣，因爲朋友的義氣而選擇維持原狀，不破壞平衡。

「但是現在，我們三個人的關係爲什麼會失衡？」

「因爲……我和夏小怪的平衡點崩解了。」

「沒錯！末風，你喜歡上夏小怪了吧？」

閻末風微微別開臉，沉默。

「你不表態的話，我會很困擾，不知道要如何應對。」汪承昊的表情有些尷尬，「講白一點，上高中後……她其實還挺像女生的，如果你不喜歡她，我想試著接近她一點；如果你喜歡她，我就後退保持距離。」

「承昊你……」閻末風看向好友，眼中是隱藏不住的愕然。

原來大家的心境都悄悄改變了，大家都同樣感到茫然和無所適從……

「你不能不確定！」汪承昊提高聲量打斷他的話，「我們都會長大，友情遲早會面臨愛情的考驗，只是早來或慢到而已，你要給我一個方向，讓我知道要怎麼走。」

的確，這樣僵持下去，不只汪承昊沒有方向，連自己也會越來越焦躁。

閻末風輕輕嘆了口氣：「沒錯，我喜歡她……想跟她在一起。」

汪承昊的眼神閃過淡淡失落，沉默了幾秒，突然握拳勾住他的肩頭，哈哈大笑：「你看！你一表態，我的心情就輕鬆了，接下來該怎麼做，要用什麼心態面對你們，馬上就有答案。」

「抱歉。」

「唉！喜歡就是喜歡，沒有公式或道理，好好跟她告白吧。」

闔末風點頭允諾，和汪承昊分開後，他抬頭望著霞光漸暗的天際，一彎新月在升起，旁邊伴著燦亮的金星。

太陽系的八大行星裡，金星在地球之前，地表溫度四、五百度；火星在地球之後，地表溫度總在零下，只有地球和太陽的距離最剛好，不會過冷、不會過熱。

他從書包裡拿出生物課本，翻到水蚤那一頁。

身處於資優班的沉重壓力下，乍見她在課本上寫滿自己的名字，心頭清楚地升起無限的暖意和動力。

原來過去半年多的陪伴，她不知不覺已走進他的心，兩人的距離從一光年縮短到八光分，溫暖而曖昧。

升上高中沒有同班，想見卻不能隨時見面，他在意她，爲此感到惶惶不安。

在確認自己的心意後，原本亂糟糟的思緒瞬間變得清晰分明，眼前好像出現了一條路，沿途的花草越長越高，模樣也越來越古怪，一路通往……通往……

B615星球。

他眼神死，頭頂的天空咚咚咚地蓋滿夏小怪的圖章，彷彿烏雲遮天，全是她抱著熊胖發瘋似的又哭、又笑、又叫、又鬧的臉蛋。

Chapter 09　現在開始喜歡

星期六早晨，夏夕瑀懷著期待的心情來到學校，和姚佳琳約定的時間是九點，她在教室外面等到九點半，參與壁報繪製的三位女同學才姍姍來遲。

姚佳琳是最後到達的人，她拿出鑰匙打開教室門，一臉抱歉解釋道：「對不起，我沒趕上公車，讓妳們久等了。」

「我們也剛到不久，夏夕瑀是最早來的人。」三位女同學一齊看向夏夕瑀。

「沒關係的。」突然變成焦點，夏夕瑀連忙搖手，表示自己不介意，「我剛才在前面花圃觀察小蝸牛，不覺得等很久。」

「小蝸牛？」

「我爸爸說蝸牛是很有趣的生物，有兩對觸角的是雌雄同體，交配後兩隻都會下蛋喔。」

「這樣呀……」姚佳琳和三位女同學對看了一眼，都是一副興趣缺缺的表情。

五個人一同走進教室，將幾張桌子併起來，鋪上壁報紙和水彩用具，針對反黑、反霸凌和反毒的題材討論了半小時，最後決定畫反毒壁報。

「一般反毒壁報都畫死神或骷髏頭，我們就改畫小怪物抱著針筒和藥丸。」姚佳琳指著壁報中央的區塊。

「什麼樣的小怪物？」三位女同學面有難色，似乎比較缺乏這方面的想像力。

「就外型奇特一點的……」說歸說，姚佳琳也想像不出來。

「我會畫外星生物，這個可以嗎？」夏夕瑀馬上舉手。

「可以，那怪物就交給妳畫。」

「好！」

就在此時，走廊上傳來急促的腳步聲，一位留著俏麗短髮的女同學突然奔進教室，氣喘吁吁地說：「我推掉國中好友的電影邀約火速趕來……妳們畫到哪裡？」

「陳怡珊，妳、妳不是說早上有事不能來？」姚佳琳一見到她，臉色微微變了，語氣有些慌張。

「對呀，後來我有說我會想辦法調開，一定趕過來幫妳。」

「我沒聽到後面那一句……」

陳怡珊臉色一沉，對姚佳琳聽話只聽一半的態度相當生氣，又瞥了夏夕瑀一眼，口氣不悅地說：「既然妳都找人頂替我了，那我就回家，下次不要再找我幫忙。」

夏夕瑀見氣氛不對勁，連忙拉住陳怡珊的手臂，委婉地緩頰：「同學，我不太會畫圖，只是畫三隻小醜怪湊數而已，我記得妳自我介紹說學過繪畫，這壁報很需要妳。」

「對呀，如果妳能幫忙，那就太好了。」

「我們很需要妳，留下來一起畫吧……」

聽到夏夕瑀這麼說，幾個女同學也馬上附和說需要她，姚佳琳又道了一次歉，陳怡珊的臉色才和緩下來，沒好氣地走到壁報旁邊，拿起筆記本研究剛才討論出來的草圖。

夏夕瑀鬆了一口氣，只見陳怡珊描繪個幾筆，一看就知道畫技比所有同學好，她馬上取代姚佳琳的主導位置；反觀自己，像一個多出來的人，也沒什麼獨特見解，只能晾在一旁尷尬陪笑。

時間一分一秒過去，大家逐漸打成一片，邊畫邊討論當紅的日韓偶像團體，夏夕瑀完全插不上話，覺得自己應該告辭回家，但姚佳琳又沒有取消小怪物的構想，一時走也不是，不走也不是，茫然無措時，門口輕輕響起敲門聲。

眾人轉頭朝教室門口望去，閻末風一手勾著褲袋站在門邊，簡潔的白色襯衫加牛仔褲，一派俊雅，他禮貌地頷首說：「同學，打擾了。」

「有事嗎？」姚佳琳慌亂地起身，目光中透著一絲期待。

「我找夏夕瑀。」

姚佳琳眼神一黯，雙脣微張，欲言又止。

閻末風清冷的眸光掃向她的臉，語氣帶點質問：「不能借人嗎？」

「啊！抱歉，我和他出去一下。」夏夕瑀趕緊起身。聽他的口氣帶著強勢，大概風紀魂又上身了。

走出教室，夏夕瑀背靠著走廊柱子，長長吁了一口氣。

雖然和閻末風鬧僵了，可是她不否認他的即時出現，將她從尷尬的情境中暫時解救出來，但也不想就此跟他和好，於是又撇開臉不理他。

他神色和煦站在她前面，將她的落寞看進眼底，左手拎著一罐冰咖啡貼上她氣鼓鼓的臉頰，揶揄著：「夏小怪，大家都在畫圖，妳在旁邊打蚊子？」

「才不是，我是畫壓軸的。」她凍得瑟縮了一下，推開他手中的冰咖啡。

「壓軸啊，我拭目以待。」

「愛哭包！那你又來學校幹麼？」

「十五號要考校內的學科能力競賽，我和同學……」

「對了！你生物課本還錯了。」想起和他深情凝望的女同學，她心頭一酸，打斷他的話。

「我知道。」

「星期一把課本還我！」

「不還。」閻末風突然貼近她，俯下臉在她耳邊說：「妳的課本，我沒收。」

「那我不就沒課本……」她雙頰赧紅，別過臉和他拉開距離，心跳瞬間亂了拍。

「我的課本給妳。」語畢，他將冰咖啡直接放在她的頭頂上。

「爲什麼？」像被下了定身咒，夏夕瑀頂著咖啡動也不敢動，思緒亂成一團，愣愣看著他一語不發地站直身子，脣角含著若有似無的神祕笑意，轉身走向一年一班。

搞什麼啊？沒收她的課本，還硬塞他的課本給她，這什麼意思？

目送閻末風的背影走進教室，夏夕瑀拿下頭頂上的咖啡罐，握在手裡輕輕轉動，再貼上浮著紅暈的面頰，透心的冰涼逐漸冷卻臉上的熱度。

都拒絕她那麼多次了，絕不可能是喜歡。

啊！難不成……他看到水蚤那頁寫滿他的名字，以爲她在罵他長得像水蚤，體內的查克拉瞬間爆發，抓狂之下把她的書頁撕了，所以才賠上他的課本外加一罐咖啡補償？

「愛哭包是混蛋。」低罵了聲，她紊亂的心跳平息下來，悶悶地走回教室，將咖啡擱在桌子上。

姚佳琳微微轉頭，視線在咖啡上停頓了一下，隨後又低頭繼續塗色。

夏夕瑀來到壁報旁，主動幫忙擠顏料或洗水彩筆，一個小時過去，壁報的完成度越來越高，五個人也畫累了，紛紛站起來伸展筋骨。

看到壁報的繪製已進行差不多七成，姚佳琳主動提議：「休息一下吧，我請大家喝50嵐。」

「謝謝佳琳！」同學們開心道謝。

「學藝，我有咖啡了。」夏夕瑀沒出什麼力氣，也不好意思讓她請客。

「不然妳接著畫小怪物，我們出去透透氣。」

「好！我馬上畫。」聽到可以下場畫圖，她整張臉瞬間亮起來。

「妳畫怪物開心跳舞的模樣，我會把針筒和藥丸畫在牠們的腳下。」陳怡珊拿著鉛筆在壁報紙上圈出三個位置，告訴她要畫多大隻。

交接完畢，姚佳琳和其他幾個同學到校外買飲料，夏夕瑀獨自留在教室裡，沒人在旁邊盯著，心情反倒輕鬆自在。

她拿起鉛筆閉上眼，小臉漾著微笑：「選誰當主角呀？」

在她的腦海裡，長著奇花異草的B615星球上，瞬間蹦出一大群長相奇特的外星小怪，舉著手歡呼跳躍：「夏小怪！選我！選我！選我！選我！」

「就你們三個嘍！」睜開雙眼，她的眼神閃動靈黠光芒。

她拿著奇異筆熟練地畫出線稿，再拿起水彩筆上色，一個人畫得不亦樂乎。

半個小時後，同學們拿著飲料邊笑邊走進教室，一看到夏夕瑀畫在壁報上的圖，全部的人臉色都微微變了。

「這是……什麼鬼東西？」姚佳琳皺起眉頭看著圖面。

一隻長得像破抹布、一隻全身淌著黏液、一隻身上長著蚯蚓狀的觸鬚，看起來有點噁心。

「雖然長得醜，但是牠們不打架，是愛好和平的生物。」夏夕瑀微笑解釋。

「妳怎麼會塗螢光綠、螢光橘、螢光黃的顏色？」看到突兀的三種顏色，陳怡珊頭一暈，差點昏厥過去。

「因爲牠們的身體裡有螢光酵素，會化學性發光……」

「妳沒有色彩學的基礎概念嗎？」陳怡珊打斷她。忙了一個早上的心血被破壞，她語氣急躁了起來，「這整幅壁報是偏灰暗的色調，妳這裡突然跳出鮮豔的顏色，畫面完全不協調，主題也被拉走了。」

突如其來受到指責，夏夕瑀不知所措地垂下臉，囁嚅道：「抱歉，我的腦波和妳們沒有對頻到……」

「沒關係啦！」姚佳琳無奈地笑了笑，拍拍陳怡珊的肩，「畫了就畫了，先完成它，大家早點回家。」

看著眾人繼續畫完剩下的部分，夏夕瑀心裡自責著，默默沉進深深的孤獨感裡，很想帶著熊胖躲回B615星球……

多做多錯，少做少錯，最好什麼都不做。

星期一的早晨，夏夕瑀背著書包站在公車站牌下，思考自己在團體裡的定位，她擔心全班同學看到那張壁報時，會怎麼腹誹她？

一道身影悠然漫步到她身側，挾著難以忽視的存在感，她緩緩轉頭，視線循著筆挺的白色制服往上爬，越過肩頭，對上閣末風輪廓深邃的側臉。

「夏小怪，妳的壓軸畫得怎樣？」

「當然是全宇宙獨一無二的曠世大作。」心情鬱悶還遇到愛哭包，她不肯示弱，「你不是搭下一班公車嗎？爲什麼跑來搭這班？」

「昨晚太早睡，今天就早起了。」

「就算早起，你也不能丟下班長一個人。」

「好笑。」他冷哼了聲，不認同地斜睨她，「妳丟下兩個人，我丟下一個人，到底哪個比較無情？」

「你才好笑！」她睜大眼瞪他，一股氣往心頭衝，「是誰害誰丟下兩個人？」

閻末風脣角微微勾起，一臉無辜地反問：「我嗎？」

夏夕瑀的小臉瞬間窘紅，啞口說不出話，正好公車到站，她快步跨上公車，故意坐在單人座位上；閻末風隨後上車，在她後面的座位坐下，拿出英文字卡默背。

車停第三站，上來一批運動完要回家的老爺爺和老奶奶，夏夕瑀起身讓座，抓著椅背把手站著，隔不到一分鐘，熟悉的身影突然靠過來，站到她左側。

夏夕瑀低著臉，偷覷身側的閻末風，隨著公車行駛晃動，他的右手背突然輕輕擦過她的左手，她的眼圈微微一熱。

她嘗過被友情圍繞的滋味，所以總是忘記她其實是孤單一人來到這裡。現在依戀上一個人，又是另一種寂寞的開始。

正當夏夕瑀心不在焉地亂想時，公車突然緊急煞車，車內響起一片驚呼，她連尖叫都來不及叫，整個人就直直撞進閻末風的懷裡。

他的手緊緊抱住她的肩，直到她恢復平衡。

「司機！你怎麼開車的啊？」

「就一輛機車突然衝出來……」

車內響起一陣叫罵聲。

「妳沒事吧？」閻末風的聲音在她頭頂響起。

夏夕瑀揪著他的衣服，驚魂未定地仰起臉，朝他搖了搖頭。

他輕輕吁了口氣，微微一哂：「妳踩到我的腳了。」

「嗄？」低頭一看，她的腳果眞踩住他的腳背，她趕緊縮回，「對不起對不起……」

「好痛。」

「我幫你呼呼……」

「好痛。」

「你……你有這麼脆弱嗎？」她傻眼，這個人是三魂被嚇掉兩魄嗎？

閻末風一臉要笑不笑，直瞅著她的眼：「好、痛。」

完全傻眼加無言的狀況，夏夕瑀望著他黑白分明的眼睛，雙瞳澄淨，盈著令人悸動的暖光，忍不住伸出手，用力陷住他的右臉頰，拉扯兩下。

「百分百地球人。」淡淡笑意浮上他的臉，閻末風抓開她的手，緊握一下才鬆開。

他掌心的溫度擾亂她的心跳，腦筋開始打結，越想越迷糊，以前死皮賴臉糾纏他，他總是面無表情，不曾給過回應，但現在卻連著兩次主動接近她，這又是爲什麼？

呼吸有點凝滯，夏夕瑀不敢繼續想下去。

公車到站，兩人下車後一同走進校門，少了汪承昊同行，她和外型俊秀的閻末風走在一起，馬上引來四周學生的注目，她窘著臉瞄他一眼，他也正側著臉看她，像在研究她的反應。

「頭好痛！我不要和你上學，愛哭包走開！」心境已回不去國中時的坦然，她抱頭哀叫衝向中廊，丟下閻末風若有所思地望著她的背影。

關於三隻外星小怪引發的效應……第一節下課時，兩個女同學跑來看壁報，壁報一攤開，兩人怪叫了一聲，馬上引來其他同學，大家圍著姚佳琳的座位，低聲討論。

「哎唷，這什麼妖怪？」

「夏夕瑀畫的啊……」

「有點破壞畫面。」

「她的入學成績很高欸。」

「聽說她國中自我介紹時，說自己是從外星球轉學來的……」

曾和夏夕瑀同班的國中同學被編入其他班級，她轉學時的怪異自我介紹早就傳回班上，幾個男同學抱著純屬娛樂的心態，好奇地問她外星小怪的事，她也誠實回答，眾人笑完就一哄而散。

直到中午，姚佳琳將壁報交到學務處，所有討論才平息下來。

吃完午餐，夏夕瑀靠著窗臺站在走廊下吹風。

姚佳琳從學務處回來，突然走到她面前，微笑說：「謝謝妳幫忙畫壁報。」

「抱歉，壁報被我搞砸了。」

「不會很糟啦，那三隻小怪物看久了也很可愛。」姚佳琳站到她身側，微微低下臉，「對了，妳和閻末風……是情侶嗎？」

夏夕瑀愣了一下，搖搖頭：「不是，我們是很好的國中同學。」

「同學喔……」姚佳琳微微鬆了口氣，見她一臉疑問，連忙解釋：「我有參加數理班的甄試，那天緊張到沒吃早餐，結果考試中肚子突然餓了起來，閻末風剛好坐在我後面，他聽到我的肚子一直咕嚕叫，第一堂考試結束，就拿了一包餅乾送我，讓我先止餓。」

「原來如此。」夏夕瑀的心情有些失落。上高中後，閻末風沒再帶餅乾送她。

「不過……他好像不記得我了。」姚佳琳臉色黯淡，想起星期六那天，閻末風看她的眼神非常陌生。

「他本來就不太愛搭理人，未必是忘記。」夏夕瑀猜測。

「眞的嗎？」

「可能。」

「那……他的興趣是什麼？」姚佳琳眼中燃起一絲希望之光，搖著她的手臂撒嬌著：「告訴我好嗎？拜託。」

夏夕瑀突然被她纏住，一時不知道如何拒絕，只好據實回答：「他喜歡看星星。」

「是追流星嗎？這興趣好特別喔，那他現在有女朋友嗎？」

「沒有……」

隨著姚佳琳的一次次提問，夏夕瑀的心緩緩下沉，她感覺得出她的接近是要打探闊末風，並不是眞心想和她聊天。

但是女孩間聊天的話題，不就是討論男生、研究衣服鞋子、分享生活心情嗎？

如果解析一個人的心理或行爲，能像理化的氧化還原反應一樣，從化學方程式的拆解中得到樂趣，那麼她就不會這麼苦惱了。

對她而言，揣測別人的心思是一件累人的事，除了姚佳琳難懂，闊末風也是……

連續三天早上在公車站遇見他，這不是巧合了吧？

夏夕瑀故意在星期四搭回下一班公車，來到公車站，看到闊末風和汪承昊黏在一起。

這有兩種可能，一種是闊末風從上一班等到這一班，一種是臨時改搭這一班，而她直覺認爲——答案是前者。

「夏小怪！」汪承昊面露微笑，伸手拍拍她的頭，「一天沒看到妳，心裡就覺得怪怪的。」

看著他燦然的笑臉，夏夕瑀心房一暖，懷念起之前三人一起上學的氛圍。

她快步閃到汪承昊身後，偷偷探出半邊臉，指著閻末風問道：「班長，以你同窗十年的瞭解，你仔細看，他是誰？」

「我麻吉閻末風，妳的愛哭包呀。」他微微皺眉，不懂她在玩什麼把戲。

「他不是愛哭包。」

「那他是什麼？」

「我不知道他是什麼，所以才叫你檢查。」

「末風，你最近的記憶有斷層嗎？」汪承昊斂起笑容，配合夏夕瑀瞎起鬨。

「有。」一絲算計閃過閻末風的雙眼，「國中畢業那天，在理化實驗室裡，有十分鐘的記憶消失了。」

汪承昊故作震驚：「難道被外星人綁架，消除記憶了？」

「外星人倒是有一個……」

「夏小怪！」汪承昊一把揪出縮在身後的女生，「妳對末風做了什麼？」

夏夕瑀啞然瞪著汪承昊，腦海浮出強吻閻末風的景象，臉紅到快榨出血，不懂這話題怎麼會反彈打到自己？

閻末風抿住笑意，拿著英文字卡閒閒地搧風，看她腦筋打結的可愛傻樣，又看著交心十年的汪承昊，爲了這兩人而捨棄第一高中，這決定值得。

公車到站解救了夏夕瑀的窘況，三人上車後坐到最後一排座位，閻末風同樣坐裡側，汪承昊卻被夏夕瑀推到中間位置。

夾在兩人之間，汪承昊尷尬地抓著頭，看著左邊男生在背英文單字，右邊女生也不甘示弱拿出筆記複習重點，他在心裡微微嘆氣。

突然，眼角瞄到夏夕瑪筆記本裡的某一頁寫著奇妙字句。

「這什麼公式？」汪承昊倏地抽走筆記。

「啊！還我！」她伸手想搶回。

汪承昊側身擋住她，迅速翻找到一頁，攤開在閻末風的雙腿上，噗哧笑道：「末風，你看，夏小怪春心大動，筆記了這麼多男生的資料。」

「班長！」她小臉窘紅，用力勾住他的手肘，但馬上被他掙開。

「這個會跆拳道，這個性格開朗，還有直屬學長……」汪承昊繼續火上加油。

「汪承昊！把筆記本還我！」她狂踩他的腳。

「夏小怪連我班上的男生都鎖定！」最後乾脆整桶油倒下去。

「沒辦法，我有任務在身！」

「什麼任務？」汪承昊轉過身，一臉疑惑看著她。

夏夕瑪掐住他的手臂，氣得想咬他一口。

就在此時，一聲輕笑響起，她視線移向窗邊，閻末風垂臉看著她的筆記本，右手食指在書頁上輕敲。

「夏小怪。」緩緩抬頭，他冰冷的眸光鎖住她，柔如春陽的微微一笑：「妳相中哪一個？」

「我相中誰，需要跟你報告嗎？」夏夕瑪被他的笑弄得心跳漏跳一拍，心慌地垂下眼，鬆開汪承昊的手臂，伸手想拿回筆記本。

「我要知道，妳又要摧殘哪個男生。」閻末風的眼神閃過一絲慍怒，用力捏住筆記本的一角，兩人一拉一扯，僵持著。

「我不會摧殘男生。」

「不會嗎?」他輕笑一聲,但笑意沒有暖進眼裡。

「你……」她臉上浮現怒氣,用力扯回筆記本。

「兩位,我可以換位置嗎?」夾在兩人之間,汪承昊舉起雙手投降,憋著呼吸貼在椅背上。

「眞要說相中誰……」她衝著汪承昊甜甜綻笑,「班長的條件比名單上的人更好。」事情會變成這樣,還不都是他害的!

「喂喂喂!妳不要整我,會出人命。」汪承昊的臉都綠了,竟然被她反將一軍。

「爲什麼會出人命?」

感覺一道冷然目光從左邊刺來,汪承昊趕緊轉移話題:「這不是重點,重點是妳的任務是什麼?」

「小阿姨出了七個任務給我……」夏夕瑀垂頭嘆氣,簡短說明林若媛發下七項任務的經過和內容。

「所以,妳跟末風要鈕扣?」汪承昊聽完後非常傻眼。想起國中畢業典禮那天,閻末風從理化實驗室回來時,制服上的確少了第二顆鈕扣。

「是搶鈕扣。」閻末風冷聲更正。

「他不給,我就搶了。」夏夕瑀負氣地別開臉,都三個月前的事了,他還記仇,但是隨後又想,這是兩人重要的初吻,她同樣忘不了,而且會牢記一輩子。

「如果妳跟我開口,我一定會給妳鈕扣,只可惜我不是第一名畢業。」汪承昊語氣裡不無惋惜。

可以想像當時的情景,一個硬脾氣,一個纏功驚人,絕對會引發一場搶鈕扣大戰,而最終戰敗者是閻末風，一定覺得沒面子，所以遲遲不肯對他說明這件事。

「我把鈕扣送給阿姨時，她感動到快哭了，說有幸福的感覺。」夏夕瑀眼神堅定，申明自己的決心，「不管怎樣，我都要把七個任務集滿，讓鈞澤叔和阿姨早點結婚。」

閻末風靜靜睨著夏夕瑀，心裡思忖著。

若媛阿姨和鈞澤叔交往五、六年了，如果有心結婚的話，應該不會拖到現在，她會因爲夏夕瑀完成七項任務，就馬上結婚嗎？

「班長，你可以幫我完成任務嗎？」既然都提了，她就順便問看看，說不定馬上就有人選。

「拜託！妳不要陷害我。」汪承昊苦著臉，他還想和閻末風當一輩子朋友，不想和他交惡，「我討厭麻煩的事，既然末風都幫妳一次了，不如求他把剩下的……」

「不要，我自己想辦法完成。」她抬起下巴，表明絕對不求他。

「哼，我拭目以待。」閻末風冷笑，一股氣瞬間上湧。

他等著看哪個男生可以接受她的怪裡怪氣。

汪承昊看著兩人再度槓上，一臉沒轍地嘆氣。

解決掉友善校園的壁報後，接著是教室布置，因爲範圍更大，要動員的同學更多，姚佳琳沿用了上次協助製作壁報的同學，卻沒有再邀夏夕瑀。

吃完午餐，班導帶來好消息：「我們班的壁報得到第二名，前三名和佳作會貼在中廊展示。」

「老師！眞的嗎？」姚佳琳開心到跳起來。

夏夕瑀黯然看著桌面。第二名是一個曖昧的名次，如果把小怪物畫得可愛一點，顏色不要那麼突兀，是不是可以拿到第一名？

「壁報是哪幾個同學畫的？學校會各記嘉獎一支，老師也會給妳們加分。」班導微笑詢問。

姚佳琳笑得合不攏嘴，一一報上自己和幾個同學的名字，但夏夕瑀卻一陣愕然，因爲名單裡面竟沒有她。

是學藝開心過頭忘記了嗎？這麼想時，感覺一道目光投來，她轉頭一瞧，陳怡珊正在看她，眼神非常複雜。

班導記下名字後就離開教室，姚佳琳回到座位，開心地和前座同學分享自己第一次當學藝，深怕做不好而丟臉的心情。

聽著學藝侃侃而談，夏夕瑀的心情越來越低落，反覆安慰自己，她是中途插進來的人，畫的部分很少，不過是一支嘉獎而已，她不該這麼計較。

放學時，同學們走得差不多了，夏夕瑀背著書包準備往門口移動，姚佳琳突然喚她，一臉抱歉地解釋：「對不起，因爲壁報製作有人數限定，所以……」

「沒關係，壁報能夠得獎，我也與有榮焉。」夏夕瑀明白了，如果沒有限制人數，要是報上二十個人參與製作，那學校豈不是要記上二十個嘉獎，這對其他班級是不公平的。

「眞的沒關係嗎？還是我叫老師把我的嘉獎改給妳。」

「眞的不用！能和大家一起畫畫，我已經很開心了。」

「然後……有一件事要對妳說明。」姚佳琳的眼神閃爍著爲難，姿態突然變得扭捏，「因爲同學不斷給予建議，本來中午交了壁報，但放學時我又請同學留下來，修飾了一下妳畫的小怪物，希望妳不要生氣。」

夏夕瑀不在意地笑了笑：「我不會生氣，如果可以修正，那再好不過了。」

再次道了聲謝，姚佳琳腳步輕盈地走出教室，和走廊上的同學會合後一起離開，夏夕瑀隨後也跟著走出門，眼角突然瞄到一道人影，她轉頭朝右側望去，閻末風正斜倚在牆邊。

「你在這裡幹麼？」她蹙起眉頭，第一次在放學遇到他。

「等妳和承昊。」他淡淡回答。

「不用留下來和同學討論競試題目嗎？」

「有重要事，不留了。」

夏夕瑀不想理他，轉身走了幾步，聽見背後傳來腳步聲，她回頭一看，閻末風竟然跟了過來，忍不住又問：「你不等班長嗎？」

「他和九班的男生挑戰『肯德基盃』。」

「我想自己回家，你不要跟著我。」

「我和妳回家的方向是一樣的。」他脣角微微勾起。

夏夕瑀覺得沒好氣，轉身走進中廊，來到壁報展覽區，當她看到自己班級的壁報時，整個人當場傻住。

愣了好幾秒，她緩步走到壁報前。

原來所謂的修飾，是在別的紙上重新畫出三隻不同的小怪物，照著輪廓剪下後，直接貼住她畫的小怪物，針筒和藥丸也以剪紙的方式製作，畫面就不會突兀了……

閻末風的聲音自身後傳來：「聽說壁報的名次出來，得獎的作品貼在中廊，我下午特地過來看妳畫的作品。」

夏夕瑪渾身輕顫，感覺羞恥到無地自容，在閻末風的面前，她從來沒有這麼丟臉過，還誇說自己是畫壓軸，是宇宙的曠世大作。

一句話都說不出，她轉身朝校門口跑去，閻末風神色一凜，快步追上前抓住她的手臂，不讓她逃開。

「你走開！離我遠一點，不要過來！」夏夕瑪低著頭不敢看他，扯著他的手不斷掙扎，想遠遠逃離他。

閻末風雙手緊扣住她的肩膀，彎身望著她挫敗到快哭出來的臉，輕聲哄道：「夕瑪，把臉抬起來，看著我。」

聽到他喊她的名字，而不是夏小怪，夏夕瑪顫顫地抬起頭，對上他澄澈坦然的雙眼，沒有厭惡和嘲諷，只有滿滿的關懷和……心疼，她咬牙忍住心裡的難過，硬是不讓淚水掉下來。

「沒看到妳的畫，我心裡很失望。」閻末風伸指抹去她凝在眼角的眼淚，微微笑道：「難得我想認識那三隻小怪物，麻煩妳重新召喚，把牠們的模樣、名字、來自哪個星系，再畫一遍給我。」

她淚眼望著他許久，才輕輕點頭。

「承昊說，他會打贏『肯德基盃』，星期天請我們吃炸雞。」

她又點點頭。

「還有……」他輕輕揉著她的髮，「妳明天帶小鏟子來，中午到一班找我，我帶妳完成『校長愛種花』。」

閻末風說完這段話，面上閃過一絲不太自在的羞赧，迅速移開和她緊緊相連的視線，轉身朝校門口大步走去。

夏夕瑪還傻在原地，心間泛起一抹微酸微甜的悸動，不敢相信他要主動幫她完成一項任務。

走出校門後，闔末風終於聽見腳步聲追來，他下意識伸出右臂等著她撲抱，可惜等了又等，夏夕瑪只是輕輕揪住他的書包背帶，這分期待並沒有實現。

一絲不悅閃過心間。

他肯定有病！竟然忌妒起書包背帶……

Chapter 10 雨後的告白

壁報比賽獲得好成績後，教室布置接著進行，以姚佳琳爲中心，逐漸形成一個小圈圈。

每節下課她拿教室日誌讓老師簽名時，經常看她和老師說說笑笑，在所有的幹部中，就屬她和老師的關係最要好。

夏夕瑀專注地看書，做自己的事，好幾次感覺到陳怡珊的視線投來，就在兩人第三次目光相觸時，夏夕瑀朝她笑了笑……其實，對小怪物被完全修掉的事，說不傷心是騙人的，但只要想到閻末風和汪承昊，她的心裡頓時又生出了勇氣。

午休時間，夏夕瑀提著裝著鏟子的紙袋走向一年一班，閻末風手上拿著相機，和汪承昊站在走廊下等她。

「夏小怪。」見她笑容變少了，汪承昊伸手捏住她的臉頰，挑了一下眉毛，「昨天的『肯德基盃』贏了，星期天去吃炸雞，我請客。」

「好啊！我要兩塊炸雞、大杯可樂、雞米花、蛋塔……」聽到吃的，她眼神一亮，全身的動能馬上開啓。

「妳是餓多久啊？」聽她越點越多，汪承昊的臉綠了。

「現在下課都沒有點心可以吃。」

「是誰說上高中後瘦了變漂亮？」閻末風揶揄，「我哪敢再餵妳餅乾，把妳再養成熊胖臉。」

「我可以節制，一天只吃五片。」她前跑兩步用力跳起，伸手做出一個投籃動作，回頭朝著汪承昊微笑，「再跟班長去打『肯德基盃』，運動運動。」

眼角瞥見一道冷然目光射來，汪承昊一手按住額頭，低喃了聲：「我會被妳害死，妳根本是禍星來的。」

三個人說說笑笑，一路朝行政大樓的校長室走去。

關於「校長愛種花」，根據小阿姨的解釋，是日劇裡的校長經常被塑造成喜歡園藝，會抱著花盆出場，被學生誤認成工友，但是這個設定只存在於戲劇中，現實生活裡，很少校長會熱衷於種花吧。

三人來到校長室門口，夏夕瑀覷著閻末風，想不出他要如何說服校長去種花。

校長見到三人，從辦公桌後起身走到門口，微笑詢問：「你們都是梅藝國中的畢業生？」

「是，校長。」閻末風微笑點頭，態度謙和有禮，「昨天下午向您報告過，因為母校月底要召開國三的『升學輔導座談』，邀我回學校和學弟妹分享考前的心情和複習方法，我要上臺簡報，同時介紹梅藝高中的特色。」

「這樣很好，那校長要提供什麼給你們？」校長聽了眉開眼笑，學生自願擔任招生大使，這是再好不過的事。

「想請校長和我們合拍幾張照片。」

「拍照沒問題。」

閻末風請路過的一位學長幫忙拍下四人的合照，接著又說：「最後，我想在簡報的總結頁，放一張『校長種花』的底圖。」

「種花？」聽到這個要求，校長不解地蹙起眉頭。

「是。」閻末風微微一揖，語氣誠懇地表示，「因為我覺得校長種花的形象很親和，象徵培育學子的辛勤園丁，是偉大的一個意象，很適合作為結尾，一定會在學弟妹的心中留下深刻印象。」

偉大呀偉大……聽到這段，汪承昊右手用力掐住大腿，憋住想噴笑的衝動，原來他的好哥兒們這麼會畫唬爛，可以去競選班聯會主席了。

夏夕瑀也咬住下唇忍著笑，原來極度黑化的愛哭包講話這麼煽情，騙人的臉色鎮定到可怕……

「呵呵呵……去年的園遊會，校長應學生要求上臺唱歌跳舞，今年這種花的提議也算特別。」校長低笑幾聲，接著詢問要如何做。

「校長，您只要拿著鏟子，擺個種花的姿勢就好。」閻末風朝夏夕瑀使了一記眼色。

她連忙遞上鏟子，校長接過後走到花圃邊，微微彎下腰，拿著鏟子指著一簇開得燦爛的鳳仙花，夏夕瑀馬上繞到另一邊合照，閻末風手中的相機喀嚓一響，完成「校長愛種花」的任務。

「謝謝校長。」拍完照，三人鞠躬後離開。

「末風，沒想到你這麼會掰。」汪承昊大笑，用力搥了閻末風一拳。

「我沒有掰，升學座談會是眞的，輔導室找了十個畢業生回去，梅藝高中由我當代表。」他將相機遞給夏夕瑀。

「謝謝。」看到相機螢幕上的照片，夏夕瑀心裡一陣感動。

「小事一樁。還有，妳的圖呢？」閻末風看著她的笑臉，發覺只要她開心，自己的心情也會跟愉悅起來。

夏夕瑀猶豫了一下，從紙袋裡取出一張對折的紙，閻末風接過打開一看，上頭畫了三隻小怪物，造型奇醜無比，顏色還異樣鮮豔。

汪承昊擠過來看著圖面，一臉古怪地笑道：「畫得很逼眞。像漫畫也有分美式畫風和日系畫風，換個角度想，並不是妳畫得不好，而是妳同學的畫風根本配不上妳。」

「沒錯。」閻末風贊同地點頭，「牠們的星球難不成照不到陽光？」

「嗯！所以牠們會發光。」夏夕瑀來回望著兩人，心間流過一股暖意。

「像螢火蟲一樣，自體有發光細胞？」

「對，不是細菌發光……」

「末風，都完成第二件任務了，不如再幫一個吧。」汪承昊以手肘戳著閻末風，看到兩人有默契的對答，他心裡除了覺得羨慕外，更希望能撮合他們。

在汪承昊的順水推舟下，閻末風沉思片刻，說道：「明天星期六，我和同學要做專題討論，中午妳來學校找我，穿制服，帶便當。」

「帶便當？」夏夕瑀心裡震驚，這任務是……

「頂樓吃便當。」見她傻住的模樣，閻末風伸指輕彈她的額頭，「要我幫妳，妳就要親手做便當，不准隨便買一個敷衍我。」

當天晚餐後，夏夕瑀將「校長愛種花」的照片列印出來，林若媛見到照片時非常詫異，以爲她升上高中後會忘記七項任務的約定，沒想到她還記得。

詳細詢問拍照的經過，林若媛聽完笑到肚子發疼：「我是看著末風長大的，和外向的末綸比起來，這孩子話不多，生活和交友都非常單純，沒想到他也有淘氣的一面。」

「他的身體裡住著另一個閻末風。」夏夕瑀非常肯定。這幾天他變得怪怪的，對她的態度也不一樣，肯定是哪根神經短路了。

「接著要完成哪個任務？」

「頂、頂樓……」

「哎呀呀，夕瑀和末風要……」林若媛的眼神充滿曖昧。

「阿、阿姨！」夏夕瑀羞紅臉，慌亂地撲上前摀住她的嘴，阻止她說下去，「這只是任務，妳、妳可以教我做便當嗎？」

林若媛笑瞇眼地點點頭。

翌日早上，夏夕瑀起了個大早，跟著林若媛到超市採買食材，兩人一起揀選蔬菜水果，討論便當的菜色和做法，感情融洽的模樣被超市店長誇說像母女。

回到家，林若媛將食材擱在料理臺上，促狹地笑：「既然是日劇梗，那就做個愛妻便當吧。」

「阿姨，不要笑我啦！」夏夕瑀臉上一窘，邊穿圍裙邊跺腳。

張鈞澤來到廚房門口，探出頭笑問：「愛妻便當嗎？有沒有我的份？」

「有，我做給你吃。」

在林若媛的技術指導下，夏夕瑀完成兩個便當，再穿上制服搭著公車趕赴學校，像是要和閻末風約會般，心情緊張又矛盾，希望公車開快點，讓她可以早點見到他；又希望公車開慢點，擔心他會不喜歡自己做的便當。

到站後，夏夕瑀拎著便當提袋走進學校中庭，遠遠看見一年一班的門窗是打開的，她站在三班的走廊下，看著幾隻蝴蝶在花圃間追逐飛舞，反覆深呼吸，調整心跳的頻率。

忽然傳來一陣桌椅併靠的聲音，她快步閃到走廊的一根柱子後，聽見幾個一班的同學互道再見，然後走過走廊，想到閻末風應該也出來了，她有點不能呼吸，背貼著柱子蹲下。

「夏小怪，怎麼了？」

眼前的陽光突然被一道人影遮住，閻末風溫和沉穩的嗓音在頭頂響起，她緩緩仰起頭，看見他站在正前方，左手抵著柱子，右手拿著相機腳架，正低著頭看她。

夏夕瑀心跳了一下，兩手揪著提袋站起來。

闍末風腳步不退，維持同樣的姿勢和距離，隨著兩人視線拉近，他的左手變成抵在她的右耳邊，她臉上一熱，發現自己像是被他鎖住了，兩人的姿勢透著曖昧。

「我做了便當。」她嬌羞地垂下視線，掩飾自己受他影響的心慌，「但學校的屋頂是尖的，頂樓也不能上去，我們要怎麼辦？」

「過來。」他脣角一勾，領著她走進花圃間，指著橫跨中庭的空橋，「我們利用那個。」

夏夕瑀抬眸望去，學校的校舍排列是「日」字型，左棟和右棟大樓的中間以一座空橋相連著，方便兩樓的學生往來。

校舍樓高三樓，所以空橋也是三層，第一層就是中廊，第三層是沒有屋頂遮蔽的露天空橋，橋的兩側有欄杆圍著。

「三年級的數理班，早上會來上加強課，所以左側的樓梯沒鎖。」闍末風帶著夏夕瑀從一年一班旁邊的樓梯上樓，沿著長長走廊來到第三層的空橋上。

「風景好漂亮！」站在欄杆前，夏夕瑀望著一樓中庭，原來花圃是以幾何圖形排列著，左右對襯，因爲教室位在一樓，她從來沒看過下方是什麼風景。

「照片能騙過眼睛。」闍末風將相機架在空橋中間，將高度降到最矮，約莫離地三十公分，「我們坐在欄杆前的地上，把相機高度降低，視角只抓取地面、欄杆和一點天空，畫面上就可以營造出頂樓的假象。」

夏夕瑀蹲在相機前，一臉驚詫地看著螢幕，日劇裡的學校頂樓大致是空地加欄杆，和相機裡呈現出來的畫面相似，只要不戳破實際的拍照地點，的確能代替頂樓。

架好相機後，她先在欄杆前坐定，他取好角度，隨後來到她的右側坐下，她打開提袋取出兩個便當，一個遞給他。

闇末風微微抿笑，滿心期待地打開便當蓋，映入眼簾的是一幅星際圖，混入紫米炊煮的白米飯染成深紫色，上頭點綴著魚板、蛋皮和胡蘿蔔壓印成的小星星，中央是黃起司做成的小土星，配菜格有香腸小章魚和花椰菜，乍看之下非常賞心悅目。

但是仔細一瞧，小章魚只有一顆大眼睛，嘴巴不是圓嘟狀，而是血盆大口般咧開，再拿起筷子夾起一顆海苔包著的黑嚕嚕糰子，表面嵌著三顆青豆，下方連著一撮金針菇，筷子搖了搖，金針菇也晃了晃。

「夏小怪，這是……腳嗎？」

「是啊，牠有八隻腳。」

「三個眼睛？」

「嗯啊！很可愛吧。」

「妳叫我吃這個？」他瞬間沒了食慾。

「你……不喜歡嗎？」她心一沉。

見她眼神落寞，他無言地嘆了口氣，將黑嚕嚕的糰子塞進嘴裡，嚼了嚼，滋味還不錯，但是咬到金針菇時，他一想到這是某種星際生物的腳……突然間，青豆在齒舌間爆開……那是眼睛啊！

「好吃嗎？」夏夕瑀咬著筷子，觀察他的表情。

「不錯。」闇末風點點頭，又扒了一口飯細細品嚐，扣掉配菜奇特的造型影響視感外，口味很好，鹹淡適中。知道是她花了很多心思做的，有種甜蜜滋味在心間泛開。

「可是……你的表情看起來很難吃。」

「眞的很好吃，只不過妳不吃熊型食物，我也不想吃妳的朋友。」他夾起血盆大口的香腸章魚，遞到她的脣邊，「章魚給妳。」

夏夕瑀張嘴咬住那隻章魚，突然聽見相機傳來喀嚓一聲，愣了一瞬，只見閻末風抬起左手，指尖拎著一個相機遙控器。

「剛才那張不行！再重拍一張。」她滿臉羞紅，被他餵食的照片，絕對不能拿給小阿姨看。

閻末風低聲一笑，兩人擺了幾個吃便當的正常姿勢，合拍了幾張照片後，他抬頭望著天頂，烏雲低垂，正在醞釀一場雷陣雨。

「快下雨了，我們回教室吃吧。」

她闔上便當蓋，兩人邊拍邊玩，根本吃不到一半；他也收起相機和腳架，兩人下樓回到一年一班。

閻末風帶著她來到自己的座位，夏夕瑀將便當擺在桌面，拉開前座的椅子坐下，兩人面對面繼續用餐，她嘴裡嚼著飯菜，忍不住覷他一眼，而他也靜靜看著她，兩人四目相凝的瞬間，都是耳根一熱，都是同樣的悸動。

剛吃完便當，教室外嘩啦下起一場大雨，伴著電光閃爍和陣陣雷聲。

「好大的雨！」夏夕瑀走出教室，雨聲幾乎蓋住她的說話聲。

「等雨停再回家吧。」閻末風走到轉角的飲料販賣機，投幣買了兩罐飲料回來，和她背靠著窗臺，站在走廊下喝著。

大雨澆上校舍，感覺氣溫降了幾度，原本凝滯的空氣開始在走廊流動。

夏夕瑀和閻末風一邊啜飲，不經意地相視輕笑，彷彿回到國中的時光。

即使不說話，也不覺得孤單。

這場雷陣雨來得快，去得也快，約莫下了半小時就停了，只剩屋簷的水滴落在走廊下的小水溝裡，泛起一圈圈的漣漪。

天際的烏雲散盡，晴空如洗，藍得像一座海洋，朵朵白雲飄遊其中，花圃走道上的積水來不及退去，倒映著藍天白雲。

黑皮鞋踩著淺淺積水，夏夕瑀走進中庭裡，四周的草木葉尖上綴著雨珠，閃動著水晶般的光芒。

闍末風站在走廊下望著她纖瘦的背影，心口隱隱發燙。

明明是個言行奇怪的女生，他卻覺得她比全校的女生更漂亮閃耀。

「愛哭包，你來看！小蝸牛跑出來了。」她蹲在花圃前大叫。

「夏小怪！」像被牽引似，他走出走廊站在陽光下。

「嗯？」聽見他的叫喚，夏夕瑀轉頭望著眉目俊朗的他，陽光映亮白色的制服，鬆垮領帶隨風翻飛，在這夏日雨停的午後，好像有什麼事即將改變……

「夕瑀。」他朝她微笑，一縷情愫在眼底躍動，「我沒辦法轉去妳的班級，下學期數理班有缺額，妳過來我的班上，到我的身邊，好嗎？」

「去你的班級？」她愣愣地望著他，腦筋開始打結，「可以坐你前面嗎？」

「可以。」

「可以問你水蚤可不可愛嗎？」

「可以。」

「可以和你研究小蝸牛的性別嗎？」

「可以。」

「可以介紹我的外星朋友給你認識嗎？」

「可以。」

「到時候……可以再……喜歡你嗎？」

「不可以。」他搖頭拒絕。

夏夕瑀表情受傷，來不及哀悼第四次告白失敗，就見他大步走過滿地藍天白雲的光影，主動來到她的面前。

她傻著，不知如何反應，下一秒已被他拉進懷裡輕輕擁住。

「不可以。」閻末風低嘆了聲，俯下臉在她耳邊輕語：「因爲我喜歡妳，妳現在就要喜歡我，不能等到下學期。」

她眼圈一熱，微顫的雙手輕輕環住他的腰：「好……現在馬上喜歡。」

想和他一起上下學、一起在高中讀書、一起上大學、一起畢業……一起……未來還那麼遙遠，她想像不出五年或十年後的景象，只能用「永遠」兩個字來概括。

想和他，永遠永遠在一起。

閻末風的一顆心怦然而動，聽見她回覆「喜歡」，告白後的羞赧閃過眼底，馬上鬆開她轉身走向教室，命令般說道：「雨停了，該回家了。」

嗄？就這樣？

愛哭包小氣鬼！她都還沒抱夠咧！

「回家就回家。」傻眼看著空空的兩手，夏夕瑀嘆了口氣，回到教室收好餐盒，跟著他走出校門來到公車站，彼此沒有任何交談，各自沉澱方才激動的情緒。

公車到站，兩人上車後坐在雙人座，夏夕瑀望著車窗外面，午後陽光像細碎的水晶，在溼漉漉的柏油路面閃耀著，整座城市煥然明亮，燦爛到不太眞實。

這是在作夢嗎？

她是他的女朋友了嗎？

他一直不說話，是後悔對她告白嗎？

夏夕瑀有點不安，心裡不斷反問自己，思緒千迴百轉。

「我星期一要參加學科能力競賽。」閻末風終於打破沉默。

「喔。」她心跳了一下，視線定在他的領帶上，害羞地不敢直視他的臉。

「就這樣？」

「不然呢？」

「唉……」

聽到他嘆氣，夏夕瑀心裡大驚，抬眸望著他沒表情的臉。

不然咧？她該說什麼？換成其他男生的女朋友，這時候會說什麼話？

「笨小怪。」他輕罵。

「嗚……」她雙手圈住他的右臂，可憐兮兮地哀求：「我不會當女朋友，你教我。」

閻末風斜睨她，輕哼：「說『加油』。」

「競賽加油！」她開心一笑。明明是簡單的四個字，卻像沾了蜜，在心間化開成濃濃的甜。

她鬆開他的手臂，不安地絞著裙子：「末風，你眞的……喜歡我嗎？」

「嗯。」

「我以爲……你喜歡你班上的女同學。」

「哪個？」

「放學時留下來和你討論，坐在你旁邊的女生。」

「妳偷窺？」他脣角微微一勾。

「才不是！」夏夕瑀否認，這是有正當理由的，「你跟我借生物課本的那天，我想找你拿回課本，看到你和她說話，對著她笑……」

「笑？」微皺眉頭，他仔細搜尋回憶，似乎有這麼一回事，「當時她問我，要不要用觀察水蚤當科展的題目，我翻開妳的生物課本，看到水蚤時好像笑了。」

「這、這樣啊……」她瞪大眼。原來當時，他並不是對著那女生笑，而是看到寫在課本上的名字。

「上課不專心，妳都在想什麼？」闔末風忍笑揶揄，回憶起隔天還她生物課本時，她突然發表長大宣言，說不再喜歡他，原來是吃醋了。

「我沒有亂想。」她耳根泛紅，趕緊繞回原來的話題，「重點是，那個女同學像花一樣漂亮、有氣質、很溫柔，跟你很相配。」

「然後呢？」

「我不漂亮、沒氣質、又粗魯、被很多人說怪，我不知道你喜歡我哪裡？」

闔末風伸手覆住她絞著裙子的雙手，側臉望著她的眼睛，輕柔地說：「就是喜歡妳的怪。」

她雙頰浮起兩朵紅暈，輕輕回握住他的手，兩人十指交扣，心房滿是溫暖。

晚餐後，夏夕瑀將照片列印出來，完成「頂樓吃便當」的任務。

林若媛當下又取笑了她一頓，她羞得躲回房間抱著熊胖在床上打滾，無法坦白和闔末風交往之事。

翌日中午，三人在速食店裡聚餐，闇末風和汪承昊比鄰而坐，對面則坐著夏夕瑀，她一手抓著雞腿、一手拿著可樂，餐盤裡還堆著雞米花、蛋塔和玉米濃湯。

「夏小怪，妳這麼貪吃，就算不管自己的形象，也要顧及男朋友的形象吧。」汪承昊傻眼地看著她的吃相。

昨晚接到闇末風的電話，得知兩人已經成為情侶，心裡有點羨慕外，同時也鬆了一口氣。

「炸雞渾好出！」她嘴裡啃著雞腿，口齒不清地說。

「怕妳又變成熊胖臉，雞米花和蛋塔，我幫妳消化。」汪承昊伸手抄走她的食物。

「放開雞米花和蛋塔！」她用力抓住他的手，張口咬向他手裡的蛋塔。

差點被她啃到手指，汪承昊趕緊鬆手，笑道：「末風，你以後會被她吃垮！」

闇末風啜了口咖啡，語氣悠閒：「我家的庭院該拔草了。」

欸？這是要她吃飽去拔草做運動嗎？

夏夕瑀縮著脖子，默默分了幾顆雞米花到兩人的餐盤裡，分配完，她滿意一笑抬起臉，乍見闇末風一手托著下巴，目不轉睛地望著自己，心跳又漏跳一拍。

「妳好忙。」他語氣微冷。

「欸？」

「眼睛裡都裝食物。」

「噗哈哈哈……」汪承昊噗哧笑開，一臉幸災樂禍。

「那……要看著你的臉吃東西嗎？」她好窘，不懂女朋友要怎麼當才稱職。

「妳說呢？」閻末風似笑非笑。

「看著你會吃不下……」

「那就不用拔草了。」

聽著兩人無厘頭的對話，又看她手足無措的呆樣，汪承昊笑趴在桌子上。

閻末風也微微抿笑，整她整得很愉悅，女生該有的溫柔她都沒有，他卻覺得她傻得可愛。

「臭男生。」夏夕瑀瞪了兩人一眼，知道自己被耍了，馬上拿起炸雞繼續啃，不過吃了幾口，她學會抬頭「施捨」閻末風一眼，讓他看見她眼裡有他。

「星期五的社團課，你會來吧？」汪承昊以手肘戳了一下閻末風，資優班有社團豁免權，參不參加皆可，雖然報名了，他還是擔心他臨時退社。

「嗯。」閻末風點頭。

「不知道花藝社要教什麼？」她眼裡滿是期待，決定要偷瞄勁舞社的練習，因爲認識至今，她還沒見過閻末風跳舞。

「妳不要把B615星球的花藝帶進社團。」閻末風提醒，怕她重蹈壁報比賽時的覆轍，做出奇形怪狀的花束嚇到社員。

「爲什麼？」她不依。

「妳外婆是地球上的大師級花藝家，妳應該要傳承她的技術。」

「好嘛，先跟外婆學習。」

見她志氣滿滿的模樣，汪承昊一臉忍笑，看樣子只有愛哭包能鎮壓住不按牌理出牌的夏小怪。

三個人坐了一個下午，大多是夏夕瑀和汪承昊在鬥嘴，閻末風偶而吐槽幾句，直到收拾餐盤準備回家時，汪承昊突然來到她的身邊，輕聲問：「夏小怪，心情還難過嗎？」

望著面露關懷的他，夏夕瑀深深感動，朝他燦然笑道：「完全不難過了，明天會開心上課。」

新的一週開始，被炸雞和可樂……不對，被閻末風和汪承昊的關懷治癒後，夏夕瑀果真是開心上學，看著姚佳琳在鄰桌大聲談笑，心裡不氣也不怨。

競賽的校內初賽結束了，成績應該不差，今天開始不用留校，妳放學要陪我回家。

午休時間，夏夕瑀拿著手機站在走廊下吹風，默讀閻末風傳來的簡訊，想起昨夜也接到他的晚安電話，心裡一陣感動——這高級鬧鐘終於升級成正式手機。

夏小怪不亂跑，會乖乖等你。

回完簡訊，夏夕瑀對著手機傻笑，眼角瞥見一道人影走到身側，轉頭一瞧，竟然是陳怡珊，她趕緊將手機塞進校裙的口袋裡。

「夏夕瑀，壁報的事……我很抱歉。」陳怡珊突然對她道歉，說出糾結幾天的心事，「當時學藝要我改掉壁報，我直接就改了，後來回家仔細一想，壁報是大家共同創作的，站在藝術的立場，應該要尊重每個人的表現。」

夏夕瑀愣了一下，意會到她在解釋修掉外星小怪的事，連忙搖手：「沒關係的，幸好妳有改掉，這都是靠妳的畫技，我們班的壁報才能得到第二名。」

聽她誇讚自己，完全不埋怨，陳怡珊心裡更加慚愧，一臉黯然地說：「我看到妳很難過，學藝沒提報妳的嘉獎，這點實在不對。」

「嘉獎不重要，我只是想和大家一起做壁報而已。」面對她的關心，夏夕瑀有些受寵若驚。

「但是壁報得獎後，聽起來都是姚佳琳的功勞……」陳怡珊口氣帶點不滿，聽到姚佳琳跟班導聊起創作壁報的心得，那些心得都是綜合大家的意見，在沒有署名下，像是她一個人的見解。

「我的好朋友告訴我，每個人的風格不同。」夏夕瑀想起汪承昊的一席話，關於日式和美式漫畫的風格差別，「我想……沒有誰可以取代誰，就怕被超越過去。」

「嗯。」彷彿得到激勵，陳怡珊心有所感地點頭，「姚佳琳愛講就隨她講，我不會被她取代和超越的。」

那天之後，每當陳怡珊和夏夕瑀在學校碰面，她總會給她一個微笑，偶而聊上幾句，雖然話題有限，但是對夏夕瑀來說，這已經很足夠了。

脫離壁報比賽事件的低氣壓後，校園生活突然多了點好運。

日子轉眼來到星期五，第一次社團活動，夏夕瑀來到活動中心三樓，走進花藝社的社辦。

社長沈家維拿著點名本站在講臺上，朝她招手笑道：「夕瑀學妹，很高興見到妳，隨便挑個位子坐吧。」

「學長好。」夏夕瑀禮貌地朝他頷首，環顧四周，教室的公布欄展示著乾燥花和壓花作品，每個座位桌面都擺著分配好的花材，她走向靠窗的空位，發現後邊角落坐著一位長髮飄逸、面容清秀的女生，正對著她微笑，乍看之下有些眼熟。

「啊，是妳！」她想起新生訓練那天，在公車上被野人騷擾的情景。

「妳好，我叫沈庭嫃，一年十八班。」那女孩緩緩起身，嗓音輕柔地自我介紹，雙頰浮著蘋果般的靦腆紅暈。

「夕瑀學妹。」沈家維的聲音自身後傳來，「庭嫃是我的妹妹，妳們認識呀？」

「你們是兄妹？」她驚訝地望著學長的臉，又看著沈庭嫃，眼眉的確有些相像，氣質也非常相似。

「哥，她就是公車上……」沈庭嫃低下臉，想起公車上的事，越說越小聲，「新生訓練的第一天很忙亂，我不小心忘記妳的名字。」

「原來是妳幫了庭嫃，真的很感謝！」沈家維連聲道謝，拉開妹妹隔壁的座位，「學妹坐這裡吧，我爸媽是開花藝店的，庭嫃對花很了解，可以當妳的小老師。」

Chapter 11 小綠果的心事

「謝謝，叫我夕瑀就好，請多指教。」夏夕瑀彎身在椅子上坐下，面對氣質恬靜的沈庭嫃，既期待和她成為好朋友，又怕把人家嚇跑，所以一時不敢亂動。

「請多指教。」沈庭嫃微微一笑，害羞地點點頭。

「庭嫃的個性比較內向，不太容易和同學打成一片，希望妳們在花藝社裡，可以藉由花草的交流，成為很好的朋友。」沈家維對妹妹相當關愛，盡責地幫她拉攏人際關係。

「好。」她不忍說，她的人緣也很差啊。

梅藝高中一年級有二十班，十八班位在另一棟校舍的底端，和六班距離甚遠，難怪開學以來兩人都沒有碰過面，不過現在在花藝社裡相遇，還是她直屬學長的妹妹，這緣分也算特別。

由於社團的外聘老師臨時請假，第一堂課由社長代理。

待全部社員到齊後，沈家維要大家起立自我介紹，輪流報上自己的年級和名字，接著發下這學期的課程表，大致有單枝花束、手綁花束、小盆花、乾燥花束、壓花吊飾、禮品包裝……等等。

第一堂課先介紹花材和工具，夏夕瑀望著桌面，花材是一朵玫瑰花、一束紫色花束和長著綠果子的植物，包裝有玻璃紙、印花牛皮紙和蝴蝶結，工具則是花剪、膠帶和釘書機等。

「夕瑀，」面對花藝，沈庭嫃變得比較有自信，指著三枝花材介紹：「這是玫瑰花、紫色星辰花和小綠果。」

「你是小綠果啊，長得好可愛耶，我叫夏小怪。」夏夕瑀輕喃著，像在自我介紹，拿起小綠果仔細研究。

聽到夏夕瑀和小綠果說話，沈庭嫃愣了一下，眼裡透著好奇。

「今天的花藝初體驗，要做的是『單枝花束』。」沈家維首先拿起玫瑰花，「花藝的花材又分成『主花』、『配花』和『補花』。主花就是大花或主題花，例如：情人節的玫瑰，母親節的康乃馨、畢業典禮的向日葵。」

放下玫瑰，沈家維右手拿起星辰花，繼續解說：「配花是小花或碎花，用來陪襯主花。」左手再拿起小綠果，「補花則是草葉或果實類，用來塡充主花和配花的空隙，結合所有的花材。」

「玫瑰是大花。」夏夕瑀朝玫瑰看去，「配花是小花。」又望了一眼星辰花，再看著手裡的小綠果，「這不是花……」

「只有一枝主花的花束，構圖上可以讓主花擺在中間，配花和補花的位置比主花低，形成層次感。」沈家維將玫瑰擺在中央，左邊略低的位置鋪上星辰花，右側點綴小綠果，將三種花材綁成一束，接著拿起花剪將花莖剪齊。

沈家維示範完畢，社員們開始處理自己的花材，夏夕瑀卻一直望著小綠果發呆。

「夕瑀，有哪裡不懂？」看她完全沒動作，沈庭嫃關心地詢問。

「小綠果不能當主花嗎？」夏夕瑀不解地蹙眉，伸指輕撫著小綠果，「我覺得它圓圓小小綠綠的，比玫瑰還可愛。」

「主花又稱『焦點花』，是視覺的集中點，小綠果是果實類的補花。」

「可是這三種花材，我第一眼會看到小綠果。」

「但是當玫瑰和小綠果擺在一起時，大眾的目光會看到玫瑰。」

「大眾的目光？」夏夕瑀輕輕搖著頭，無法接受這種說法，一臉難過地望著小綠果，「因爲大家都覺得玫瑰漂亮，所以只看著玫瑰，就連覺得玫瑰普通的人，也因爲綁花的人將玫瑰刻意突顯出來，因而只注意到玫瑰，這樣小綠果太可憐了。」

「的確，這樣的小綠果好可憐……」沈庭媜被她的話牽動心緒，跟著愁著一張臉。

沈家維下臺巡視社員的綁花進度，來到後方時，見到兩個女孩低著頭，對著桌面的花材默哀，傻眼地問：「妳們兩個在做什麼？」

「社長。」夏夕瑀倏地抬起臉，神情十分淒楚，雙手揪住他的手臂，「你看看小綠果，它那麼翠綠，生命力這麼旺盛，我感應到它的悲傷，只因爲它不是花，沒有玫瑰漂亮，所以不能當主花，我不知道要怎麼綁這個花束。」

「哥，小綠果好可憐。」沈庭媜也一副要掉淚的模樣。

「學妹妳……」有什麼毛病啊？沈家維被兩個苦情女生搞得莫名其妙，一臉古怪地瞪著夏夕瑀，然後輕輕拉開她的手，「不然，妳就綁自己喜歡的樣式，反正不是參加花藝比賽。」

「夕瑀，照妳的想法做吧。」

「好。」夏夕瑀的心情馬上變得雀躍，拿起花剪喀嚓一聲將玫瑰花莖腰斬了，接著將小綠果擺在中間位置，左邊排上星辰花，最下方擺著玫瑰，再綁成花束。

在沈家維的帶領下，社員們用玻璃紙將花束捲成圓錐狀，搭配半層的印花牛皮紙，最後打上蝴蝶結，完成第一件作品。

「鏘鏘！把玫瑰當補花的小綠果花束！」完成後，夏夕瑀高高舉起作品，感到非常滿意。

「學妹，妳的美感眞奇特。」沈家維哭笑不得，傻眼看著那把怪異花束，小綠果呆呆地在上端搖來晃去，中間是事不關己的星辰花，玫瑰花像落難的公主，被一堆枝葉擠在最下方。

「好棒、好棒喔。」沈庭媜卻輕輕拍起手，寧靜的眼瞳透著興味。

「嘻嘻。」聽見肯定的拍手聲，夏夕瑀朝她笑了笑。

離下課還有十分鐘，夏夕瑀惦記著要去偷襲勁舞社，快速將桌面收拾乾淨，靠上椅子時，只見沈庭媜安靜地望著自己，那模樣讓人不忍心丟下她，於是她試探地問：「庭媜……要不要去看我國中同學練舞？就是公車上那兩個男生。」

被她邀請，沈庭媜雙頰浮著淡淡紅暈，猶豫了一下才點頭。

向沈家維報備後，夏夕瑀拉著沈庭媜走出教室，快步來到操場的司令臺前，遠遠就看見臺下圍著一群學生。原來勁舞社是學校的熱門社團，不論是練習或表演都倍受學生們的注目。

不必學忍者潛進司令臺偷看，夏夕瑀帶著沈庭媜直接擠進圍觀的學生裡，抬眸朝臺上望去，勁舞社全體大約四十個人，分成左右兩邊站著，閻末風和汪承昊並肩站在右側。

臺上的音樂放得震天響，學長姊們示範各種舞步讓學弟妹們參考，之後會依照不同舞風進行分組，再依個人程度分級，培育比賽型的社員和未來的交接幹部。

「嗨！夏夕瑀。」

肩頭突然被人輕拍一下，夏夕瑀轉頭一瞧，姚佳琳手上抱著幾本書站在身側，看起來氣質優雅，她記得她是圖書欣賞社的社員。

「閻末風會跳街舞啊？」姚佳琳熱絡地勾住夏夕瑀的手。

「嗯……」她抽開手，又馬上被她纏住。

「他以前有學過街舞嗎？」

「有。」

「什麼時候學的？」

「小學三年級。」

「眞的啊！學了這麼多年，那他一定很會跳嘍？」

「我不知道……」她沒見過呀。

面對姚佳琳連珠炮般的纏問，夏夕瑀有些無法招架，不知道怎麼處理這個狀況，就在此時，臺上幾個學長剛跳完一首舞曲，突然比出一個挑戰手勢丟向一年級社員，眾人面面相覷，不知道誰能接下戰帖時，兩道身影突然無懼地殺出來。

說殺出來是美化了閻末風，事實上他是被汪承昊硬拖出來的，兩人站到司令臺中央，汪承昊率先以一段搖滾步起舞，閻末風沒轍地斜瞪他一眼，像展翅般伸展兩手，雙腳向上躍起，輕盈地踩著音樂的頓點。

結合動感和力度之美，兩人的舞步整齊劃一，展現多年累積的好默契，接著身勢一沉以單手撐地，雙腿在地上快速反轉和移動，展現華麗的地板動作，臺下爆出一陣歡呼。

夏夕瑀目不轉睛地望著兩人，汪承昊的眼神非常明亮，充滿鬥志和不服輸，相當享受觀眾的目光和掌聲；而閻末風的眼神較內斂淡然，彷彿眼裡沒有人群的存在，將臺下的一切視爲無物。

幾個翻滾後，閻末風脣角微微勾起，冷峻的面容變得和煦，夏夕瑀突然明白了，對他來說，跳舞的意義是享受，他不像汪承昊那麼熱衷鬥舞，這只是宣洩讀書壓力的興趣。

隨著下課鐘聲響起，兩人最後以一個倒立的三角撐定格，閻末風起身和汪承昊擊掌一下，旋過身時，清冷的眸光掃過臺下，在夏夕瑀的臉上停了兩秒，她心一跳，差點忘了怎麼呼吸。

站在夏夕瑀身邊的姚佳琳，那一刻同樣感覺被他注視，小聲尖叫：「閻末風好帥喔！眞希望有個功課好，又會跳舞的男友。」

「佳琳，妳對閻末風……」夏夕瑀轉頭望著她，心裡覺得不妙。

「隨便講講而已，妳不要亂猜，我要回教室了。」她大笑否認，抱著書本走向教室。

望著姚佳琳遠去的背影，夏夕瑀心裡有點泛酸，如果對她表明自己是閻末風的女友，這樣又很像在炫耀，或質疑別人居心不良。她只是單純想和闔末風在一起，不希望這層關係在校園中被人放大關注。

「夕瑀……」輕柔的嗓音從旁傳來。

「啊，對不起。」恍然想起沈庭媜的存在，夏夕瑀一臉抱歉回應她。不說話的時候，她的存在感眞的很低，容易被人遺忘。

「沒關係，我習慣了。」沈庭媜搖搖手，要她別介意。

闔末風和汪承昊走下司令臺，兩人來到夏夕瑀前面，她仰頭望著闔末風，正想誇他跳得宇宙無敵好，卻被他溫柔的眸光攫住，瞬間忘了要說的話。

「夏小怪，她是誰啊？」汪承昊打斷兩人的凝視，指著身邊的文靜女生。

「喔！」夏夕瑀回過神，移開和闔末風相連的視線，「她是新訓那天在公車上遇到的同學，也是我直系學長的妹妹。」

「難怪有點眼熟。」汪承昊雙手插著褲袋，微微彎下身，直直地打量沈庭媜的臉。

「你、你們好。」突然被他盯著瞧，沈庭媜有些心慌，小聲報上名字和班別。

「後來在公車上沒再遇過妳。」

「開學後，我跟哥哥搭另外一家客運上學。」

「喔，」點點頭，汪承昊想到什麼，突然滿臉堆笑，「不如……妳過來陪夏小怪上學，她會保護妳不受野人騷擾，順便叫她把我的麻吉還來。」

「就是不還你。」占有地摟住闔末風的手臂，夏夕瑀朝汪承昊吐舌扮鬼臉。

沈庭媜還不知道兩人的關係，吶吶地表示：「可是我很悶、很無趣……」

「更悶、更無趣的人在這裡。」汪承昊一手搭住闔末風的肩，再斜睨著夏夕瑀，「夏小怪很厲害的，一個人可以講兩人份的話，加妳一個也不成問題。」

「我哪有很多話！」夏夕瑀窘著臉否認。

「妳問末風。」

她仰頭看向閻末風，露出溫柔的甜笑。

閻末風也低頭望著她，要笑不笑地說：「我以爲妳要把來世的話說完，下輩子當啞巴。」

「你……我不理你了！」她用力甩開他的手。死沒良心的男生！竟然不幫女朋友說話。

汪承昊噗哧笑開，沈庭嬇瞥了他一眼，又低下臉微笑，閻末風捕捉到她眼裡極細微的好感，淡淡表示：「我們都搭同一班公車，如果妳要聽夕瑀說話，就直接過來。」

沈庭嬇點了一下頭，面對神情漠然的閻末風，有點怯意，而不太敢直視他的臉。

傍晚，三個人在路口下車，汪承昊道了「再見」後便快步離去，留下閻末風和夏夕瑀迎著初秋的涼風，並肩走在回家的路上。

夏夕瑀仰望他輪廓好看的側臉，回想國中一起上下課的情景，在這條路上往來過無數次，也分開過無數次，說過無數次的「再見」，但自從交往後，每次放學回家都不想說再見，想要回家的路長一點，留在他身邊的時間再久一點。

「要不要去植夢園？」閻末風心裡也有相同的感觸，因此提議。

「好啊，散步散步。」她開心地圈住他的手臂，又愣了一下，像燙著似地又鬆開手。

「怎麼了？」

「跟你走在一起，好像變成全宇宙的焦點，感覺周圍的人都在看我們。」

「妳想太多。」他搖頭一笑，主動牽起她的手。

兩人漫步到植夢園，傍晚的籃球場相當熱鬧，兩支隊伍正在開戰，四周圍滿觀眾，幾個媽媽帶著孩子在兒童遊戲區玩耍。

閻末風牽著她穿過人群，走過滿地灑著細碎夕陽的小樹林，來到兩人初遇的水池邊。

將書包和花束疊在地面，夏夕瑀趴在綠竹造型的欄杆上，眺望遠方的水面，幾尾錦鯉來回悠游著。

「愛哭包，今天第一次看你跳街舞，感覺你好像變成另外一個人。」

「叫名字，不要叫我愛哭包。」他伸指輕叩她的額頭。

「你當時就是愛哭，還耍賴不去上學。」她揉著額頭。

「當時不想上學，其實還有一個原因，就是不想見到承昊。」

「為什麼？」她不懂，汪承昊這麼關心他，又是他的好麻吉，為什麼不想見他？

「因為承昊很自責。」

「為什麼自責？」

閻末風兩手握著欄杆，望著池面上的水波，緩緩解釋：「承昊喜歡面對人群，個性比較愛現，他時常拉著我一起練舞，也會組合新舞步，挑戰比較高難度的動作；但是哥哥不贊同我們這樣玩，怕我們沒做好熱身和防護，玩過頭會受傷。」

「大哥的考量是對的。」她想起除夕聯歡晚會上，閻末綸說過類似的話。

「練舞也要量力而為，我的彈性和柔軟度不如承昊，和他練習時有點勉強；不過跟他跳舞很愉快，所以也聽不進哥哥的話，兩人玩得有點瘋。」他微微一笑，想起和汪承昊練舞的快樂時光。

「後來呢？」

「當時，承昊要我跳他排的一支新舞，我因為一個動作失誤而摔倒，嚴重扭傷了。」

她一臉驚詫，沒想到他的腳傷和汪承昊有關。

「我沒告訴家人這件事，因爲我覺得是自己太逞強了，而承昊卻認爲是他害了我，心裡非常自責，他每天關心我的復原情形，但是剛開始的恢復很慢，漸漸地……他的鼓勵和期盼變成我的壓力，再加上同學們的奚落，突然就不想上學了。」

夏夕瑪想起和汪承昊初見面的情景，那時她要送閻末風巧克力，而他的態度帶點過度保護的敵意，不准她接近閻末風，干擾他的復健心情；之後又改以教她數學爲條件，利誘她說服閻末風回校上課，原來是有原因的。

「除夕的凌晨，我因爲腳痛醒來，一個人坐在黑暗裡，想到會這樣痛上一輩子，感覺快窒息，後來到植夢園散心，竟遇到一隻從B615星球坐著流星來到地球的夏小怪。」他淺淺微笑，沒想到這個古怪女生，不但陪他走過復健期，現在還成爲他的女友。

「那天熊胖不在，我睡不好，就早起了。」她俏皮地吐吐舌，終於知道他跑到公園哭泣的原因，「那現在呢？腳還會痛嗎？」

「現在不會痛了，暑假的時候開始練習基本舞步，偶而有痠痠的感覺，熱敷和按摩後，睡一覺就沒事了。」

「那班長今天拉你跳舞……」聽他說腳不痛，她心裡一陣高興。

「承昊看到我的社團塡勁舞社時，激動到快哭出來，今天是心急地想確認我是不是完全康復，才會拉我出去摃學長。」

「班長的心腸很好，又很關心朋友，我很喜歡他。」

「喜歡？」他冷哼。

「和我喜歡你的喜歡不同，和你喜歡他的喜歡一樣。」她貼到他的身側，將頭靠在他的肩上輕輕磨蹭。

閻末風忍不住攬過她的腰，讓她偎在懷裡，臉頰輕輕貼著她的髮頂。

能被一個人這樣喜歡，夏夕瑀心裡湧起一股想哭的感動，多希望時間能停留在這一刻。

「夕瑀。」

「嗯？」

「我把深藏的心事跟妳講，妳也要跟我交換一個夏夕瑀的心事，不能是夏小怪的。」

「爲什麼要和你交換心事？」

「因爲喜歡，所以想了解。」

一股流暖漫過心間，夏夕瑀也想和他交換心事，可惜想不出要講什麼，不禁沮喪地說：「除了熊胖和B615星球，我不知道要跟你說什麼。」

「那我來出題。」他眼中隱含著別有企圖的深意。

「好啊。」她期待著，不知道他會問什麼問題。

閻末風沉靜地凝視她，想起兩人初遇時，她堅持爲他撐傘的事，輕聲問：「夕瑀，爲什麼妳那麼害怕感冒？」

夏夕瑀的臉色瞬間刷白，突然掙開他的手臂，不知所措地倒退一步。

他沒想到她的反應這麼激烈，這表示這個問題關係著她的過去，或許剛好命中她將自己封閉在B615星球的主因，甚至藏著一段不是很好的回憶。

「末風，我、我無法回答。」她囁嚅地拒絕回答。

「妳有選擇權，不答也沒關係，以後再答也可以。」見她眼底盈著淡淡哀傷，像再問下去她就會轉身逃開似，他馬上結束話題，朝她伸出手，「天快黑了，我送妳回家。」

怕他不要自己，夏夕瑀趕緊撿起書包和花束，重新抓住他的手。

那一剎那，他突然用力拉過她，圈進自己的雙臂裡，柔聲說：「妳不要怕，我沒有生氣。」

「不生氣？」她傻愣地問。

「嗯。妳今天綁了什麼花束？」他再轉移話題，緩緩鬆開她。

「小綠果花束。」她笑顏輕展，雙手舉起花束，「送給你好嗎？」

「不送我，妳還想送誰？」伸手接過花束，閻末風仔細端詳，覺得有種不協調的怪異感，「小綠果和玫瑰花的位置顛倒了？」

「小綠果是主花，玫瑰才是補花！」她強調。

「這樣啊。」他微微一哂，原來她的觀點和一般人不同，難怪作品這麼奇怪。

「我的第一個花束作品，你打幾分？」

「五分。」

「嗄？滿分是十分嗎？」她一臉震驚。

「滿分是一百分。」

「你喜歡玫瑰吧？才會給我那麼低分！」她握著雙拳，怒目瞪他。

「滿分是妳外婆的程度。」閻末風微微抿笑，像安撫小孩般輕揉她的髮，「妳這是初級，初級的滿分只有五分。」

「所以……是初級滿分？」

「當然。」

「那我以後做的花束，都要給你打分數。」她瞬間消了氣，自信心開始膨脹。

「好。」眞好拐呀。

橙色的夕陽下，兩人定下了花之約，閻末風伴著夏夕瑀回家，一路上，他想到未來會有個女生，總是追著他要送他花，不收都不行，心裡就覺得暢快。

送她抵達家門後，他隨後返回自己的家，打開大門走進客廳。

「末風，那束花是女生送的嗎？」閻母雙眼圓睜，瞪著兒子手上的花束。

「是啊。」

「你收了花，就代表要……」

「嗯，交往了。」

「你才高一……那個女生是誰？同班同學嗎？」閻母一臉震驚，拉住兒子要他說清楚講明白。

「媽，我自有分寸，不會影響到功課。」不理會母親的哇哇糾纏，他從廚櫃裡拿出一只水晶玻璃杯，回到房間後，將花束插在杯子裡，擺在書桌上欣賞。

一室謐靜沉澱了紛擾的思緒，夏夕瑀抱著熊胖坐在床上，想著回家路上，閻末風沒再追問，融化了她心裡的不安，思緒糾結間，書桌上的手機響了起來，她拿起來接聽。

「夕瑀，妳在做什麼？」閻末風溫和的嗓音在耳邊響起。

「和熊胖交流。」接到他的電話，她心裡的忐忑瞬間散去，語氣跟著變得輕盈。

「聊什麼？」

「聊今天看你和承昊跳舞，聊跟你去公園散步，聊小阿姨和鈞澤叔……」

「我要睡了，妳不要聊太晚。」他打斷她的話，語氣微微降溫。

「晚安……」話剛說完，他的電話就斷了，很像在生氣。

夏夕瑀黯然地放下手機，抱著熊胖躺在床上，閉上眼，腦海浮出一幕無聲的影像——身穿黑衣的八歲小女孩，一手抱著生日小熊向父親道別，望著躺在棺木內，西裝筆挺的父親，他頭上纏繞著白色綳帶，灰白的面容像睡著一般。

她想，爸爸的傷一定很痛，比她的心更痛更痛，她想幫他呼呼，想把他的傷轉移過來，想把生命轉讓給他，想要他好好活著……

一顆心擰痛起來，疼到幾乎窒息，夏夕瑀拉起棉被蒙住自己和熊胖，身體蜷縮成一團，腦海的景象瞬間轉換成風和日麗的B615星球，她和熊胖坐在棉花雲上，隨風四處飄流，沒有任何人世的煩憂……

星期一早晨，秋日天氣涼爽清朗。

夏夕瑀迎著微風快跑到公車站，擠進閻末風和汪承昊的中間。

從小到大，不管心情多悲傷、多難過，只要倘佯在B615星球的好夢裡，醒來後她又能活力充沛。

「我帶了外婆的書，想託庭媜幫我買書裡的花材。」她拍著書包。

「夏小怪，妳才上過一堂社課，就對花藝有興趣了？」汪承昊微笑問道。

「嗯呀。」

閻末風的眸色像深海的冰冷，靜靜看著夏夕瑀的笑臉。

星期五傍晚送她回家，見她悶悶的，晚上打電話想跟她說話，沒想到她早和熊胖聊過天，心情完全恢復，讓他心裡不是滋味。

無關吃不吃醋的問題，因爲打從兩人認識開始，她和他的話題總是圍著B615星球、星際朋友和一堆天文理化……當她難過有心事時，卻不肯對他說，寧願跟不會說話的布偶熊講。

其實「閻末風」很好懂的，從出生到現在，無論是家庭狀況和生活喜好，拆解開來都是簡單的，但是隱藏在「夏小怪」表象下的「夏夕璃」卻是一個謎團。

他對她的過去不了解，只知道她的父親在她八歲時去世，爲了撫平失去至親的悲傷，她想像出一個美麗星球，和父親送的生日小熊住在一起，星球上的時間暫停在她八歲時。

或許詢問若媛阿姨可以解開部分謎團，但看到她防衛的反應，就像面對難解的化學和數學題，激起他想征服她的倔氣，他決定靠自己的力量解開她的心鎖。

萬萬沒料到，這守關的第一個魔王不是人，而是一隻布偶熊，他必須跟牠爭奪她的心！

新的一週開始，校內學科能力競賽的成績出來，校長在朝會上頒發獎狀給各科前三名的同學，閻末風拿下數學科一年級第一名，獲選進入學校代表隊，將代表學校參加十一月的區賽。

午休時間，閻末風靠著窗臺，默讀手機裡的簡訊。

汪承昊：「恭喜呀！不虧是我的好麻吉，我以你爲榮。」

夏小怪：「愛哭包，我有用力鼓掌喔！」

「鼓掌……笨小怪，什麼跟什麼啊？」他在心裡嘀咕著，這時候應該說眞想啾你一下吧。

「小閻王，外找！」

「長得不錯的女生耶，又是告白趕死隊的嗎？」隔壁的男同學笑得曖昧。

闇末風收起手機。

拜特殊姓氏加萬年風紀之賜，這綽號從國中跟到高中。

來到教室門口，只見走廊上站著一個陌生的女生，姿態有些嬌羞，看人的眼神卻非常直接，給人一種表裡不一的矯揉做作感。

「妳哪位？」他沒表情地問。

「我叫姚佳琳，是六班的學藝，夕瑀的同學。」那女生回答。

「有事嗎？」聽到學藝兩字，他想起夏夕瑀在壁報事件中受的委屈，沒溫度的眼神又覆上一層薄冰。

「不知道你還記得我嗎？」姚佳琳語氣溫柔，露出甜美微笑，「或是夕瑀有跟你提到過，在數理班甄試的時候，你送過一個女生餅乾……」

「是妳？」闇末風回想了一下。

當時那女孩肚子餓的聲音，不斷干擾他寫考卷，他的腦海裡全是夏夕瑀又叫又鬧的笑臉，才會拿出餅乾打發她。話說回來，聽她的話，似乎跟夏夕瑀提過這件事，可惜笨小怪沒有盡到當傳話筒的責任。

見他總算想起送餅乾的事，姚佳琳心裡一喜，害羞地點點頭：「上星期的社團課，我和夕瑀在臺下看你跳舞，你跳得很棒，她說你國小三年開始學舞……」

「講重點。」他打斷她的話。

聽他的口氣有點不耐煩，姚佳琳愣了一下，還是保持微笑：「甄試的時候，你提早交卷離開，我來不及向你道謝，心裡一直記著這件事。這本《星空圖鑑》是我喜歡的一本書，裡面有很漂亮的星空照片，雖然最後沒有考進數理班，還是想跟你道個謝，請你收下。」

她遞上一本包裝精美的書，按照過去的經驗，在眾人面前遞上道謝禮物，多數人會礙於情面不好推辭，成功率比告白高，不管未來有沒有機會發展成情人，至少要先攀上一點關係。

「我對星象沒興趣。」他拒絕。

「但是夕瑀說……」

「考完就忘的事，妳不用放在心上，再說我有女朋友了，也不適合收妳的禮物。」

「你有女友？」她雙眼微瞠。

「就是夕瑀。」

數理班的闔末風已名草有主，女方是被貼上怪異標籤的夏夕瑀，這可是校內的大新聞！

闔末風此話一出，站在身後的、趴在窗戶上的，所有看戲的同學一片嘩然，平常在汪承昊的掩飾下，看慣了三人結伴上下課的畫面，沒人發現兩人已是情侶。

「原來……我明白了。」姚佳琳笑臉一僵，倏地轉身走回教室，心裡湧起一股屈辱感。從小到大，她不曾被人這般戲耍，在那麼多人的面前丟臉！

正當闔末風公開戀情、回絕姚佳琳的道謝時，一年十八班的走廊上，兩個女生捧著一本花藝書，吱吱喳喳研究裡面的花材。

「夕瑀，我明天會帶花材給妳。」沈庭媜折起明細單，收進裙袋裡。

「記得把金額傳訊給我，讓我知道要付多少錢。」

兩人交換手機號碼後，午休的鐘聲響起，夏夕瑀滿心歡喜回到教室，趴在桌面上甜甜午睡，沒想到一覺醒來後，她的世界全然改變。

「夏夕瑀，妳過來，我有話問妳。」姚佳琳站在座位旁，繃著臉命令她。

「什麼事？」夏夕瑀揉著睡眼，懶懶地起身跟著她走到教室後面。

姚佳琳雙手扠腰，臉上浮起嘲諷的微笑：「妳說閻末風喜歡看星星，他說他完全沒興趣，請問誰在說謊？」

她愣住，腦袋一時轉不過來，不懂愛哭包為什麼要否認？

「妳又說閻末風沒有女朋友，他說他的女朋友就是妳！」姚佳琳的嗓音突然拔高，「請問，這又是誰在說謊？」

彷彿被槌子擊中，夏夕瑀頓時嚇醒，教室裡原本還昏昏沉沉的同學也全部清醒過來，數十道目光一致投向兩人。

她急忙解釋：「不對！不是這樣的，這件事……」

「妳的心機眞重！」姚佳琳打斷她的話，完全不聽她解釋，咄咄逼人地將她逼進角落，「妳誤導我、欺騙我、設計我去找閻末風，讓他向我炫耀妳是他的女友，讓我在那麼多人面前丟臉，這結果妳滿意了吧！」

「這件事有前後的時間差……」夏夕瑀極力地想說明。

「我不會再相信妳的話了。」斜瞪她一眼，姚佳琳撇頭走回座位。

夏夕瑀僵立在原地，明白再多的解釋都沒有用了。

傍晚放學，夏夕瑀縮在汪承昊的身側，故意隔開閻末風，汪承昊以眼神詢問兩人是否吵架了？卻見閻末風輕皺眉頭，顯然不知道她在憂鬱什麼。

「夕瑀，妳怎麼了？」下了公車後，閻末風拉住她的手。

「我班上的學藝……對你告白嗎？」她垂著頭問。

「不算告白，甄試的時候，我給過她餅乾，她要回禮道謝，被我拒絕了。」

「她知道我和你交往的事……」

「我公開的，不想再被其他女生煩。說到這個，妳跟學藝說我學舞和喜歡星象的事？」

「她一直問……」

「我不喜歡妳跟不相干的人討論我的私事。」他的語氣帶點強勢，但看她臉色異常，又軟下聲調，「是不是學藝跟妳說了什麼？」

「沒有。熊胖在密我，我要回家吃飯了。」覺得被他責罵了，加上姚佳琳的誤會，一陣委屈猛然湧上她的心頭。

望著夏夕瑀轉身離去的背影，一絲酸意在閻末風的胸口醞釀。

她明明有心事，卻無視他的存在，只想回家跟熊胖訴苦。

Chapter 12 獵戶座的守護

昨天還看到一隻張牙舞爪衝到公車站的夏小怪，今天卻反常了。

坐在公車的後座上，閻末風左手支著下巴，睨著一上車就垂頭看書的夏夕瑀，消沉的神色，渾身散發螺旋狀的黑色鬱氣，醺黑了汪承昊的陽光笑臉，一副想幫她撒鹽驅邪的模樣。

「夕瑀，哪一題不會？」他關心地貼近她，望著她手裡的課本。

「沒、沒有。」她微微轉開身子，和他拉開距離。

「昨天到底發生什麼事？」

「真的沒事。」

閻末風沉默了，明白她現在不想跟他說話，直到公車駛過幾站，沈庭媜提著一小袋花材上車，汪承昊起身讓座給她，閻末風陪站到他的身側，兩人看著夏夕瑀接過花材，活力總算恢復一點，吱吱喳喳聊著花藝的事。

「末風，夏小怪怎麼了？」汪承昊壓低聲音問道。

「她不肯跟我說。」他輕輕嘆息，望著夏夕瑀猶帶疑惑的眼神，不若往常清亮，代表她昨天煩惱的心事，並沒有在熊胖的安慰中找到解答。

和熊胖對話，亦是和自己的心靈對話，將悲傷和痛楚藉由對談的方式釋放出來，從中得到勇氣和激勵；但是遇到自己還找不到答案的問題時，熊胖也無法提供解答。

而在本人自覺之前，他也無法逼她說出心事，只能不斷釋出關懷，等待她願意對他傾訴。

對閻末風而言，他外在的冷漠常給人距離感，間接隔離校園裡的流言蜚語；但是對夏夕瑀而言，她帶點天眞的言談，卻給人笑罵都無關痛癢的印象，時常招來直接的批評。

連續兩天上課，姚佳琳總是笑臉迎向同學，卻繃著臭臉對著夏夕瑀，這是比壁報事件更強的低氣壓，將她的生活再次捲進一片陰霾裡。

數學課下課，夏夕瑀正在訂正小考考卷，重新驗算寫錯的題目。

「小考沒考一百分，配得上閻末風嗎？」姚佳琳一臉嘲諷，拿起茶杯走過時，看似不小心地撞了她的手肘一下。

夏夕瑀縮回手肘，沒想到她裝完茶回到座位時，又撞了她的桌角一下，擺在桌緣的筆盒整個掉落地面，文具散了一地。

放學時，夏夕瑀低頭收拾抽屜裡的課本，姚佳琳背起書包轉身一甩，沉甸甸的書包又不小心打中她的頭，看似無心的小動作，卻牽動她記憶裡的一抹不安。

除了姚佳琳施加的壓力，在閻末風公開戀情後，夏夕瑀逐漸感受到各種異樣注視。

打掃時，發現和閻末風討論功課的女同學，眼神悲傷地站在不遠處看她；前往福利社的路途上，前面三個女同學突然轉頭瞄她一眼，隨後低聲討論起來。

「就是她喔，外表眞的不優耶。」

「聽說個性也很奇怪，有時候講話像智能不足。」

「閻末風怎麼會喜歡這型的？」

「看久了美感就麻痺，醜的也會變順眼。」

竊竊私語隨風飄進耳裡，夏夕瑀覺得窺探別人的想法很累，讓她有種鑽進死巷的窒息感。

她試著拆解那些目光下的心思，全是拿她和閻末風做比較的批評，解答出來的答案——他是才貌兼俱的資優生，而她沒有玫瑰般的絕美外貌，更沒有特別突出的才藝，個性孤僻又古怪，她配不上他。

她很想縮小躲起來，但她不想讓小阿姨擔心，更不希望閻末風插手，讓兩人的關係變得更高調，她只希望事態能夠平息，找回兩人原本的寧靜空間。

自合作社回來後，夏夕瑀一踏進教室，看見姚佳琳站在她的課桌邊，而姚佳琳見到她，也故裝沒事地回到座位。

心裡覺得奇怪，夏夕瑀快步走向座位，看見桌面擺著生物課本，她的課本被閻末風據為己有，而這本課本是他的，背面還寫著他的名字。在兩人交換課本後，每次上生物課時，只要翻開他的課本，她的心情就暖洋洋的，不自覺會微笑，理解力加倍。

生物課本的小祕密被發現了嗎？不太妙。

夏夕瑀斜瞥姚佳琳一眼，發現她的眼眉浮現濃濃妒意和不甘心。

醞釀許久的低氣壓，即將變成強烈的風暴……

時間是下午的體育課，全班同學在籃球場打球，夏夕瑀和姚佳琳編在同一組，兩人是同隊的隊友。

每當姚佳琳拿到籃球時，不管夏夕瑀有沒有被防守，也不管四周仍有可支援的隊友，她都會快速傳球給她。

姚佳琳拋球的力道相當大，像在洩忿似將籃球當成躲避球在打，一個勁朝夏夕瑀的身上丟。

夏夕瑀擔心籃球被敵隊抄走，只能盡力應付她的傳球，接球接到手痛，好幾次被籃球直接打中身體，甚至漏接球讓敵隊的隊員搶走球。

「拜託！妳是閻末風的女友欸，怎麼連球都接不好？」

「球都傳給妳了，妳一次都沒有投籃得分，會不會丟閻末風的臉呀？」姚佳琳一次次嘲諷，勾起夏夕瑀小學的一段痛苦回憶。

她咬牙，壓抑快爆發的焦躁。

同場的同學發現兩人的異狀，但顯然大家都不敢挑戰強勢的姚佳琳，只是默默看著夏夕瑀追著籃球東奔西跑。

就在她累得氣喘吁吁時，姚佳琳再一次傳球，夏夕瑀反應不及，籃球直直砸中她的臉，感覺嘴唇一陣痛麻，她伸手輕拭，指尖上染著怵目的血紅。

「對不起欸！」姚佳琳語氣輕浮，神態沒有任何歉意，「麻煩妳打球專心一點。」

夏夕瑀眼神一黯。

按照小學的經驗，如果放任不管或維持沉默，施暴者會越玩越過火，那就永無寧日了。

這麼一個心念閃過，夏夕瑀身隨意動，快步走向姚佳琳，伸出左手抓住她的右手臂，右手揪住她的衣領。

「妳幹麼？」姚佳琳抬起左手，用力揮向她的臉頰。

夏夕瑀側頭閃開她的巴掌，左腳斜跨到她的身側，右腳向前踢出，再倒勾回來掃向姚佳琳的後膝窩，眨眼間，伴著四周同學的驚叫，姚佳琳整個身體浮空旋轉，一屁股重重摔在地上。

「不要再惹我！」夏夕瑀大喝，右手臂扣住她的後頸，將她的身體壓制在地，「最後一次解釋，妳問我末風有沒有女友，是在交壁報的時候；而我和末風交往是更後面的事，當時我沒有騙妳，更沒有設計妳，聽清楚了嗎？」

姚佳琳動彈不得，被她的氣勢嚇呆，傻愣地點了點頭。

嗶——

尖銳的哨聲響起，體育老師從遠處奔回籃球場，指著兩人大喊：「那邊的女同學在幹麼？」哨聲吹散夏夕瑀凝聚的勇氣，眼看老師和同學從四面八方圍過來，她一慌，思緒瞬間抽空，身體微微顫抖起來。

姚佳琳用力掙開她的箝制，像痛得爬不起來的樣子，在地面扭著身體放聲大哭：「她打得我好痛！我要跟媽媽講，我要去醫院驗傷，我要告妳霸凌同學，我要叫記者讓學校上新聞……」

傍晚的夕陽照進訓導處門口，夏夕瑀垂著臉坐在椅子上，隔壁陪著林若媛和張鈞澤，三人和班導進行了面談，至於事件的另一個主角，姚佳琳哭吵著要去醫院驗傷，提前被她母親接走了。

班導對林若媛說明事件的起因和結果：「兩個女生有一些感情上的誤會，姚佳琳的個性比較嬌縱，在氣頭上時容易情緒失控，才會激怒夏夕瑀，最後演變成這種狀況。不過，這也表示這個年齡的孩子，處理感情問題時，心智還是不成熟的……」

夏夕瑀眼眶發熱。她只是單純喜歡閻末風，想和他一起上下課，不要被人打擾和注視，但是這回動手打了人，被姚佳琳一頓哭鬧後搞到全校皆知，她的形象更差了，會不會害閻末風被更多人取笑？

溝通了一個小時，在班導的建議下，林若媛同意以和解的方式平息此事，就待姚佳琳的回應。

「夕瑀，回家吧。」會談結束，林若媛輕拍她的肩。

夏夕瑀背起書包，默默跟在林若媛和張鈞澤的身後，走出訓導處大門時，看到閻末風、汪承昊、沈庭媜和陳怡珊站在走廊上說話，她難堪地低下臉，感覺閻末風沉靜的目光朝她看來，但她卻不敢回視他。

陳怡珊率先走到她面前，解釋道：「我注意到姚佳琳用傳球的方式為難妳，也幫妳跟老師作證了。」

「謝謝……」

「不用謝，我只是陳述事實。」

「夕瑀，妳嘴脣受傷了，不要吃太鹹太燙的食物喔。」沈庭媜關心地握著她的手。

「好。」夏夕瑀聽了心口一暖。

叮嚀完後，沈庭媜和陳怡珊一前一後離開。

「都順路，我載你們回家吧。」張鈞澤望著閻末風和汪承昊。

一行人來到校門口的停車處，夏夕瑀坐進張鈞澤的轎車後座，望著車窗外的景致發呆，閻末風坐在中間，靜靜凝視她倒映在玻璃上的蒼白面容。

汪承昊來回看著兩人，心裡無奈地嘆著氣。

「夕瑀，妳學過柔道呀？」張鈞澤語帶笑意，試著緩和車內的沉悶氣氛，「聽同學們的形容，妳使的招式似乎是柔道的大外割，再轉寢技的壓制。」

柔道？閻末風和汪承昊驚訝地對視一眼，完全沒想到身材嬌小的她，有如此強悍的一面。

「我沒有學過柔道。」夏夕瑀回過神，黯然地搖頭，「那只是我和爸爸在床上玩宇宙怪獸大戰時，他教我的戰鬥招式。」

「像超人力霸王和宇宙怪獸對打，從手掌射出光波的遊戲？」汪承昊兩手交叉，在胸前比了個十字。

閻末風抿脣一笑。

誰家的爸爸會跟女兒玩怪獸對打的遊戲啊？難怪會教出一隻古怪的夏小怪。

「夕瑀，妳爸爸會教妳天文物理，也能教妳簡單的防身術，感覺是個厲害的人，鈞澤叔眞想認識他。」張鈞澤欽佩地說。一個大男人能耐心引導孩子學習，確實不簡單。

聽到父親被稱讚，夏夕瑀的臉上總算有了笑容：「我爸爸的願望是當NASA的太空人，他想坐太空梭去火星探險。」可惜夢想和現實往往天差地別，她的父親最終只是建設公司的工地主任。

「不管願望有沒有實現，人生會因夢想而美麗。若媛，妳見過妳姊夫嗎？」

林若媛低頭想了幾秒，點頭說：「見過，但姊姊離家出走後就斷了音訊，直到母親過世才回來，當時姊夫已經去世多年，這前後相隔十七年，對他的印象也非常模糊……對了，前幾天聽閻太太說末風有女友了，現在才知道是夕瑀。」

夏夕瑀難過地垂下臉，不想回答父親去世和兩人交往的話題，閻末風伸手握住她的手，心裡很想抱抱她，但現在的場合並不適合。

自後照鏡裡看她一臉難過，張鈞澤也不再多問，開車送汪承昊返家後，接著在閻家的路口停下，閻末風和林若媛一前一後下車，兩人一同走到路邊的樹下。

「阿姨，對不起，都是我的錯。」閻末風一臉自責。

「阿姨沒有怪你。」林若媛微微一笑，溫柔地拍著他的肩膀，「夕瑀很喜歡你，你也喜歡她，阿姨是樂見其成的，不過……她的心思像孩子一樣單純，在人際關係方面，無法應付太複雜的狀況，而末風一直是同儕注目的對象，也習慣大家的評論……你懂我的意思嗎？」

「現在懂了。」他胸口微微悶痛，明白夏夕瑀自八歲起就封閉在B615星球上，幾乎和人群隔離，她不會處理戀情突然公開的壓力，思考線應該纏成一團，打了好幾個死結。

「戀愛，就是學習溝通和相處的一段過程。」

閻末風理解地點頭，許下承諾：「從現在起，我會好好保護夕瑀。」

兩人談完話，林若媛回到車上，夏夕瑀不知道她跟閻末風說了什麼，轉頭朝後車窗望出去，他一臉憂鬱站在路口，隨著轎車發動離開，身影也逐漸拉遠。

「阿姨。」回過頭，她不安地絞著手指，「我打同學的事……可以不要告訴媽媽嗎？」

林若媛聽了她的話，微笑對她保證：「阿姨不會跟媽媽講，妳也不用害怕，這件事我會擋著，絕對不會有事的。」

晚上十一點多，沁涼的夜風自半敞的窗戶流進房間，輕輕掀動書桌上攤開的書頁一角，空氣裡浮著清甜的桂花香。

「熊胖，爲什麼喜歡上末風，就好像做錯事一樣，被人討厭，被人不斷評論？」

夏夕瑀抱著熊胖來回踱步，面容透著焦躁，只要想到明天上課時，除了要面對姚佳琳，還會被更多的人注視和批判，心裡就覺得痛苦。

「我讓末風丟臉了嗎？他現在會不會討厭我？我眞的配不上他嗎？」

她撲到床上左翻右滾，抓著熊胖的手磨蹭自己的臉頰，再閉起眼睛和它額頭相碰，反覆和它對話，但是等了好半晌，還是聽不見熊胖的回答。

「難不成……」心情煩悶間，夏夕瑀腦中靈光一閃，恍然領悟出什麼，「愛哭包的防火牆太堅固，熊胖攻不破？」一想到這裡，她沮喪地扁嘴，放棄和熊胖溝通，轉而拿起手機撥打閻末風的號碼。

「末風，你在忙嗎？」電話接通後，她小聲問道。

「不忙，正要打電話給妳。」

「我……有件事……」

「什麼？」

「我們先分開……當回普通同學……好嗎？」

手機裡一片靜默，連呼吸聲都沒有，十幾秒過去後，他的聲音微啞地說：「說服我的分手理由呢？」

夏夕瑀有些窘，低頭想了半天才回答：「其實……我不是乖小孩，以前和同學打過很多次架，一直是學校裡的問題學生，媽媽對我很頭痛。」

「爲什麼打架？」他柔聲追問。

被他這麼一問，她感覺更加難堪，將臉埋進棉被裡，一顆心糾結了好久才解釋：「爸爸去世後……我轉學到新的小學，只要同學拉我的頭髮、捉弄我、嘲笑我沒有爸爸，我就會揍他們咬他們踢他們……媽媽經常被老師找來學校，也因爲這樣，她才會討厭我……」

閻末風沉默了一下，再問：「妳打贏還打輸？」

「欸？」她愣了一下，這話題的重點好像歪了，想哭的情緒瞬間被他打散，「一對一都打贏，二對一是勝負各半，三對一或四對一就打輸了。」

「仗著人多欺負女生，超級沒品的。」

「沒品嗎……」

「妳是胡亂打人的嗎？」

「不是……我叫他們停手，他們不停的時候……」

「妳從國小打到國中嗎？」

「國中不敢打……」

「爲什麼？」

本來主動要提分手，沒想到主導權被他在問答中奪去。

夏夕瑀眼圈微酸沉默了，而閻末風也耐心等著，經過好幾分鐘，她才小聲坦白：「因爲……聽到弟弟跟媽媽說……說姊姊不乖，是個壞小孩，把她丟掉好不好？然後媽媽回答……好，姊姊不乖又打架的話，晚上就偷偷把她丟掉。」

「丟了，我就把妳撿回家養。」他冷哼了聲。

聽著他的話，她的眼淚不自覺滑落下來，在床單上印出一道道水痕。

「夕瑀，妳看窗戶外面。」

夏夕瑀拭去淚水，下床拉開窗戶朝樓下望去，庭院前隱約站著一道黑影，手機的螢幕光在黑夜裡格外明亮。

她心情一陣激動，轉身開門走出房間，快步下樓，打開大門來到庭院外。

閻末風收起手機，微微笑道：「腳有點痠，就出來散散步，剛好走到妳家。」

她喉頭哽著，心情複雜到說不出話，只是呆愣望著他。

「對不起，我自作主張公開戀情，沒顧慮到妳的狀況，造成妳的困擾。」

「爲什麼……你要跟學藝說不喜歡看星星？」

夜風拂過兩人之間，他深幽黑眸緊鎖著她，低聲解釋：「因爲生命裡有些事，我只想和特定的人一起做，例如跳街舞，就想和承昊一起，例如看星星，我只想跟妳一起。」

原來……

夏夕瑀一陣感動，糾結多日的疑問終於解開，當下領悟了，原來戀愛是她和他的事，必須兩個人溝通，才能明白彼此的心意，所以熊胖無法解答，也無法代替他回答。

「笨小怪。」閻末風輕柔一笑，兩手勾著牛仔褲口袋，姿態有一小點彆扭，「一般女生看到男友這樣出現，不都會感動得撲到懷裡嗎？」

「可是……我現在打了同學，明天會……」

「我們一起承擔。」

她猶豫著不敢向前，在他朝她伸出雙臂那一瞬間，水霧模糊了視線，再也忍不住快步撲進他的懷裡。

闇末風輕輕環抱著她，低下頭在她耳邊輕說：「我知道妳很粗魯，還有小暴力傾向，因爲第一次見到妳的時候，我就被妳揍過兩拳了，這樣還會喜歡妳，就是可以接受妳的特質。」

「很多人都說我不優……配不上你……」她哽咽。

「妳所有的分手理由，我全部駁回。」他輕輕推開她，側頭凝視她盈著淚水的眼睛，「並不是所有人都喜歡玫瑰，也有人喜歡向日葵或小雛菊，自然也有人會喜歡小綠果，只是這種人非常少。」

「這樣小綠果就太可憐了，永遠只能當補花……」

「但是小綠果就是小綠果，既然無法變成美豔的玫瑰花，成爲大眾稱讚的焦點，那就當個最獨特的補花，專屬於眞心欣賞它的人，成爲那個人的唯一。」

「專屬於……」

「專屬於我。」

「爲什麼我要屬於你，不能你屬於我？」

「不行。」

「什麼叫不行？」她緊握雙拳質問他，無法接受女生要屬於男生的說法，「我就是要你屬於我，愛哭包是我的！闇末風也是我的！」

「妳的就妳的，幹麼叫那麼大聲，要吵醒全山莊的人啊？」他抓住她的雙拳，拉過來摟住自己的腰，一副「全部送妳，任妳宰割」的模樣。

「你……」她抱著他的腰，小臉紅到說不出話。

「夕瑀。」

「嗯？」

「關於我們的事，以後就直接問我，妳不要亂猜，也不要再煩熊胖了。」

「好……以後都問你。」

聽到她的承諾，這代表他在她心裡的比重增加了。

閻末風收緊雙臂將她擁在懷裡；夏夕瑀仰頭看著他的笑臉，同時望見星座之王獵戶座，在他頭頂的夜空中閃爍著。

兩人靜靜相擁片刻，隨著夜深蟲寂，他鬆開她說道：「晚了，快回去睡覺吧。」

「嗚……我的作業還沒寫完。」剛才忙著和熊胖溝通，作業寫沒幾個字，夏夕瑀再一次領悟到，何必爲了一個姚佳琳，浪費可以和他相處聊天的時光呢？

「我回家躺床上陪妳寫。」

「張著眼睛嗎？」

「閉著眼。」

「愛哭包沒誠意！」

「好啦，我會張著眼睛陪妳寫功課。」他伸手揉著她的頭。

互道晚安後，夏夕瑀躡手躡腳走進客廳，輕輕鎖上大門，摸黑來到二樓的走廊上，發現隔壁林若媛的房門下洩出一道燈光，她走到門前側耳傾聽，隱約聽見窗戶闔上的聲音。

「小阿姨，妳還沒睡嗎？」她伸手輕敲門板。

房門隔了幾秒打開了，林若媛穿著睡衣站在門口，長髮斜紮一束垂在右肩上，臉上掛著淡笑：「妳和末風講完情話了？」

「妳、妳看見了？」她瞠大眼，震驚地倒退一步。

「聽到妳咚咚咚跑下樓，擔心發生什麼事，就跟下樓看了一眼。談得怎麼樣啊？」

「解開想不透的疑問了，心情也好很多。」夏夕瑀覺得好窘，小阿姨肯定看到她和閻末風相擁的畫面，「小阿姨呢？怎麼那麼晚還沒睡？」

「最近事務所走了幾個員工，工作重壓力變大，有點睡不好。」林若媛輕輕嘆氣。

「那我今晚陪妳睡覺，好不好？」

「我又不是小孩，還需要陪睡？」

聽她的口氣裡沒有拒絕，夏夕瑀笑顏輕綻，回到房間收起課本和作業，傳了簡訊跟閻末風道晚安，一手夾著枕頭、一手抱著熊胖來到林若媛的房間，爬上床鑽進棉被裡。

林若媛熄去大燈，打開小夜燈，上床後在床鋪右側躺下來，轉頭望著左側不斷蠕動的棉被，裡面不時發出悶笑聲。

隔了一會兒，夏夕瑀和熊胖從棉被裡一起探出頭，一臉驚奇叫道：「小阿姨的棉被好香好暖，可以直通B615星球的拐杖糖森林。」

「拐杖糖……」林若媛噗哧一笑，「妳半夜不要玩過頭，流一堆口水在阿姨的枕頭上。」

「才不會咧。」她嘻嘻笑道，側身和林若媛面對面躺著，中間夾著熊胖，「小阿姨，妳要不要先跟鈞澤叔結婚，這樣心情不好的時候，他就可以陪妳聊天。」

「妳應該先完成七件任務，要來跟我討賞吧！」林若媛吐槽回去。

「阿姨是大魔王！」

「好啦，明天還要上課，趕快睡吧。」

「好，晚安……」

朦朧夜燈中，夏夕瑀抱著熊胖閉起雙眼，很快沉進夢鄉中，林若媛拉起棉被幫她蓋好，靜靜看著她浮著甜笑的睡臉，似乎和熊胖在拐杖糖森林裡奔跑著……

隔天早上，因爲太晚睡，加上棉被太香太暖，兩人很悲慘地睡過頭，夏夕瑀趕不上公車，由林若媛開車載她到校。

下了車直奔進校門，夏夕瑀穿過中廊衝向教室時，眼角突然瞄到兩道熟悉身影站在花圃間，她煞住腳步仔細一瞧，竟然是閻末風和姚佳琳。

不清楚發生什麼事，她彎身潛到一棵龍柏後面，兩人的對談聲傳來。

「……妳爲什麼拿球丟夕瑀？」是閻末風毫無溫度的嗓音。

「是她像狗一樣自己愛追球，笨到用臉接我的球，關我什麼屁事。」姚佳琳依然是一貫的輕浮語氣。

「說實話，妳心裡看不起夕瑀吧。」

「對！她是笨蛋！說話舉止那麼幼稚，又喜歡裝可愛，連幫我做事的價值都沒有，和她當朋友丟臉死了！」

「在我的心裡，夕瑀是最獨特的。從現在起，妳要是敢再動她一下，就是跟我爲敵，我就把妳剛才說的話，交給廣播社放給全校同學聽，讓妳丟臉得更徹底。」

「閻末風你——」

夏夕瑀好奇地探出頭，看見閻末風右手拿著手機，似乎偷錄下姚佳琳剛才苛薄的話。

「和夕瑀相比，我心胸狹隘沒肚量，妳不要試探我的底限。」他口氣凜然，銳利眸光逼視姚佳琳，「也奉勸妳，如果妳一直以這種心態待人，凡事都優先考量面子，那麼妳現在擁有的，都會一件件失去。」

「朋友本來就要篩選，走著瞧，反正你們外貌個性差距那麼大，遲早都會分手。」姚佳琳依然嘴硬，但氣焰削弱許多，冷哼一聲扭頭走向教室。

閻末風一臉淡漠望著她的背影，接著看向龍柏樹，冷冽的眸光轉為溫煦，夏夕瑀心情十分複雜，離開龍柏樹後，走到他面前。

「愛哭包，你好壞。」她輕罵，心裡卻深深感動著，謝謝他喜歡古怪又沒人緣的自己。

「師父過獎了，徒弟我是有樣學樣。」他佇立在晨風裡，在滿園花草搖曳之間，朝她淺淺一笑。

Chapter 13 薛丁格的貓

在閻末風的暗助下，夏夕瑀和姚佳琳在當天迅速和解，班導將兩人的座位錯開後，姚佳琳從此沒再找過夏夕瑀的麻煩，兩個人在班上形同陌生人。

至於校園裡的流言，熬過被同學們大肆討論的一週，夜裡和閻末風藉著電話溝通後，夏夕瑀也逐漸適應眾人的注視，加上兩人的交往很低調，沒再衍生出其他八卦，流言也暫時歸於平靜。

直到十月的學科能力競賽區賽，閻末風身處的校隊拿下一等獎，十二月的全國大賽再拿下二等獎，這成績讓校長笑得合不攏嘴，才讓夏夕瑀再一次被注視。

年底的「二十校聯合迎新舞展」，汪承昊破例和二年級學長姊一同登臺表演，大展舞技後，也被勁舞社社長訂爲下任社長的儲備人選。

至於沈庭媜，和夏夕瑀討論花藝的時間增多，昔日的三人行也變成四人行。

隨著冬意變得濃厚，每到傍晚就開始下雨，每下一次雨，氣溫就降低一點。

過完農曆年，寒假也接近尾聲了，林家的客廳裡相當熱鬧，四個人圍著茶几玩大老二，新年的氣氛猶存。

「我贏了！」夏夕瑀將最後的五張牌壓下，旁邊三個人馬上哀號。

「夏小怪，妳牌運也太好了吧！」汪承昊睜大眼瞪著牌面，不敢置信地怪叫起來，「剛才拿過鐵支，現在又是同花順，全都釘我的黑桃二，妳是跟我有仇啊！」

「我好慘……」沈庭媜欲哭無淚，數著手中的一把牌，竟然只有丟出三張而已。

「庭媜，妳手上還有紅桃二，剛才怎麼不先丟出來？」汪承昊探頭看著她的牌。

「因爲你的黑桃二還沒出……」

「願賭服輸，耳朵給我過來。」夏夕瑀挽起袖子，在汪承昊的耳朵上重重彈了一下，接著在沈庭嫃和林若媛的耳朵上輕輕摸了兩下。

「不行了，阿姨好睏，要上樓瞇一下。」林若媛打了個大哈欠，她是湊數陪大夥兒打牌，三個小時廝殺下來，體力已經耗盡。

「先停戰吧，等末風回國再戰。」汪承昊不甘心地捂著發痛的耳朵。

過年前，閻父應邀到日本觀摩景觀設計，順道帶一家人過去度假。

「他那麼會算牌，跟他玩一點意思都沒有。」夏夕瑀輕嘖了聲，愛哭包最大的娛樂不是贏牌，而是阻撓會贏牌的玩家讓他贏不了牌。

「阿姨去休息吧，我們喝茶聊天就好。」沈庭嫃主動收拾撲克牌。

道過午安後，林若媛回到二樓房間歇息，夏夕瑀沏來一壺洛神花茶，半蹲在茶几前幫兩人斟茶。

汪承昊抬眼覷著她。

半年多來，在閻末風的呵護和沈庭嫃的影響下，感覺她又「長大」不少，舉止動作變得輕柔，不再像國中一樣毛毛躁躁，越來越像個女孩了，加上不變的古怪言談，反而襯出一股神祕的氣質。

「夏小怪，妳確定要走園藝設計？」他關心地問。

「嗯，我沒有特別的才能，只是覺得和花草當朋友很快樂。」

「既然覺得快樂，那就努力去做吧。」

「好啊。」

「夕瑀，其實……我的志向也是園藝系。」沈庭嫃柔聲接話。

「眞的？」夏夕瑀一臉驚喜握著她的手，「我們一起努力，希望可以考上同一所大學。」

「好，要繼續當同學。」沈庭媜笑顏一綻，也回握住她的手。

「妳們兩個少肉麻了。」看著兩個女孩十指交扣許下約定，汪承昊扯著嘴角，這少根筋的女孩，還不知道事情的嚴重性，「庭媜，夕瑀昨天沒去考數理班的增補選，末風會以爲是妳拐跑夕瑀喔。」

「欸？」沈庭媜愣了一下，眼神驚慌，「怎麼辦？我沒有左右夕瑀的想法。」

「這是我的決定，和庭媜無關。」夏夕瑀傻笑著，不知大難臨頭。

「高一的第一學期結束，數理班會淘汏成績未達標準的學生，這次釋出七個名額，只有每班的前三名才有資格競爭，妳學期成績第一，末風還幫妳做考前加強，如果妳有去考試，就算故意放水沒考進，他也不致於會生氣，偏偏妳……」汪承昊望著她的眼神，像看著一個將死之人。

「嗚嗚嗚……現在講這些都太遲了。」夏夕瑀苦惱地抓著頭髮，「數理班是第二類組，和園藝系的組別不同，我想說把機會讓給別人，所以才沒去考。」

「反正末風今天下午回國，妳自己皮繃緊一點。」

「救我啦！」她揪住他的手臂，可憐兮兮地哀求著。

沈庭媜一臉同情望著她，想到要面對閻末風的冷臉，不禁打了個寒顫，接著又想起什麼，轉頭望著時鐘說：「我該回家了，下午三點要跟媽媽去百貨公司。」

「我也有事要先走，那就順便送庭媜去公車站吧。」汪承昊的笑容帶點殘酷，伸手輕拍夏夕瑀的頭，「夏小怪，末風回來後，我會爲妳默哀三分鐘。」

送走汪承昊和沈庭媜後，夏夕瑀一手搔著頭髮。

說實在話，她不知道要怎麼面對閻末風，當初他對她告白的時候，她答應要進數理班當他的同學，現在唯一的機會來了，她卻沒有去考。

轉身走向屋後的房間，那裡是外婆的花藝工作室。

自從外婆去世，工作室一度被小阿姨上鎖，直到她進入花藝社後才又開啓，現在則變成她的專屬遊戲室。

拉開玻璃格子門，裡頭一面是玻璃窗，採光相當良好，中央是一張木製長桌，右邊牆上倒吊著一束束乾燥花，左邊有歐式櫥櫃和層架，上頭擺著花藝工具和各式形狀的花器。

認識沈庭媜後，夏夕瑀假日經常到她家的花店買花，沈爸爸和沈媽媽是親切好客之人，時常送她小花和小草。

回到工作室後，她喜歡趴在桌面看著它們，想像自己縮小了在花葉間漫步，那種寧靜安和的力量，讓她彷彿置身在B615星球上。

見到她在工作室裡拈花惹草，林若媛總是感慨地說：「可惜外婆和妳沒有緣分，不然看到小孫女對花草這麼有興趣，一定會開心得不得了。」

回想在花藝社裡，沈家維觀察她的第一件花束作品，發現主補花的位置正確時，語帶好奇地問：「夕瑀學妹，這次怎麼不把小綠果當主花？」

「因爲小綠果不適合當人人注視的主花，要當全宇宙最獨特的補花，就算沒有人注意，它也會自己喜歡自己。」當時，她想著閻末風的話，就這般回答。

夏夕瑀踩上三層梯，取下幾束乾燥花坐在長桌前修剪，偌大的工作室很靜，偶而聽見外頭的風吹聲。

突然，格子門輕輕拉開的聲音響起，她轉頭朝門口望去，閻末風穿著一身黑色風衣走進來。

十天不見，乍見他回來，她放下花束直直撲進他的懷抱。

「一天沒看到妳，就感覺很不習慣，突然多出很多發呆的時間。」閻末風神情溫柔地環抱著她，感受她的眞實存在感，「數理班的增補選，考得怎麼樣？」

見面不到三十秒就直戳死穴，夏夕瑀的身子一僵，鬆開他後退一步，僵笑說：「對不起……我沒去……考……」

他愣住三秒才反應過來。

「妳沒去考？」

「嗚，我不是故意的。」她肩頭一縮。

「不是故意？」他冷著臉，朝她進逼。

「其實是故意的。」她馬上抱頭竄逃到旁邊。

「是故意的？」

「因爲類組不同，我想讀園藝……」

「妳答應過我要當同班同學！」

閻末風氣極地質問，夏夕瑀也頻頻倒退閃躲他，兩人繞著長桌左轉右繞，一時僵持不下，他突然轉身朝門口走去。

「算了，隨便妳，我要回家了。」

「末風！對不起，你不要生氣……」她心裡一慌，衝上前緊緊抱住他的手臂，不要他離開。

「考試這麼重要的事，不管決定如何，妳都不事先跟我商量，叫我怎麼不生氣？」他伸指戳著她的額頭。

「嗚……我跟你賠罪，請你吃肯德基。」她換個方式央求。

「不要。」他別開臉。

「每天上下課替你背書包。」

「不要。」

「做八大行星的便當給你吃……」

「不要！」

愛哭包眞難服侍！夏夕瑀有點生氣了，一把揪住他的衣領，用力拉近他的臉質問：「這個不要、那個也不要，那你到底想要什麼啦？」

隔著幾公分的距離，閻末風深幽的黑眸直直凝視她的眼，兩人默默對視了十幾秒，他突然傾身向前，在她的脣上印下輕柔一吻，微涼的柔軟觸感化爲一縷甜意，在心間迅速漾開。

夏夕瑀鬆開他的衣領倒退一步，雙頰緋紅地垂下臉，兩人一時無語相對。

「我……買了抹茶麻糬和鯛魚燒餅乾。」閻末風主動打破沉默，微亂的心跳逐漸平緩。

「呀～～在哪裡？在哪裡？」她眼神一亮，左找右看，發現一個紙袋丟在門邊。

「妳看到食物比看到我還開心。」

「哪有，你出國去，我每天都很想你，想你會帶什麼回來。」

「夏小怪，我眞的很想揍妳的屁股！」

「愛哭包不要生氣嘛，你在這裡坐坐，我泡茶給你喝。」她拍著他的胸口順氣。

泡茶是爲了搭配甜點吧！閻末風拿她沒轍，目送她一臉歡樂跑出工作室，隨後褪下外套掛在牆上，拉開椅子坐在長桌前，拿起一束乾燥小綠果欣賞。

隔了幾分鐘，夏夕瑀端來一壺花茶擱在桌上，他放下小綠果，一手托腮看著她斟茶：「夕瑀，妳讓我想到一個有趣的實驗，叫做『薛丁格的貓』。」

「薛丁格的貓？」她不解地問。

接過夏夕瑀遞來的茶杯，閻末風雙手捧著杯身取暖，冉冉白煙在冷空氣裡飄散，低頭啜了一口花茶後，看著她抱起紙袋在旁邊椅子坐下，挖寶似翻著裡頭的小零食，挑出一包紅豆口味的鯛魚燒餅乾。

撕開包裝袋，夏夕瑀咬了一口鯛魚燒，小臉洋溢著幸福感動，轉頭見他目不轉睛看著自己，馬上斂起好吃的表情，裝出很難吃的苦臉，怕他又罵她喜歡零食勝過他。

閻末風發現她非常在意他的感受，滿意地昂起下巴，抿笑解釋：「薛丁格的貓，是奧地利物理學家埃爾溫·薛丁格，所提出的一個假想實驗，這個實驗在物理學裡非常有名。」

「是怎樣的實驗？」

「這個實驗是：把一隻貓和一個放射性原子，放在一個密閉盒子裡，這個放射性原子在一個小時後，有百分之五十的機率會發生衰變，衰變後會啓動一個裝置，釋放出毒氣殺死這隻貓。」

「好殘忍！竟然要殺死一隻可愛的小貓咪。」她握著拳頭，氣憤地抗議。

「這只是假想實驗，並沒有實際做出來。」他微微一哂，伸指拂過她的唇角，拭去沾黏的餅乾屑，「那問題來了。一個小時過後，在打開盒子之前，這隻貓的狀態是怎樣？」

「小貓咪有百分之五十的機率是活的，百分之五十的機率是死的。」

「但現實會有『活』和『死』，兩種狀態共存的貓咪嗎？」

「不可能。」

「對量子力學來說，在實驗的觀測者打開盒子之前，這隻貓會處在『既是活，也是死』的兩種疊加狀態中，只有在打開盒子的一瞬間，看到裡頭的情形後，才能決定貓咪是活著，還是死了。」

夏夕瑀沉思了一下，表情微妙地笑道：「聽起來……像多重世界的理論。在盒子打開前，裡面有兩個重疊世界，一個世界的小貓咪是活的，另一個世界的小貓咪是死的。」

「嗯，在打開盒子時，裡面的世界瞬間分裂成兩個，而觀測者只能進入一個世界，另外一個世界就封閉了。」閻末風定定望著她，深邃眼神閃著愛戀的微光，能找到興趣相近可以討論問題的女友，這種感覺如此幸福。

「好有趣的理論，那薛丁格的貓和我有什麼關係？」

「剛才我打開大門之前，工作室裡是一個『有去考試的夏夕瑀』，和一個『沒去考試的夏夕瑀』的兩種疊加狀態，在我打開大門的一瞬間，眼前分裂成兩個世界，而我的運氣超級無敵好，進到妳沒去考試的世界。」

「嗚嗚嗚……你不要再講了，不管你走進哪個世界，我都是一樣喜歡你。」她苦著臉，鯛魚燒都啃不下去，愛哭包還在記恨，竟然用薛丁格的貓來酸她。

「算了，誰叫我要出國玩，不能親自押妳去考試。」他一臉沒好氣。

她俏皮地吐吐舌，繼續啃咬鯛魚燒，嘟囔道：「還好薛丁格的貓只是假想實驗，不然小貓咪就太可憐了。」

「因爲觀測者在打開盒子時，會決定一隻貓的生或死，所以有句話說：『好奇會殺死一隻貓』，對物理界的人來說，就會聯想到『薛丁格的貓』。」

夏夕瑀愣住，突然想起每次向媽媽問起爸爸的事時，媽媽總會回她一句「Curiosity killed the cat.」，而這句話在物理學裡，會直接聯想到「薛丁格的貓」，這兩者……是不是存著什麼關係？

「夕瑀，妳想當花藝設計師嗎？」和她算完沒去考試的帳，閻末風也回歸正題，其實半年來，看她對花藝日漸產生興趣，心裡也預感她在二年級的選組時，可能會陣前倒戈，只是沒想到她會倒得這麼早、這麼絕。

「我不知道自己適不適合……」

「不要想太多，先把基礎紮穩吧。」

「好，我會踩馬步練基本功！」她點頭承諾，自信地握著拳頭，「對了，你還記得小阿姨的七個任務嗎？」

「記得呀，還差四個，腳踏車雙載、河堤散步、園遊會遊鬼屋和意外之吻。」

「這學期你很忙，有學科競賽、專題研究、假日加強營……」她低頭數著手指。

「妳想從哪個開始？」他暗自開心，難得聽她撒嬌，抱怨他太忙。

「前三個都可以……」

「那就約個一天到河濱公園玩，把腳踏車雙載和河堤散步一起完成，園遊會遊鬼屋要等到五月中旬，等我們完成這三個任務，最後再拍意外之吻。」

「好啊！這樣就可以完成所有任務，把小阿姨和鈞澤叔送進禮堂。」想到浪漫的婚禮，她兩手捧著雙頰傻笑起來。

「夕瑀，老話一句，這些任務玩玩就好，妳不要太認眞。」他忍不住又提醒。

時序進入五月，熬過月初的期中考後，全校同學開始籌備校慶園遊會。

園遊會當天有社團的成果發表會，闊末風和汪承昊所屬的勁舞社，放學後開始留校加強練舞；花藝社除了作品展示外，社員們也一起製作壓花吊飾和書卡，預備在當天展售。

四個人各自忙碌了一個星期，期待的園遊會終於到來，學校操場上搭起一座座帳篷，篷內販賣各式餐點和商品，穿插著趣味遊戲，各班同學努力吆喝叫賣，學生和遊客穿梭其間，人來人往好不熱鬧。

夏夕瑀的班上分成三大組，負責販賣炒麵、貢丸湯和飲料，同學們分時段輪流看顧攤位。司令臺上有社團的才藝表演，當勁舞社出場時，夏夕瑀拿著相機衝到臺下觀賞，明明和閻末風很熟了，也看過他幾次練舞的模樣，但是正式上臺表演時，看著他在臺上又滾又跳，渾身散發耀眼的光芒，彷若初次見面似，讓她再一次怦然心動。

表演完，閻末風下臺和夏夕瑀會合，兩人一同前往二年級學長姊布置的鬼屋。鬼屋設在教學大樓的三樓，連結了三間教室，所有門窗皆以黑布貼住，走廊上不時聽見裡頭傳來尖叫聲。

「裡面的鬼不知道長得什麼樣？」夏夕瑀興奮地東張西望。

「早上看到幾隻鬼拿著看板在打鬼屋廣告，化妝效果挺逼真的。」閻末風沒表情地說，其實不太喜歡這種人嚇人的遊戲，感覺很自虐，而且尖叫時容易破壞自己的形象。

一隻七孔流血的守門鬼站在門口，抖著嗓音念著開場白：「不要打鬼……不要罵鬼髒話……不要中途回頭……若是身上的三把火滅了……後果自行負責……」

輪到兩人快進屋時，閻末風一手摟住夏夕瑀的肩頭，臉龐湊到她的臉頰邊，另一手遠遠拿著相機，在鬼屋門口合拍一張照片後，兩人相視一笑，他輕輕握住她的手，緩步走進鬼屋大門。

鬼屋裡一片漆黑，隱約看見桌椅排成一條迷宮路徑，四周高高低低垂掛著黑色布簾，上面貼著黃色符咒和鬼面具。夏夕瑀挨著閻末風走沒幾步，一隻溼淋淋泡過冰水的手突然抓住她的腳踝。

「末風！」她低叫一聲，抱住他的手臂。

閻末風摟住她的肩，將她護進懷裡，緩步向前移了幾步，左側黑暗裡突然青光一閃，伴著鬼吼聲，一隻臉龐腐爛的活屍張牙舞爪衝出來，嚇得他倒抽了一口氣。

「啊——」夏夕瑀尖叫著衝向活屍。

「夕瑀！」他伸手攔截，怕她驚嚇過度給活屍一記大外割。

沒想到夏夕瑀衝到活屍前面，含情脈脈地握住他的手，興奮地跳了跳：「學長！你的妝化的好好看，比愛哭包還帥，請問你是二年幾班？園遊會結束後，我可不可以跟你合拍一張照？」

竟然開始搭訕學長……閻末風不悅地皺眉，伸手揪住她的後領，無視周邊的鬼又吼又跳，將她快快拖出鬼屋。離開鬼屋之後，兩人並肩走下樓梯。

「終於完成『園遊會遊鬼屋』了。」她邊走邊看相機裡的照片。

「剩下河堤散步、腳踏車雙載和意外之吻。」

「那個……改、改天吧……」夏夕瑀突然結巴，腦海浮出和他接吻的景象，雙頰微微緋紅，「我們先去吃烤香腸、冰淇淋、熱狗——」還沒數完想吃的食物，樂極生悲的事發生了，她右腳突然踩空滑下階梯，落地時腳背翻轉了一下，一陣劇痛從腳踝處瞬間爆開。

「夕瑀！有沒有怎樣？」閻末風快步衝下樓梯，扶起她坐在地上。

「我的腳好痛好痛……」她雙手摟著他的肩，疼得五官皺在一起，眼角含著淚光。

閻末風面上滿是擔心，微慌地蹲下身，用力背起夏夕瑀快步走向保健室。

半個小時之後，張鈞澤駕車火速趕到學校，接她到醫院看診，剛才數的食物一樣都沒吃到。

園遊會結束後，閻末風悶著臉回到家，擱下背包後馬上要外出。

「末風。」閻母拿著水果盒自廚房裡追出來，一手指著二樓樓梯，「不用去若媛家了，夕瑀在樓上的客房休息，她要住在我們家四天。」

「爲什麼？」他詫異地問，沒想到夏夕瑀就在自家二樓。

「因爲五月是報稅季，若媛的會計事務所禁假，每天都加班到半夜一、兩點，星期一又要出差查帳兩天，夕瑀的腳受傷行動不便，本來要把她託給鈞澤照顧，後來覺得不妥，就託我照顧她。」

「謝謝媽。」閻末風感激地道謝，明白夏夕瑀的腳受傷，洗澡或上廁所都需要人協助，如果託給張鈞澤照料，確實有很多的不方便，如果母親願意幫忙照料，那是再好不過了。

「謝什麼？算命的說你……」閻母突然打住話，用力拍著兒子的肩頭，「她將來可能要當媳婦的。」

「妳不要聽算命的亂講！」他耳根一紅。

「好啦好啦，這盒水果拿上去給夕瑀吃，她好像驚嚇過度，整個人像掉魂一樣呆傻著，也沒什麼食慾，我在想晚上要不要帶她去廟裡收收驚。」閻母一臉擔心。

驚嚇過度呆傻著？閻末風聽了有點擔心，接過母親遞來的水果盒，轉身走上樓梯，來到二樓的客房前，輕輕敲了一下門板，但是門內沒有任何回應。

他旋開門把朝裡頭望去，夏夕瑀蒼白著臉倚坐在床上，左手摟著熊胖，右手拿著一本書，失焦的眼神盯著空氣裡的某點。

「夕瑀？」低喚一聲，他走到她的床邊，伸手在她面前揮了揮。

夏夕瑀長長的睫毛眨了眨，抬頭望著他的臉，雙眼的焦距逐漸凝聚，落寞地問：「園遊會結束了……你有沒有吃烤香腸或熱狗？」

「沒有，妳受了傷，我沒心情吃。」將水果盒擱在書桌上，閻末風在床緣坐下，看著她露在涼被外的右腳，腳踝上包著一層紗布，「醫生怎麼說？」

「醫生說要撐拐杖走路，不能上體育課，休養兩個星期才會好。」

「扭傷的復元比較慢，妳要聽醫生的話，才不會留下後遺症。」叮嚀完，他起身想拿水果盒。

「末風！」她緊張地叫住他，一臉欲言又止。

「我拿水果給妳吃。」他拿起桌上的水果盒，將她臂彎下的熊胖輕輕拉開，推到牆角面壁思過，再將水果盒放到她的手裡。

「謝謝。」看著盒內五顏六色的水果，她精神微微一振，拿起叉子叉起一塊奇異果吃著，又叉起一塊遞到他的脣邊。

閻末風吃下那口奇異果後，突然又站了起來。

「末風。」她又叫住他。

「我全身都是汗，先去沖個澡，再上來陪妳。」他扯扯身上的運動服。

「好……」

下樓沖了個熱水澡，閻末風回到客房時，看到夏夕瑀又一手拿著叉子，一手捧著水果盒坐在床上發呆。

他走到床邊，發現盒內的水果吃沒幾塊，下意識伸手摸著她的額頭，檢查有沒有發燒。

夏夕瑀眨眨眼回過神，第一次看到他居家的一面，剛洗完澡頭髮還溼著，瀏海微微蓋住眼睛，一身清爽的白色T恤，渾身散發乾淨的氣息，讓人很想抱一下。

「妳是不是哪裡不舒服？」他語氣透著擔憂，怕她受了什麼內傷正在忍痛。

「那個白白的是什麼？」像要轉移話題似，她拿著叉子指著掛在牆上的一幅畫，畫框內一片空白，沒有任何圖案。

「那是五百片的空白拼圖。」

「爲什麼不拼有漂亮圖案的拼圖？」

「妳忘了嗎？我喜歡白色。」

「對喔……全白的拼圖很難拼吧？」

「嗯，我國三暑假花了兩個星期才拼完，拼的過程像掉進地獄裡，改天也買一個拼圖送妳，讓妳體驗一下白色之美。」語畢，他又站了起來，想拿下拼圖給她細看。

夏夕瑀又揪住他的衣角。

閻末風一手拍住她的頭，輕輕揉亂她的頭髮，微笑說道：「我不走，就在這裡陪妳，除非妳趕我出去。」望著她覆著淡淡薄霧的雙眼，不若往常明亮有神，又突然變得黏人，肯定是心裡有事想對他講，必須給她一時時間緩衝心情。

接下來的時間裡，他也不想給她壓力，一手托腮坐在書桌前翻書，有一搭沒一搭地閒聊，感覺她也怕他消失不見似，目光一直黏著他不放。

半個小時過去後，夏夕瑀黯然地垂下臉，終於開口：「末風，其實今天……是我爸爸的忌日……剛好和園遊會強碰到了。」

閻末風聽了心裡一震，回想起國三的五月下旬，基測的前幾天，夏夕瑀曾經請假一天回去祭拜父親，當時他和她還是同學關係，並沒有特別記憶這個重要日期。

「我應該要請假回去祭拜的，可是又想和你一起逛園遊會，我以為明天是星期日，晚個一天回去沒關係，沒想到逛完鬼屋就跌下樓梯，我在想……爸爸是不是在生我的氣？」

「笨蛋！差個一天而已，沒有爸爸會跟女兒計較這個。」他沉聲反駁她的想法，沒想到她為了和他去園遊會，竟然將祭拜父親的重要事延後。

「如果……」她的聲音微微顫抖，「這個女兒害他死掉呢？」

Chapter 14　B615星球的風暴

「害他死掉……」閻末風愣了一下，微微瞠大眼，「這是什麼意思？」

「八歲的那一年……」夏夕瑀望著前方，眼神變得空洞，「我得了重感冒和腸胃炎，爸爸請假三天照顧我，等我病好的時候，卻把感冒傳染給他。」

聽到「感冒」兩個字，閻末風明白自己即將觸及夏小怪的過去，進入夏夕瑀的內心世界。

「那年的今天早上，爸爸出門工作時正在發燒，我要他在家裡休息，但是爸爸說……他已經請假三天了，工地正在趕工，他必須對工作盡責，一定要到工地巡視施工進度，」話音停頓了一下，她黯然地垂下臉，眼神帶著淡淡哀傷，「爸爸說他吃過感冒藥了，完全沒有問題，結果到了工地，他和工人站在五樓的鷹架上討論工作，卻頭暈站不穩而跌下去……」

閻末風聽了眸光略沉，心裡思忖著……原來感冒和夏父的死有關，難怪初見她的冬雨早晨，她會固執地要他撐傘，後來她感冒發燒時，才會不吃飯不吃藥地胡鬧……

慢著！她該不會認爲父親的死，是被她傳染感冒害死的，必須擔上責任吧？

「爸爸說他要努力工作存錢，買一間屬於我們的家，以後就不用看房東的臉色，等到我們擁有房子後，他還要帶我去很多國家旅遊……如果沒有我，他可以不用那麼辛苦，硬撐著身體工作，更不會被我傳染感冒害死……」

「夕瑀！這件事是意外，並不是妳造成的。」閻末風打斷她的話，她極度自責的語氣，讓他聽得有點心驚。

「但是感冒是造成意外的起因，」她的臉色越加蒼白，隨著回憶不斷翻湧，心口像被刀削般痛著，「我跟爸爸道別的時候，和他做了約定，不會把他單獨留在過去……我不想要長大，想要時間永遠停住，可是日子一天過一天，我離爸爸也越來越遠……」

原來這就是她不想長大的原因。閻末風望著她悲傷又無助的神情，很想撫平她心裡的傷痛，卻發現自己什麼都做不了。

「後來，我來到這裡遇見你，你說我跟你相差七歲，距離一光年，想要你喜歡我，就必須要長大，而現在……我拋下爸爸和你在一起，還延後去祭拜他，只顧著自己的玩樂，這樣是不是不對？」

「就算我們交往了，妳還是記著他，並沒有丟下妳爸爸。」閻末風既感動又心疼，當下領悟到，原來她是下了很大的決心，在父親和他之間做過一次重要抉擇，才從B615星球奮力奔向他。

「但是自從和你在一起，我很久沒夢到爸爸了。」她聽不進去他的話，抱著熊胖縮進被窩，哽著聲音結束話題，「我好累，想休息了。」

「我在這裡陪妳，妳不可以躲到B615星球上。」他扯下棉被，不讓她蓋住頭臉。

夏夕瑀閉上眼，沒有反抗他的要求。閻末風靜靜坐在床邊看守她，聽著她的鼻息逐漸勻長後，才起身走出房間來到一樓客廳，閻母已經煮好飯菜準備開飯。

「我們先吃吧，爸爸和客戶還在討論案子。」閻母解下圍裙，拿起盤子準備盛菜給夏夕瑀。

「媽，夕瑀睡著了，我來幫她留菜。」望著滿桌豐盛的飯菜，閻末風心情卻沉甸甸的，接過母親遞來的盤子，將每樣菜都夾起一小點，整齊擺在盤子裡。

閻末綸洗完澡出來，一手抓著毛巾擦拭溼髮，看到弟弟在留菜，忍不住揶揄：「這麼體貼，眞是好老公啊。」

閻末風冷瞪著哥哥。

「開個小玩笑嘛，不過夕瑀怎麼了？」閻末綸拉開餐椅坐下，捧起飯碗開始夾菜，「剛才要叫你們下來吃飯，不小心聽到你們在講話，感覺氣氛非常的沉重。」

「夕瑀很在意她爸爸的死，我不知道要怎麼安慰她……」幫夏夕瑀留好菜，閻末風隨後在餐桌前坐下，將夏父的事說明一遍，想聽聽母親和哥哥有什麼建議。

閻母聽完後，滿臉同情地嘆氣：「原來夕瑀的父親是這樣去世的，當年的她年紀還這麼小，一定不能接受這個事實，不過事情都過去了，只能勸她要想開一點。」

「她爸爸是工地主任，他爬鷹架的時候，身上沒有綁安全繩嗎？」閻末綸突然問道。

「什麼意思？」閻末風反問。

「呵呵……我是建築系的，聽到的重點和你們不一樣。」

「哥哥的重點是？」

閻末綸解釋道：「根據勞工安全衛生的法規，施工高度超過兩公尺，身上都要綁安全繩，夕瑀的父親是工地主任，除了要監督工人做好安全防護外，自己更要以身作則，對吧？」

閻母附和大兒子的話：「沒錯，要是出了意外鬧出人命，全部的主管都要負上刑責，工地甚至會被勒令停工。」

「當然也有很多工人沒綁，」閻末綸繼續補充，「但是夕瑀的父親在身體不適的時候，還堅持去巡視工地，這就代表他是責任心很重的人，這樣的人會拿自己或工人的生命開玩笑，不遵守法規嗎？」

經哥哥這麼提點，閻末風突然對夏父的意外事故，起了想深入了解的強烈好奇。

小睡了一個小時之後，夏夕瑀突然被餓醒，看到閻末風坐在書桌前看書，她伸手想抓他的衣服，忍不住呻吟：「愛哭包……我快餓死了……」

聽到她喊他愛哭包，知道夏小怪已經回魂了，闔末風闔起書本，握住她顫啊顫地求救的手，微微一笑：「聽到妳的肚子在叫，就知道妳要醒來了。」

「我……要吃一頭牛。」中餐和晚餐沒吃，她餓到渾身虛軟，說話都錯亂了。

「我家沒有牛。」

「我要吃愛哭包。」她抓著他的手伸到嘴邊，裝假要咬一口。

「吃啊。」他心跳了下，沒有縮手。

「吃了就沒有了，我捨不得。」她輕笑，將他的手貼在臉頰上。

闔末風脣角含著笑意，掌心輕輕摩娑她的臉頰、揉了揉她的頭髮，隨後下樓熱了飯菜回到房間，扶著她移坐在書桌前。

「夕瑀，妳爸爸叫什麼名字？」他一手托腮，看著她拿起筷子小口吃飯。

她停下筷子，滿臉疑惑看著他。

「多一個人記住妳的爸爸，這樣不好嗎？」

「爸爸的名字叫夏彥勤。」想想也有道理，她報上父親的名字。

「妳記得爸爸出事後的狀況嗎？」他默背下夏父的名字。

「回憶很模糊，有些記不得了……」她神情帶點茫然，咬著筷子回想當年的情景，「因爲一個人很害怕，不知道以後該怎麼辦，想到爸爸永遠不會回家了，心臟就很痛，痛到一直在哭、睡覺也哭……後來，社工阿姨帶著我和熊胖到爸爸的告別式會場……儀式結束後不久，媽媽就來接我回家了。」

聽到她在遭受失去至親的打擊後，很多回憶是模糊的，甚至記不起來，闔末風推想，當年夏父發生意外和後續處理，應該是大人告知和自己旁聽觀察來的，那麼問題來了——

面對一個八歲大的小孩，大人會鉅細靡遺告訴她事故的原因嗎？

當年的夏夕瑀年紀這麼小，對夏父之死的理解，和實際狀況會一樣嗎？

就拿自己來說，他八歲時的回憶和父母的回憶也是有出入；而身處數理班那麼多年，科學的實驗方法是「大膽假設，小心求證」，那麼他就來求證自己的假設！

翌日早晨，閻末風陪夏夕瑀吃完早餐後就去了圖書館，汪承昊和沈庭媜隨後過來看她，安靜的客房突然變得熱鬧起來。

「夏小怪，妳昨天逛完鬼屋下樓梯時，腦袋裡在想什麼食物啊？」汪承昊雙臂環胸，仔細研究她裹著紗布的右腳。

「想著烤香腸、冰淇淋和熱狗……就跌下去了。」她扳著手指細數，昨天跌下樓梯的痠痛感完全爆發，現在全身痛到骨頭快散架。

「下樓梯不專心，難怪妳會滾下去，地板有沒有被妳撞出一個大洞？」

「才沒有！」

沈庭媜掩脣輕笑。

「庭媜，對不起，後來丟妳一個人賣壓花吊飾。」夏夕瑀滿臉歉意。

「我叫賣的聲音太小，幸好承昊過來幫忙，我們的份十分鐘就賣光了。」沈庭媜抬眸瞥了汪承昊一眼，雙頰浮出淡淡紅暈。

「承昊，謝謝你。」夏夕瑀雙掌合十道著謝。

「我忘記留下一個，要謝的話，妳再做一個壓花吊飾送我吧。」汪承昊微笑說。

「等我腳傷好了，就做一個答謝你。」

沈庭媜的眼神閃過一絲羨慕，看著汪承昊跟夏夕瑀要壓花吊飾，默默等了一分鐘，發現汪承昊沒有向自己要吊飾之意，又輕敲自己的頭一下，驅散心裡的小期待。

三個人閒聊到下午，直到閻末風自圖書館回來後，汪承昊和沈庭媜才道別回家。

隔天星期一是園遊會的補假。

夏夕瑀以爲閻末風會貼心陪她一天，沒想到他一大早又外出，感覺有點神祕，直到下午兩點多，她坐在書桌前寫功課，他突然走進房間，神情帶點複雜。

「怎麼了？」她咬著筆桿，側頭望著他。

「夕瑀，」閻末風在床緣坐下，將她連人帶椅拉出書桌，扳轉成面對面，「我昨天去圖書館查詢八年前的新聞，連同網路新聞，總共找到五則新聞報導了妳爸爸的意外事故。」

「你爲什麼要查？」夏夕瑀疑惑地望著他。

「因爲看到妳傷心的模樣，我心裡覺得難受，很想了解當時的狀況。」他回答。

夏夕瑀神情一黯，落寞地垂下臉。

閻末風給她時間緩衝心情後，從資料夾裡抽出一張報紙的影印本，低頭讀著新聞稿：「根據施工現場的監工說，上工前聽到妳爸爸說身體不適，早上吃過感冒藥，頭有點昏沉，在巡視完五樓後，妳爸爸解開安全帶的掛勾，正要轉往六樓時，監工看到他走路腳步不穩，突然就墜樓了……」

「那則新聞，我八歲時已經讀過很多遍了。」夏夕瑀別開臉，當年的她多希望這只是一場惡夢，但是報紙和工人們的證詞，在在證明父親是感冒不適而墜樓。

「妳看過八個月後，法院判決的新聞嗎？」

夏夕瑀愣了一下，茫然地搖搖頭，不懂他在說什麼。

「那場官司打了八個月才判決。」閻末風再起出另一張新聞影印本，遞到她的面前，「檢方偵結認定，因鷹架鋼釘鬆脫導致踏板傾斜，造成夏姓工地主任墜落死亡，依業務過失致死對營造公司負責人和鷹架外包商提起公訴。」

她接過那張新聞影印本，反覆默讀上面的文字，微微睜大眼睛。

「我請我爸爸幫忙，他透過關係查到公安調查報告：事實是鷹架踏板的螺絲鬆脫，但是營造公司的老闆為了卸責，在事發當下和監工串供，推說是妳爸爸身體不適才會釀成意外。」

彷彿被一記重拳擊中，面對八歲以來的認知和事實相違時，夏夕瑀完全無法接受，分不清哪個是真、哪個是假，她起身抱起熊胖，右手撐著拐杖，跛著步伐走向房門。

「夕瑀，妳要去哪？」閻末風握住她的右腕。

「我的頭好痛好亂，我和熊胖要回家……」她用力掙開他的箝握。

「熊胖無法解答妳的問題！」眼看她又無視他，準備帶著熊胖躲回林家療傷時，他脾氣一來又出手阻止，用力扯住熊胖的左掌。

「放開熊胖！」

「不放。」

「放開！」

「不放。」

夏夕瑀用力拉著熊胖，閻末風堅持不肯放手，兩人同時拉扯互不退讓。

突然間，熊胖的左手和身體瞬間分離，她拐杖一滑撞上了門板，抱起熊胖一看，牠整隻左手被扯斷，腰側縫線也裂開了，掉出幾團白色棉花。

閻末風滿臉歉然，看著她委屈地扁起小嘴，趕緊上前安撫她，夏夕瑀偎進他的懷裡，右手摟住他的腰。

「夕瑀，對不……」還沒道歉完，他右手臂突然被她抓住，心間閃過一絲不妙。

夏夕瑀突然側身頂住他的腰腹，一手向下拉扯他的右臂，一手抱住他的腰往上提，彎身對著地面一踮；閻末風眼前一陣天旋地轉，整個身子重重摔在地板上，一陣痛麻在臀部和大腿處炸開。

竟然被她摔了！閻末風仰躺在地上，哭笑不得地瞪著天花板。

使盡全力摔人後，夏夕瑀右腳踝同時傳來劇痛，疼得她雙腿一軟坐在地上，又掄起雙拳開始搥打他的胸膛：「你傷害熊胖，我討厭你！討厭你！討厭討厭……」

聽她說討厭，閻末風胸口窒痛了下，伸手扣住她的拳頭，雙腿蹬著地板借力使力，抱住她側滾半圈，反過來將她壓制在身下。

房間門突然推開，閻末綸一臉擔憂探頭進來：「樓下聽到好大的撞擊聲，發生什麼事？」一看到男上女下的曖昧情景，他脣角抽動了下：「末風……我不想這麼早升格當伯父。」

「哥！講什麼風涼話！」閻末風紅著臉低吼，「快幫我把熊胖拿給媽媽修補。」

「原來發生分屍案了，殺熊兇手是你吧！」閻末綸滿臉竊笑，彎身撿起熊胖和斷掉的小熊掌，快速退出房間闔上門。

「把熊胖還來！還我！還我！」眼睜睜看著熊胖被帶走，夏夕瑀臉上閃現怒意，翻過身爬著想追出去。

「夕瑀！妳冷靜一點！」閻末風用力拉住她，不管她像隻野貓般又踢又抓，將她緊緊摟在懷裡，很輕的一個吻印在她的額心上。

她突然停止掙扎，一動也不動。

「看到妳這樣，我眞的很難過。」他輕語。

聽到他的聲音微微啞了，她雙眸浮起一層水霧，橫衝直撞的怒氣瞬間消弭：「末風……你是不是故意編故事騙我？」

「我沒有騙妳，有報紙爲證。」

「所以我爸爸是……」

「是百分百的公安意外，並不是妳害的。」他用力強調，心疼她這麼多年來，深陷在害死父親的自責裡，傻傻扛著大人的疏失，「妳爸爸這麼厲害，就算被女兒傳染了感冒，他也不會那麼容易被病毒打倒，妳不要看輕妳的爸爸。」

「我現在心裡好氣，很想把那些大人踹進黑洞裡。」她微微哽咽。

「過去的事就算了吧。」他撥開她臉上凌亂的髮絲。

「但是我捨不得爸爸……」

「夕瑀，想像薛丁格的貓，妳爸爸的生和死已經是兩個不同世界，而妳踏進了這個世界，永遠無法回頭改變什麼，那就抬頭挺胸勇敢前進吧，當一個讓他覺得驕傲的女兒。」

夏夕瑀眼裡盈著淚光，咬著下脣毅然地點點頭。

「對不起，我把熊胖弄傷了，」閻末風扶起她躺回床上休息，接著側躺到她的身邊，一手托著臉頰，輕輕拉著她的手環上自己的腰，「在我媽幫它手術好之前，妳就將就一點，先抱著愛哭包吧。」

「愛哭包沒有熊胖可愛。」她捏住他的臉。

「我本來就長得不可愛。」他微微噘嘴。

「愛哭包太大隻了，沒有熊胖好抱。」又抓抓他的腰。

「不要嫌棄我嘛。」

夏夕瑀一手抱著他，小臉埋在他的胸懷裡，汲取安心的氣息。

閻末風靜靜陪她沉澱心情，整理紊亂的思緒，初夏的夕陽自窗戶斜灑進來，將兩抹相依偎的身影，渲染成暖澄色的唯美畫面……

兩天後，林若媛出差回來，夏夕瑀也搬回林家，將照片列印出來，完成「園遊會遊鬼屋」的任務。

之後回到媽媽家，林若雪帶她到墓園祭拜父親，她鼓起勇氣詢問父親去世的後續。

「妳爸爸去世後，只要一提起那場意外，妳的表情就很害怕，我想妳的年紀還小，就沒有說了。」林若雪淡淡地解釋。

這時候才明白，媽媽不知道事件發生時，錯誤的資訊在她的心裡留下陰影，她小小腦袋認定是自己害死父親，不敢觸及事發當天的話題。八個月後，當法院的判決下來時，她和熊胖早已封閉在B615星球上。

將自己綁的花束獻給父親，夏夕瑀的心情也變得坦然，不再像以前一樣沉重。

時序進入七月，熾熱的陽光曬得整座城市像要融化，夏夕瑀和閻末風挑了一個假日午後，兩人坐車到河濱公園遊玩，完成「河堤散步」和「腳踏車雙載」的任務。

過完暑假後，夏夕瑀升上高中二年級，開學時公布選組後的分班表，或許是調查過學生的志向，她和沈庭媜竟幸運地分在同一班。

兩人的新班級是二年十四班，位在教學大樓二樓的右翼，距離閻末風的班級又遠了一大截，平常下課時間幾乎見不著面，不過新班級有沈庭媜作伴，兩人也不再感覺孤單。

汪承昊編在二年三班，同時接下勁舞社的社長之職，在新生入學的迎新活動上，以高超的舞技在學妹間掀起話題；至於他的搭檔閻末風，雖然同時受到注目，但死會的消息也隨後傳開，據說女朋友是花藝社的社員，成績頂好、長相漂亮、氣質溫柔……

「嗄？怎麼會這樣？」放學後四個人走向校門，沈庭媜一臉無辜，指著自己的鼻尖，「爲什麼會錯認成我？」

「學弟妹覺得妳和末風的外型比較相配。」汪承昊哈哈大笑。

沈庭媜尷尬地和冷臉的閻末風對視一眼，隨後看向落單在後頭的正牌女友……夏夕瑀捧著一個保特瓶，邊走邊研究裡面的水蛋。

「你們看你們看！」突然想到什麼，她興奮地舉起保特瓶，「一整群的水蛋長得像不像山粉圓？」

沈庭媜微微蹙眉，汪承昊臉上掛著三條線，心想以後大概不敢喝山粉圓了。

「要不要再加點檸檬和蜂蜜？」閻末風皮笑肉不笑。

「要，還要加愛玉。」

「我回家做給妳吃。」他直接抽走她手裡的保特瓶。

「不！」她追上前想搶回保特瓶，「你加了檸檬蜂蜜愛玉，我的科展就完蛋了！」

「那我班上的科展就能拿第一。」閻末風展顏輕笑，將保特瓶舉高或藏在背後，閃避她的撲抓。

「愛哭包太卑鄙了！」

上下課形影不離的四人行，將夏夕瑀的高二上學期生活塞進滿滿回憶，在課業和社團並忙時，時間也過得特別快，短短的跨年倒數結束後，又是新的一年開始。

一月的中旬，冰寒空氣蘊著些微的雨意。

閻末風和夏夕瑀從圖書館溫書回來，並肩走在回家的路上，陣陣寒風凍得她的身子微微瑟縮。

「末風，可不可以幫我拆開一個箱子？」她挨到他身側。

「什麼箱子？」他握著她冰冷的手，放進外套口袋裡一起取暖。

「我八歲時留下一個箱子，裡面鎖著風暴之眼，打開時會摧毀B615星球。」

「這麼恐怖的東西，妳藏在哪裡？」他好奇地問。

「我鎮壓在床底下。」

閻末風眼神死，無語了幾秒，對這個箱子產生強烈的好奇，很想知道裡頭裝著什麼事物。

兩人回到林家來到二樓的房間，夏夕瑀擱下書包後，像要密謀什麼諜報計畫似，神祕兮兮地關門鎖窗，再從床鋪底下拖出一個外觀陳舊的紙箱。

「最近我感應到紙箱裡釋出一股波動，不斷呼喚著我：夏小怪，趕快打開紙箱看一眼……」她唱作俱佳，秀眉攏成八字表達心情的掙扎，「我一直抗拒它的誘惑，擔心打開箱子放出風暴之眼時，會瞬間摧毀B615星球。」

明明是自己想開又不敢打開吧！閻末風無表情地腹誹著，心知她的想像力豐富，誇張的言詞其實是隱著不敢表明的小心思，間接在向他求助，若是換成不了解她的人聽到，大概會以爲她中邪精神錯亂了。

「好吧，讓我來會會這個風暴之眼。」無奈地嘆了口氣，他抽出筆筒裡的美工刀，輕輕劃開封箱膠帶。

「咿呀～～熊胖，快臥倒！」她鬼叫一聲，撲到床上抱住熊胖，抓起棉被連人帶熊蓋住，一動也不動地徹底裝死。

「風暴之眼被愛哭包吞掉了。」打開紙箱後，他輕輕拍著她露在棉被外的腳丫子，心裡很想扁她屁股一頓。

棉被的一角悄悄掀開，露出一雙大眼骨碌地觀察著，發現房間內風平浪靜後，她才掀開棉被抱著熊胖下床。

「藏寶箱裡的東西看起來比風暴之眼更可怕，妳爸爸要把妳栽培成科學女怪人嗎？」閻末風在紙箱前蹲下，仔細看著裡面的事物，有魔術金字塔、益智方盒、星象盤、雙筒望遠鏡、分子模型、迷你地球儀……幾乎都是要動腦的玩具。

夏夕瑀坐在地上望著紙箱內的玩具，腦海浮現父親陪她解謎的花絮，神情透著淡淡傷感：「這裡面的玩具，爸爸每一個都陪我玩過……」

「妳爸爸好有耐心，他眞的很疼妳。」

「十歲的時候，我曾經拆開這個箱子……裡面的每樣東西都刺痛我的心，我搥打自己哭了好久好久，直到哭不出眼淚，像是把身體裡的水分全哭光。」

原來這就是風暴之眼的原形！閻末風當下一刻理解到，因爲對父親帶著歉疚，美好的回憶反而變成折磨，所以她不敢獨自開箱，害怕自己再一次崩潰。

「如果妳想玩，以後我可以陪妳玩。」他承諾。

「好……」

夏夕瑀心裡感動著，拿起地球儀和星象盤把玩，閻末風發現玩具的隙縫間露出一個密碼鎖，和整箱的玩具不搭調，輕輕撥開疊在上頭的玩具，拎出一個鋁合金小收納盒。

「這個是什麼？」他好奇地問。

「那是我爸爸的祕密寶箱。」她看著收納盒，仔細回想了下。

「裡面裝著什麼？」掂了掂重量，感覺裡面裝有東西。

「不知道。」

「妳沒看過？」

「嗯，爸爸不給我看。」

「這個箱子不大，竟然會用到密碼鎖，而且是四個數字的，不是常用的三個數字，就代表裡面裝著很重要的東西。」遇到和數字相關又需要解謎的事物，總會勾起閻末風的好奇心，就像面對競賽般想要挑戰一番。

「我來解看看。」好奇心被他挑起，夏夕瑀接過收納盒，將密碼鎖的轉輪轉成父親的生日數字，但是鎖頭沒有打開，接著又輸入自己和媽媽的生日，結果還是一樣。

「用農曆生日試試。」他建議道。

「好。」試了農曆生日後，鎖頭還是不開。

「乾脆用撬棒撬開它。」他搶過收納盒，研究哪個地方最好破壞。

「不行！這是我爸爸的寶貝，絕對不能破壞。」她奪回盒子護在懷裡。

閻末風聳聳肩沒再要求什麼，夏夕瑀發現被他胡鬧後，剛開箱的沉甸心情也輕盈起來，果然有他在，風暴之眼也沒什麼好怕的。

「末風，謝謝你陪我開箱，」她笑顏輕綻，長長吁了一口氣，彷彿吐出多年的鬱悶，「我的心完全不會痛了，以前會刻意逃避有爸爸在的回憶，現在變得很想珍惜它。」

「不痛就好，這樣我就放心了。」他輕揉她的頭，突然想起什麼，神祕地笑了笑，「對了，明天是農曆十五，晚上八點妳來我家的頂樓，我給妳看一樣東西。」

「要看什麼東西？」這樣吊她胃口，真怕今晚睡不著覺。

「妳來了就知道。」

Chapter 15 星空裡的密碼

翌日晚上八點，夏夕瑀依約來到閻家，和閻父閻母打過招呼後，沿著樓梯來到頂樓。

陽臺上沒有亮燈，她探頭朝門外望去，和國三看星星的情景不同，當年是沒有月亮的冬夜，滿天繁星點點，今天則是無雲的月圓之夜，一片清輝灑在地面，星光相當稀疏。

閻末風背對著她沐浴月光中，仰頭靜靜望著夜空。

夏夕瑀踮起腳尖跨出兩步，陽臺的感應燈並沒有亮起，再悄聲走到他身後，張開雙臂一把抱住他的腰，聞到一縷沐浴後的乾淨氣息，小臉在他背上磨蹭幾下，聽見他的低笑聲隔著衣服悶悶傳來。

「你要給我看什麼？」她好奇地從他身側探出臉。

閻末風神祕一笑，指著前方一架被黑色防塵布蓋住的事物，下緣露出三根腳架，再抓住防塵布的下襬，刷地向上掀開，露出一架單筒的天文望遠鏡。

「啊！是望遠鏡、望遠鏡欸！你什麼時候買的？」她滿面驚喜繞著望遠鏡打轉。

「上星期宅配來的，我買了入門型的，先學習操作和練習找星星。」望著她興奮又感動的笑臉，能夠滿足她的心願，他的心情也愉悅起來，覺得做了一件不了得的事。

「現在要看玫瑰星雲嗎？我沒有帶熊胖來……」她轉身走向陽臺門，想回家帶熊胖。

閻末風伸手揪住她的後領，一臉尷尬地說：「我操作上還不太熟，也不知道玫瑰星雲在天空的哪裡，那個以後再看，我們先看最好找的月亮。」

「你不知道玫瑰星雲在哪個星座裡嗎？」她滿面疑惑，難怪他會挑選滿月的這天，原來要先看月亮。

「我知道！」閻末風一臉沒好氣，加重語氣強調，「玫瑰星雲，編號NGC2237，位在麒麟座，但是沒有自動導星的設備時，它又肉眼看不到，就要拿著星圖對照天空慢慢找。」

「喔，我懂了。」她理解地點頭。宇宙這麼大，對初學者來說，找星球或星雲是個大考驗。

「今天只看月亮，沒有別的。」

「是。」

閻末風滿意地笑了笑，低頭看著望遠鏡的目鏡，將物鏡對準月亮，開始調整焦距和倍率，調好後讓出位置。

夏夕瑀走到望遠鏡後面，睜著一隻眼睛看著目鏡，一顆又圓又大的月亮占滿整個鏡頭，表面的月海和坑洞都看得清清楚楚，雖然課堂上看過不少月球的照片，但是實際親眼看到時，瞬間湧起一股敬畏感，不禁讚嘆起宇宙的奧妙。

「怎麼樣？」他好奇地問，看她半晌都不說話，不知道在想什麼。

「看到月亮這麼美，有一種微妙的感覺……讓我好想吃月餅。」她嚥著口水。

「妳呀……」又是吃。

「你知道月亮都是同一面對著地球嗎？」

「知道啊，因爲月球的自轉和繞地球的公轉週期一樣，才會都是同一面。」

「自轉和公轉差個0.00001秒都沒有，這點眞不科學。」她雙手環胸，不認同地搖頭。

「是有點不科學，像精心製造出來的。」他微微一笑，知道她的想像力又啓動了。

「沒錯！幫我把倍率放大，我要找找月球上有沒有外星人的基地！」

兩人輪流看著望遠鏡，談論月球的傳說和不解謎團，直到眼睛看累了，才並肩站在陽臺上閒聊。

「夕瑪，這個送妳。」闔末風拎著一個紙袋遞給她。

「這是什麼？」夏夕瑪接過紙袋打開一看，裡頭裝著一個盒型禮物。

「回家拆開就知道。」他神祕地笑了笑。

「為什麼要送我禮物？」

「沒有為什麼，因為妳是我的女朋友，想送就送啊。」

「你對我這麼好，我不知道要怎麼感謝你……」她垂下臉，不知道要怎麼回報他的情意。

「笨小怪！」他伸指在她額頭上輕彈一下，「我不要感謝，只要妳陪我搭車上學、聊天、看星星就好了。」

「末風……」她心裡盈滿感動，轉身偎進他的懷裡，緊緊抱住他的腰，「我真的很喜歡你，喜歡到找不出詞句形容心裡的感覺，我想和你……永遠永遠在一起。」

「妳在跟我求婚嗎？」月光下，他深邃的黑眸盈著星子般的微光。

「嗄？」她張大眼瞪他，這什麼思維，怎麼會聯想到結婚？

「無法形容的喜歡，就是升等成愛；永遠在一起，不就是結婚的期盼。」

「不是不……」

「我願意，要永遠在一起。」闔末風俯下臉印住她的唇，駁回她的否認。

夏夕瑪踮起腳尖，雙手攀住他的肩，羞怯而笨拙地回應著，他淺淺的輕吻逐漸加重，戀戀不捨地綣纏著，在清冷的月光下轉成灼熱的誓約之吻，烙進彼此的靈魂裡。

度過煉獄般的期末考，寒假也開始了，家家戶戶開始打掃，準備迎接農曆年。

林若媛的事務所忙著做農曆前的會計結算。夏夕瑀一早就起床幫忙打掃，整理好客廳後回到房間休息，來到書桌前，她打開閻末風送的紙袋，裡面裝著一盒……空白拼圖。

她垂頭嘆氣，看著盒蓋上的封面照片，拼圖完全純白，一個黑點都沒有，根本提不起勁拼它，他喜歡純白和自虐，但她不喜歡呀。

「有空再拼吧，寒假才幾天而已，就是要放鬆心情的。」她拿起拼圖塞進書架裡，瞥到爸爸的祕密寶盒就擺在旁邊。

這個箱子不大，竟然會用到密碼鎖，而且是四個數字，不是常用的三個數字，就代表裡面裝著很重要的東西。

閻末風的聲音在腦海響起。

爸爸最愛的星雲，就是玫瑰星雲……

接著閃過父親的聲音。

玫瑰星雲，編號NGC2237，位在麒麟座……

一想到閻末風提過玫瑰星雲的天體編號，夏夕瑀取出收納盒擺在書桌上，將數字轉輪轉到2237，泮地一響，鎖頭竟然彈開了。

心臟遽烈跳動起來，她輕輕取下鎖頭，正想掀開盒蓋時，又想起媽媽不喜歡她探究父親的過去，腦海同時閃過「薛丁格的貓」——正是她現在處境的最佳寫照。

她不知道盒內裝著什麼，只知道一打開盒蓋時，就會開啓人生的另一條岔路，走進一個無法回頭的世界，也許會改變現在的生活，也許什麼都沒有改變；只要不開啓，就能保有這個世界，延續現在的人生際遇。

而現在的她，有朋友、有戀人、還有愛自己的家人，生活和感情都順遂美好，要拿來冒險嗎？再三猶豫後，夏夕瑀還是無法抑下好奇心，很想知道盒子裝著什麼，才讓爸爸用宇宙情花的編碼當密碼。

指尖輕輕推開收納盒的盒蓋，首先入眼的是一個方型戒指盒，她拿起戒指盒打開盒蓋，裡面擺著一枚婚戒和一張對折的信紙，再打開信紙一看，娟秀的字跡書寫道：

> 彥勤：
>
> 既然錯誤已經造成了，我們三方再僵持下去也不是辦法，總是有一方必須要退讓。孩子是無辜的，該負責的還是要負責，我的心也累了，所有爭執就到此結束吧。我衷心祝你和姊姊白頭偕老。
>
> 若媛

夏夕瑀看著紙條下方的署名，思緒突然淨空，呆了半晌都反應不過來。

放下信紙和戒指盒，她從收納盒內取出一大疊照片，似乎是被人從火堆裡搶救回來，每張照片都有火燒的痕跡，有的被燒去大半，有的只有燒去邊角，有些畫面被高溫燒融，有些畫面還完整保持清晰。

她一張張翻看，照片裡的父親非常年輕帥氣，約莫是二十出頭的年紀，身邊跟著一位氣質恬靜的女孩，清麗的容顏……一點都不陌生，正是若媛阿姨。

不管背景如何變換，兩人總是手牽手、相互依偎一起，怎麼看都是一對感情恩愛的情侶。

「這是怎麼回事？」她面色逐漸刷白，拿著照片的手也開始顫抖。

傍晚下班回家，林若媛馬上穿起圍裙，打開冰箱取出幾樣食材準備做晚餐。

「小阿姨……」

林若媛循聲回頭，看到夏夕瑀倚在廚房門邊，她溫柔微笑：「夕瑀，剛回家就看到客廳打掃得乾乾淨淨，阿姨覺得好開心，今年的紅包會大包一點喔。」

「小阿姨，妳和我爸爸是什麼關係？」夏夕瑀怯怯地問道。

聽到她的問話，林若媛手中的馬鈴薯滑進水槽，臉上的笑容逐漸淡去。

「到底是什麼關係？」

「他是我姊夫。」

「不是這樣吧？」夏夕瑀黯然地走進廚房，打開收納盒擺在餐桌上，「我開了爸爸的藏寶箱，看到妳和爸爸出去玩的照片，其實你們是情人吧？」

林若媛依然沉默，緩緩低下頭。

「小阿姨，妳和我爸媽……當年到底怎麼了？」她繼續追問。

聽她執意要問出答案，林若媛轉身走到餐桌前，拉開椅子坐了下來，默默望著盒裡的照片，心知無法閃避問題後，微微嘆息：「高中二年級的時候，我和高三的姊姊在同一間補習班補習，妳爸爸是大學土木工程系二年級學生，當年他在補習班打工，當數理小老師，認識四個月之後，我和他開始交往。」

夏夕瑀聽了心口一沉，原來小阿姨在高中時期就和爸爸交往了，那麼她之前說對爸爸沒印象，那些都不是真話了。

「後來，我高中畢業考上大學，妳爸爸大學畢業到營建公司上班，即使分隔兩地，我們的感情還是維繫著……」林若媛面色突然明亮起來，彷彿想起兩人相戀的美好，「直到升上大四的時候，姊姊大學畢業了，她上網看到你爸爸的公司在應徵祕書，就央求他幫她引薦到這家公司工作。」

聽到媽媽進到爸爸的公司工作，眼看小阿姨的臉色突然變得黯淡，夏夕瑀心裡有種不妙的預感。

「當時，我和妳爸爸約定了，等我大學畢業後會先訂婚，沒想到那年的年底，妳爸爸在公司尾牙上被一群同事灌得爛醉，姊姊開車載他回公司宿舍後……」林若媛說到這裡突然打住，眼神流露著淡淡悲傷。

廚房的空氣逐漸冰凝，夏夕瑀不敢繼續接問，雙手緊張地絞著衣角，害怕一出聲會掀起風暴，摧毀兩人之間的平衡。

「姊姊說……」林若媛深深吸了一口氣，緩解重揭往事的錐心痛楚，發現事過十多年後，心裡的傷痕還是沒有完全癒合，「她從高中就暗戀妳爸爸，當機會降臨的時候，她要賭上一回，爲自己爭取一次，即使妳爸爸只是喝醉了，將她錯認成我。」

夏夕瑀聽到這裡，不禁冒出一身冷汗，明白媽媽當年趁著爸爸醉酒，做了傷害小阿姨的事。

「後來姊姊懷孕了，她以肚子裡的孩子不斷逼我放手，逼你爸爸要結婚負責……」林若媛緩緩抬頭望著她，眼神交雜著痛苦和悲傷，「妳外婆一氣之下說要斷絕母女關係，姊姊也毫不妥協就離家出走了。」

一觸及小阿姨眼底的濃濃哀感，夏夕瑀像做錯事的孩子，一邊聽一邊倒退，默默縮進廚房的角落，心裡震驚著：原來當年的媽媽是以肚子裡的她，去逼退小阿姨，拆散她和爸爸的感情。

「最終……妳爸爸不忍心讓她懷著身孕流落在外頭，事態走到這般地步，我只能選擇退讓，但是幾年過去後……得到的不是他過得幸福快樂，而是離婚帶著孩子，又意外過世的消息。」說到這裡，林若媛臉色蒼白，神情恍惚，彷彿快暈厥過去。

兩人沉默了幾秒，夏夕瑀思緒亂成一團，顫著聲音問：「阿姨，妳會恨我媽媽嗎？」

「我恨她沒有好好珍惜你們。」林若媛眼角浮著淚光。

「妳現在還愛著爸爸嗎？」

「我沒辦法忘掉他。」

「妳和鈞澤叔會結婚嗎？」

「我現在沒辦法和他結婚。」

「所以……妳出的七個任務，只是想拖延婚期嗎？」夏夕瑀想起七個任務的由來，正是她起鬨要張鈞澤向林若媛求婚。

林若媛沉默著，微微別開臉，沒有否認。

「現在不想結婚，是因爲我的關係嗎？」

「妳和妳爸爸很像，無論個性、說話、眼神都像，看著妳就覺他還活著。」

「那妳會討厭我嗎？」她也是媽媽的孩子呀，當年要不是懷了她，事情不會走到毫無轉寰的地步。

「妳是彥勤的女兒，因爲我愛他，所以我疼妳，把妳當成親生女兒看待；但是妳同時是姊姊的女兒，因爲我恨她，當然也討厭妳，喜歡妳多深，討厭就有多深。」林若媛微微蹙眉，臉上滿是壓抑的痛楚。

夏夕瑀心口驟然擰痛，雙腿不自覺地顫抖起來。雖然小阿姨說討厭她，但是住在這裡的兩年來，她從來沒有感覺到她有任何的厭惡。

小阿姨一直以無比的愛心和耐心，當她的忠實聽眾，爲她做豐盛的早晚餐，陪她度過國三的壓力期，幫她解答心裡的種種疑惑，撮合了她和閻末風的戀情，甚至在她失手打了姚佳琳時，溫柔地告訴她……夕瑀，妳不用害怕，這件事我會擋著，絕對不會有事的。

愛有多深，恨就有多深，直到現在才知道，原來小阿姨待她那麼好，是以母親的心在愛她，同時壓抑住對媽媽的恨意，心裡承受著相對等的痛苦和煎熬。

如果當時她沒有在這裡住下，小阿姨和鈞澤叔應該早就結婚了，說不定現在過著幸福快樂的日子；偏偏她的出現，讓她在這兩年來，一點一點回憶起父親，加深了思念和執著。

「小阿姨，我代替媽媽跟妳道歉。」夏夕瑀愧疚到想跪下來。

「不要跟我道歉。」林若媛聽了心緒一亂。

「我希望妳和鈞澤叔結婚，爸爸也會希望妳幸福……」

「夠了！不要再說了！」林若媛微怒地打斷她的話，「妳不是我，妳不會了解我的心情。」

「如果我離開，阿姨的心會不會好過一點？」她顫著聲問。

林若媛默默地低下頭。

沒有反駁就是默認了，夏夕瑀顫抖著手拿回收納盒，轉身走出廚房時，一眼對上站在門外的張鈞澤，她微微瞠眼望著他，不知道他聽見多少；張鈞澤面上沒有任何責怪，似乎也在消化剛才聽到的事，一時沒有做出回應。

想到鈞澤叔對小阿姨那麼專情，兩年來也愛烏及屋待她那麼好，夏夕瑪歉然地別開臉，轉身奔回二樓的房間，撲到床上緊緊抱住熊胖。

「熊胖，我該怎麼辦？」她告訴熊胖剛才發生的事，心裡響起熊胖冷靜的質疑：就像爸爸的意外事故一樣，不能只聽單方面的聲音，說不定媽媽有另一番解釋，證明過去存著誤會。

懷抱一絲希望，夏夕瑪拿起手機撥給媽媽，說明發現收納盒和照片之事，求證著：「媽，妳眞的那樣對待小阿姨嗎？」

「沒錯。」電話中，林若雪直接承認，沒有任何閃躲和搪塞，似乎早料到會有這麼一天。

「爲什麼？」

「當年我也愛上妳爸爸，心裡一直忌妒若媛，我進到他的公司工作，每天相處在一起，還是無法走進他的心，後來聽到他們決定訂婚時，我就像入魔一樣，想盡辦法想把他搶過來。」

「既然在一起了，爲什麼又跟爸爸離婚？」夏夕瑪彷彿被雷擊到，肩頭跟著一垮，原來媽媽眞的傷害了小阿姨。

「因爲個性和理念不合，婚後始終溝通不來，磨擦也越來越多，」林若雪不想再隱瞞她，幾乎有問必答，「我和妳爸爸結婚後，若媛一直鬱鬱寡歡，不再接受任何感情，孤零零過了很多年，更在妳爸爸去世時生了一場病，直到那個時候，我才眞正的清醒和後悔。」

「後悔？」

「後悔當初爲什麼要傷害若媛，世事難料，人的生命如此脆弱，如果註定要那麼早走，至少要讓妳爸爸和所愛的人在一起，而不是這麼黯然的離開人世……」說到這裡，林若雪的聲音微微低啞，彷彿在一次次的坦白中，釋放了壓抑許久的愧疚，「這些年，我每次看著妳的臉，內心總是懊悔不已。」

「那我離家住在這裡，媽媽的心情有好點嗎？」夏夕瑀終於明白，原來對媽媽而言，她的存在會讓她想起那段不堪的過往，所以不願跟她談論爸爸，也靜不下心和她溝通。

林若雪沉默著，沒有回答。

「我明白了。」夏夕瑀心痛到不能自抑，掛了電話癱坐在床上，看著林若媛和張鈞澤爲她布置的房間，在她最孤單寂寞的時候，他們給她一個溫暖的家，而她可以回報什麼？

想到林若媛在遭受情傷和愛人去世的打擊後，好不容易有個男人走進她的生命，溫柔呵護她，最後也被她接受，現在卻因爲自己的介入而產生變卦。

十七年前，她的出生阻撓了小阿姨和爸爸的婚姻；十七年後，她又打斷了小阿姨和鈞澤叔的幸福，她的存在始終是個阻礙，在小阿姨得到幸福之前，又有什麼資格擁有幸福？

如果可以補償，她願意爲小阿姨做任何事，那就回歸最初吧，先還給小阿姨一個沒有她干擾的生活。

末風：

關於薛丁格的貓，當觀測者打開盒子時，會決定一隻貓的生死。

那麼人生呢？是誰一次又一次掀開盒蓋，操弄著大家的命運？

我想不懂，必須尋找答案，試著修補一切，所以要和你分開一段時間。

傳完簡訊，夏夕瑀將手機關機放在書桌上，下方壓著一張紙條：

小阿姨：

謝謝妳這些日子的照顧，我喜歡小阿姨、喜歡妳做的飯菜、喜歡和妳聊天、喜歡和妳在一起的每一天。

我祝福小阿姨，未來能幸福快樂。

背起背包抱起熊胖，夏夕瑀下樓來到庭院外，未久，一輛貨車駛來停在門前，她指示司機將她打包好的行李一箱箱搬上車。

「夕瑀！」

夏夕瑀循聲望著路口，闔末風遠遠朝她奔來，似乎是一接到她的簡訊就急忙趕來，才在寒流來襲的低溫裡，連外套都來不及穿。

「到底發生什麼事？」他心慌著，氣喘吁吁跑到她面前。

她一語不發，雙手摟緊熊胖。

「妳想不懂什麼？又要修補什麼？妳告訴我，也許我可以幫妳解決。」他柔聲輕哄，想辦法要留下她，爭取時間和她對話。

夏夕瑀黯然地搖頭，思緒非常混亂，事態關係到大人們的隱私，身爲孩子的她，無法說出父母和小阿姨的情感糾葛，以及自己必須離開的緣由。

「妳和阿姨是不是吵架了？」眼看她一直不答，闔末風開始著急了。

「沒有。」

「妳媽媽叫妳搬回家嗎？」

「不是，是我自己要回家。」

「可以緩個一天再走嗎？」

「不行。」

「可以緩個一小時嗎？」

「眞的不行。」

「分開一段時間，是指分手嗎？」

「不是分手，只是暫時分開。」

「這種說法，不就是慢慢淡了的意思？」他苦笑，心口突然擰痛起來。

「我不是那個意思。」她搖頭強調，卻也解釋不出

「好！」他不想放棄，要她給他一個期限，「分開多久？三天？五天？十天？開學前回來嗎？」

「我……要轉學了。」她垂下臉囁嚅著。

「轉學？妳現在才告訴我？」他語氣變得急促，雙眸帶著震怒。

「是臨時決定的……」

「夏夕瑀！」他冷聲打斷她的話，一手指著貨車上的行李，「妳有那麼多時間打包行李，卻在幾分鐘前用簡訊打發我，這樣叫臨時決定？」

「對不起……」她不知所措地道歉。

闔末風握住她的肩頭，氣急敗壞地說：「妳不要考驗我，也不用敷衍我，我不接受『分開一段

時間』這種模糊說法，既然妳無法保證會回來，我也無法保證會等妳，要就留下來講清楚，不要就直接分手。我最後一次問妳，離開就能解決全部的問題嗎？」

夏夕瑀亂了心，恍惚地點了一下頭。

「眞的好扯，妳讓我覺得……自己是個笨蛋！」閻末風鬆開她，眼眶微微紅了，自嘲地苦笑起來，轉身朝路口走了幾步，忍不住又緩下步伐，發覺她沒有像往常一樣追過來時，才毅然決然加快腳步離去。

傍晚時分，汪承昊從舞蹈教室趕到閻家，直接衝進閻末風的房間，看到他懶懶躺在床上，臉龐上蓋著書本。

「末風，我收到夕瑀的道別簡訊，到底發生什麼事？」汪承昊一把抽開他臉上的書。

「不知道。」閻末風伸手遮擋眼前突亮的燈光。

「夕瑀和林阿姨一定是吵架了，她才會突然離開。」

「哼，吵不吵架是她和阿姨的事，分不分手是我和她的事，她認爲這樣處理最好，那就隨便她吧，我無所謂！」

「你在說什麼瘋話？」汪承昊無法放任事情這般發展，將他從床上用力拉起來，「不行！我們去找林阿姨問個清楚，跟她要夕瑀家的電話……」

「不用！」閻末風揮開他的手，倔然地昂起下巴，「既然她不把我當成男友看待，做什麼事都不解釋清楚，完全我行我素，那我幹麼可憐兮兮地巴著她，搖著尾巴求她給我一個解釋？」

「也許……她的心情很混亂，一時想不到那麼多。」汪承昊不死心地幫她求情。

「承昊，我的要求很簡單，」他咬了咬牙，賭氣地不留妥協的餘地，「她連最基本的信任都無法給我，那未來同樣的問題還會反覆上演，不如現在就直接分手，斷得乾淨。」

汪承昊聽他把話說絕後，愛莫能助地嘆著氣。

閻末風不理他再次倒回床上，這是初次嘗到爲情心痛的滋味，將要窒息似，回想和她在頂樓看月亮的情景，當時以爲兩人的情分還很長，延續五十年都沒有問題，沒想到誓言這麼不堪一擊，緣分說斷就斷，一點徵兆都沒有。

收納盒裡的現實讓夏夕瑀一夜成長，離開了B615星球，將熊胖和空白拼圖封印在紙箱裡，堆到家裡的儲藏室裡，開學後又毅然搬離母親家，住進新學校的宿舍裡。

剛轉學進去，夏夕瑀經常想念閻末風，懷念梅藝高中的生活，她失去食慾，上課也無法專心聽講，下課後總是趴著桌面昏睡，數著自己還要熬過幾節課，心痛才能減輕一點？

「那個轉學生好陰沉啊，開學半個月了，都沒聽她講過幾句話。」

「聽宿舍的學姊說，半夜兩點多看到她站在陽臺上，喃喃念著什麼獵戶座。」

「夢遊嗎？眞可怕……」

同學們竊竊議論著，夏夕瑀恍若未聞，像個遊魂渾渾噩噩過了一個多月，直到班導觀察她的精神和氣色很差，說要找媽媽到學校面談時才驚醒過來。

她強迫自己吃飯，放學後到圖書館借書，用很多的花草圖鑑將自己的腦袋塞滿，滿到沒有一絲空隙讓閻末風的身影擠進來。

日子在晨夜更迭中，推著她一天天前進，把梅藝高中的一切向後拋遠……

大學放榜後，夏夕瑀如願地考進園藝系，經常穿梭學校的農場寫報告，學習景觀和造園設計。課暇時間，花藝的練習和加工變成心靈寄託，她的宿舍窗臺上種滿盆栽，書架上擺著精緻的木頭備忘夾和相框，抽屜裡裝著手作花草書籤、鑰匙圈或木製印章，累積一定的數量後，她會上傳園藝系的粉絲團，吸引不少學生網購。

平時和同學相處也算融洽，除了課堂上的話題之外，她不曾和同學談論家人和過去，說話會稍做思考，避開夏小怪式的思維，始終保持溫溫淡淡的微笑距離，在同學的眼中充滿神祕感。

心房彷彿加了一道閘門，隔離著另一個更真實的自己，覺得寂寞的時候，夏夕瑀會來到宿舍陽臺上望著夜空，大城市的光害相當嚴重，獵戶座腰帶上的三顆星總是模糊不清，更看不見下方的M42大星雲。

一個人想著小阿姨的心情復原了嗎？和鈞澤叔的感情有沒有更好？

也想著遠方的閻末風，此刻是不是同樣望著這片星空，還是早就找到另一個女孩，現在正陪著他一起數星星，這片星空早就沒有她的回憶……

她還記得他在夏日雨後的告白、一起搭著公車上學、一起走在回家路上、一起在陽臺上看星星……籃球場上奔跑的身影、司令臺上的勁舞、看過他笑、看過他生氣、看過他掉淚……

但漸漸地，她忘了抱著他是什麼感覺，也記不起來和他牽手的觸感，接吻的甜蜜滋味也慢慢淡去，他的身影被層層堆疊的時光掩蓋，像打上復古色的柔光，朦朧而唯美。

Chapter 16 十億光年的距離

大學畢業後，夏夕瑀進到一家花坊工作，跟著花藝老師繼續學習，即使休假回媽媽家，也是住個一天就匆匆離開。

工作閒暇之餘，她開始參加民間的花藝競賽，隔年的六月初，在全國新人盃花藝設計大賽上奪下金獎。

頒獎典禮結束後，會場裡的選手和觀眾陸續散場，她獨自走進一樓的咖啡店，點了一杯咖啡坐在角落位置，解下參賽用的名牌和獎盃一起擺在桌面上。

得獎的激動心情逐漸平復，夏夕瑀啜了幾口咖啡，並沒有達到提神的效果，疲倦感逐漸襲來，她索性趴在桌面睡大覺。

畢竟不是躺在床上，雖然全身放鬆睡著了，卻感覺某根神經還緊繃著，隱隱約約聽到咖啡店的音樂聲。

拿下新人盃的金獎，閻末風會幫她打幾分？

和外婆相比，達到五十分了嗎？

如果他在這裡，會不會誇獎她？

夕瑀，恭喜妳，妳眞的很棒……

心念所至，彷彿聽見閻末風的聲音，以很輕很輕的氣音，在她耳邊這般說著，這是做白日夢的好處吧，心裡想的馬上就能實現。

在我的心裡，妳一直是一百分的……

一百分……愛哭包才不會給她那麼高分，這果然是夢，答案才會和現實相反，她更加不想清醒過來，希望可以延續這個白日夢。

這麼多年來，看到妳的生活過得充實，不知道……妳有想過我一次嗎？

意識朦朧間，那抹聲音如幻似眞、忽近忽遠地揪扯她的心，夢境回到分手的那一天，望著閻末風的背影逐漸遠離，她其實很想留下來，很想衝上前拉住他，但是事發突然，她無法思考那麼多，當下只希望小阿姨能重拾幸福，即便自己必須消失在眾人的眼前。

心口持續悶痛著，疼得夏夕瑀再也睡不下去，逼得自己必須清醒過來，中止這種綿長的心痛。

她無力地抬起頭，揉揉酸澀的眼睛，呆了幾分鐘後準備離開，這才發現剛才擺在桌上的參賽名牌不見了。

「我記得剛才放在桌上……」她來回找尋桌面和地上，最後還是一無所獲，想詢問別桌的客人，又覺得這麼唐突的問人，似乎有懷疑別人之嫌，最後還是算了。

奪下新人盃金獎的第三天，夏夕瑀站在店門口幫盆栽澆水。

「夏小怪！」一道低沉的男聲從身後傳來。

好幾年沒聽到這個綽號了，那久違的嗓音攪開沉積心底的塵埃，勾動回憶急速飛掠……

夏夕瑀怔忡地轉過身，眼前站著眉目清朗的帥氣大男孩，上身穿著個性塗鴉T恤，兩手插在寬鬆的袋褲口袋裡，高眺的身材比高中時期精實許多；站在他身邊的長髮文靜女孩，靦腆的笑臉浮著兩朵紅暈，眼神透著不確定，怕她遺忘自己或故意不肯相認。

「承昊、庭媜……」乍見到昔日的同窗好友，夏夕瑀一臉不敢置信。

「夕瑀，我好想妳！」沈庭媜感動得欲哭，張開雙臂撲抱住她。

夏夕瑀緊緊回抱，心情有說不出的複雜，兩人相擁片刻才分開，內心有好多話想說，卻不知道要從何講起。

「喂。」汪承昊雙手按住兩人的頭頂，一左一右輕輕推開，「妳們兩個不要含情脈脈的，陷在兩人世界裡，忘了旁邊還有我。」

「你們怎麼找來的？」夏夕瑀好奇問道。

沈庭媜解釋：「夕瑀，前幾天有個花藝新人盃，我在電視新聞上看到妳，後來上網到新人盃的官網查詢得獎名單，查到妳代表參賽的花店名字，承昊就吵著要來找妳。」

「原來如此。」

「沒良心的夏小怪！要走也不是這樣吧，只用一封簡訊就打發人，會不會太過分？」汪承昊掄起右拳，擺出要揍她的姿勢。

「對不起……」她縮著肩頭道歉。

「夕瑀，妳爲什麼突然轉學？」沈庭媜斂起笑容，提出多年來的疑問。

夏夕瑀微微搖頭，不想回答這個問題。

「妳離開之後，末風有一段時間變得憂鬱，不說不笑的，第一次月考掉到校排第十二名，還被姚佳琳取笑了。」

聽到閻末風分手後的狀況，夏夕瑀心裡覺得抱歉，想起高一時，姚佳琳曾經嘴壞地唱衰兩人會分手，沒想到眞的分手了，她絕對不會放過這個可以取笑閻末風的機會。

「末風考上建築系，妳想見他嗎？」汪承昊試探地問。

「都分手了，還是不見面的好。」她尷尬地皺著眉頭，轉頭掃了四周的路人一眼，擔心閻末風就藏身在某處。

「他沒有來，建築設計是五年制的，他今年才要畢業，這幾天在忙建築系的聯合畢業展。」事實是打電話給閻末風時，問他要不要一起去找夏小怪，他冷冷劈來一句「我沒空」，就掛了電話。

「沒來就好，免得見面尷尬。」夏夕瑀不在意地笑了笑。

「其實高中畢業後，大家都考上不同的大學，不能像高中一樣天天見面，建築系的學生又很忙，系館是二十四小時不熄燈的，每次打電話給末風，聊沒幾句話，他就說連續幾天畫設計圖做模型到天亮，現在很想睡覺，要不是生日或逢年過節會傳個簡訊祝福，還會以為他消失在世界上。」汪承昊哈哈一笑，像在替閻末風解釋什麼。

「夕瑀，要不要一起去看他的畢業展？」沈庭媜問。

「不了。」

「妳還喜歡末風嗎？」看她無動於衷的模樣，汪承昊直接切進重點。

「那麼多年過去，早就忘記喜歡是什麼感覺了。」她淡淡地笑道，頓了一下才問：「他有女朋友了嗎？」

汪承昊和沈庭媜對視一眼，表情有些古怪，欲言又止地說：「這個問題非常好，不過我們被下了封口令，建議妳親自問他。」

封口令……夏夕瑀腦袋空白了幾秒，由此聽來，閻末風也不想讓她知道他的近況吧。

「夕瑀有男友嗎？」沈庭媜關心地問。

「我現在只想專心在花藝上，年底還要挑戰全國盃，要是全國盃入圍了，就可以參加洲際盃。」她自信地抬起下巴，以強大的夢想壓下內心的失落，「那你們兩個呢？是各自有男女朋友？還是在一起了？」

沈庭媜羞赧地垂下頭，汪承昊則大方地摟住她，燦然一笑：「我們高中畢業的暑假開始交往。」

「恭喜呀！」夏夕瑀欣喜地拍手。

「妳不驚訝嗎？」沈庭媜訝異地問。

「以前都沒有發現妳的心意，反而是離開後，慢慢回想過去，才察覺到妳的目光都在追逐承昊，這幾年我心裡常常祈禱，希望妳的願望可以成眞。」

聽到她時常爲自己的戀情祈禱，沈庭媜滿心感激：「夕瑀，這都要感謝妳的牽線，不然我跟承昊是不會有交集的。」

「那也未必，未來的事誰能料到？也許推開下一扇門，就會走進另一個世界，有了不同的際遇。」夏夕瑀心裡滿是感慨，如果當初沒有打開父親的祕密寶盒，她和閻末風也許不會分開。

「夏小怪，妳這麼正經的回答，讓我聽得很不習慣。」汪承昊上下打量她，覺得哪裡奇怪，微微皺起眉頭，「妳的B615星球、熊胖、外星小怪、宇宙、黑洞呢？」

「人總是要成長改變，總不能過了二十歲，還是長不大的樣子吧。」夏夕瑀沒好氣地笑道。

「那樣很獨特、很可愛呀，又沒什麼不好。」

「那樣會造成很多人的困擾和麻煩，你們的世界可以包容一個我，但是我的世界不能只有你們三個人。」

汪承昊和沈庭娸一時無語了，卻也明白她的話沒錯，只是這趟路的目的是要找回當年的夏小怪，沒想到夏夕瑀不再是夏小怪了，心裡一陣惋惜。

「唉，管妳是夏夕瑀還是夏小怪，我們永遠是好朋友！」汪承昊拍著她的肩，頓了一下，突然想起什麼，「對了，妳知道林阿姨結婚的事嗎？」

「欸？」夏夕瑀怔住，微微張大眼睛。

「大二的聖誕節，林阿姨說要請大家吃飯，我們三個人去到她家後，才知道她和鈞澤叔結婚了，不過林阿姨很低調，直接公證，沒有發帖子和宴客。」

「承昊！這是眞的嗎？」夏夕瑀神情亮了起來，驚訝地揪住他的手臂。

「當然，她手上戴著婚戒。」

「那小阿姨看起來幸福嗎？」

「很幸福呀，現在孩子都一歲多了，是個調皮的小男生，長得超像鈞澤叔小時候。」

「小阿姨有孩子了！」夏夕瑀滿面不敢置信，感覺放下多年來壓在心頭上的大石，激動地大笑起來，「謝謝你們告訴我這個消息，我眞的很開心。」

「夕瑀，妳要不要回家看看阿姨？」沈庭娸問。

「不用不用。」她用力搖頭，眼角笑出了淚光，「只要小阿姨能過得幸福，就算一輩子不見面都沒關係，眞的這樣就夠了。」

「果然，妳離開的原因和林阿姨有關。」汪承昊眼神微沉。

「承昊、庭娸，我拜託你們不要去探究原因，也不要告訴小阿姨關於我的任何事，這件事到此爲止，就讓這份幸福一直延續到永遠。」夏夕瑀懇求著，不希望自己的介入，讓小阿姨的人生再一次出現分歧。

「求人之前，妳先答應我一件事。」汪承昊不悅地皺眉，聽她的語氣，好似自己會破壞林若媛的幸福。

「什麼事？」

「我和庭媜回去後，妳不能無緣無故消失。」

「好，我答應你們會保持聯絡。」

沈庭媜掏出記事本和筆，夏夕瑀接過紙筆，乖乖留下自己的聯絡資料。

「對了，庭媜和學長要合開一家花坊，現在正在籌備中，」汪承昊突然眉開眼笑，一臉討好地摟著她的肩，「妳這新人盃的金獎得主，有沒有興趣過來呀？」

「你們是來找我，還是來挖角的？」夏夕瑀雙手環胸質問他。

「當然是來找妳的，只是見到面了，順便挖角。」汪承昊笑道。

「夕瑀，」沈庭媜誠摯地握住她的手，「我和哥哥的手藝比較制式，極需要妳的才能和創意讓花坊更有特色，承接客制化的服務。」

「這……我再考慮一下。」夏夕瑀猶豫著，其實得獎後，她也在思考自己的下一步，沈庭媜的提議讓她相當動心。

半年後，十二月。

金橙色的冬陽斜斜照亮一間綠意盎然的小花坊，玻璃格子門的店面，門前陳列著階梯狀的木製層架，大小盆栽花團錦簇，微風拂過屋簷下的吊盆植物，串串枝條如瀑布般搖曳。

「半杯花茶，半杯八光分的陽光，喝起來……有小時候和爸爸在冬天曬棉被的味道。」站在屋簷下，夏夕瑀雙手捧著馬克杯，陽光灑進杯內閃耀著琥珀色的水光。

回想半年前，汪承昊和沈庭媜找上她，最後決定和沈家兄妹合開花坊，花坊就位在沈父花店的鄰鄉，兩家店在業務上也有往來，沒想到高二轉學後繞了一大圈，又回到同一座城市。

店門內，沈庭媜坐在收銀桌的電腦前，接收完郵件再列印出網路訂單，抬頭望著站在門外的夏夕瑀，冬陽映亮她娟秀的臉龐，一身茶色連衣裙隨風翩動，頸間圍著亞麻圍巾，清新的氣質帶點神祕感，彷彿自森林裡走出來。

「夕瑀，外面雖然有太陽，但風還是冷的，妳不穿外套，小心感冒了。」她柔聲叫喚。

夏夕瑀沒有答話，低頭啜了一口花茶後，抬眸望著葉隙閃著日光的嬰兒淚，串串葉影映在澄澈的眼眸裡。

「夕瑀，妳想在門口罰站一天嗎？」

依然沒反應。

「夏夕瑀！妳鬱悶完了沒？」沈庭媜提高音量，推開椅子站起來，一臉沒好氣地扠腰，「全國盃花藝大賽能晉級到前二十強，這已經非常厲害了，就算沒得獎也沒關係，下次再挑戰嘛。」

夏夕瑀輕輕嘆息，慢悠悠地踱進店內，抽出印表機上的訂購單細看。

「開店的這半年，從籌備到開幕、發傳單打廣告、早上五點起來批花、晚上九點打烊，業績慢慢成長了，妳又連著參加全國盃花藝設計大賽，和聖誕節造景大賽，這樣會不會把自己逼得太緊？」

「我想要進步得快一點。」工作越忙的時候，心裡就越加焦急，覺得不能停頓練習，想要跟上外婆的腳步，至少拿下一次全國盃的冠軍，讓很多人知道她過得很好，一切不用擔心。

「我怕妳忙出病來。」沈庭媜嘆了口氣，拿她沒轍地搖頭，「對了，席克斯的Dennis傳了展場的規劃圖過來。」

夏夕瑀放下茶杯，來到電腦前面坐下，點開其中一封郵件。

席克斯展場設計公司，是一家做展覽和會場布置的設計公司，因應客戶需求會用到盆栽、花束、甚至是小型的園藝造景。

花店剛開幕不久，這家公司的設計師Dennis下單訂了一些花束和盆栽，外送到附近的展覽會館，雙方之後開始配合，只要月初給帳單，月底就會匯款，是個優良的好客戶。

「是『設計師交流之夜』的派對會場布置……」夏夕瑀右手滾動滑鼠，將信件的頁面拉到最後，現出一張電子邀請卡，「庭媜，Dennis也邀請我們參加派對耶！」

「我有看到，感覺是很有趣的派對，可以和很多設計界的前輩交流。」

「要不要一起參加？順便發名片拓展業務。」

「很不巧，那天晚上我和承昊有約，妳代表花坊去吧，順便……」沈庭媜看著電腦裡的邀請卡，眼神突然飄移一下，「跟Dennis道個謝，感謝他在每個月的業績上幫助我們這麼多。」

「也好，半年來只有訂單交流，還沒見過他本人，是該會個面了。」夏夕瑀馬上寫了一封信，回覆接受派對的邀請。

一個星期後，由席克斯主辦的「設計師交流之夜」當天，夏夕瑀、沈庭媜和沈家維從中午開始布置會場，包辦了大廳入口的迎賓花、走道花、餐桌花和舞臺花所有花飾的妝點。

布置工作完成後，夏夕瑀跟飯店借了休息室，梳洗打扮後換上沈庭媜爲她準備的衣裝，望著鏡子裡的自己，及肩的俏麗短髮，一身黑色輕紗小禮服，外搭披肩小外套，氣質甜美迷人，這樣……應該可以融進地球的派對裡吧。

晚上六點半，來賓陸續進場，夏夕瑀沿著長廊來到派對會場，旋過一個轉角，彷彿透過相機的聚焦特效，視線倏地凝聚在一個人身上，四周的喧嘩聲慢慢消失……

迎賓廳中央的歐式高腳杯花盆前，此刻佇立著一道挺拔身影，右手臂掛著大衣，水晶燈在他的黑髮上灑下一圈光影，安靜而俊雅的臉龐，一襲剪裁合身的燕子領黑色襯衫，黑色牛仔褲將雙腿修飾得頎長，明明從頭黑到腳，她卻看見光彩在他身上流動。

闔末風低頭凝視著水盅裡的水中花，左手修長指尖在水面上輕輕一划，漣漪輕泛間，捻起一朵飄浮水面上，夏夕瑀稍早放置進去的藍色小雛菊。

緩緩抬手，將花舉到鼻端前，花的纖美柔和了他的臉廓，若有似無的笑意含在脣邊，那一剎那，一道小小星芒在他左手的無名指上閃爍。

望著那點星芒，夏夕瑀的思緒瞬間抽空，多年來想像過他有了新女友，也想像過未來的某天會在街角相遇，但世事的發展總是出乎意料，讓人措手不及。

闔末風的眼神一緩，若有所思地將雛菊放回水面上，轉身時，她無處可躲，兩人隔著進出的人群四目交會。

距離和他分手的十七歲，地球時間經過了七年，當年的青澀高中生都長大了，他眉宇間的清冷如昔，眼神內斂深沉，讀不出此刻的思緒是喜？還是恨？

沒有任何的表示，闔末風移開和她相連的視線，微昂起下巴走進會場中，將她當成陌生人對待。

望著他傲然離去的背影，夏夕瑀的眼角微微酸澀起來，在她無情地拋下他之後，她怎麼能奢求他會給她一個微笑，美麗了這個重逢畫面？

四周的人聲開始喧嘩，夏夕瑀呆站了好半晌，反覆地深呼吸緩解心痛，又輕輕拍著雙頰，提起精神走進會場裡。

來到門邊的簽到桌前面，她簽好名拿起派對的簡章，站到旁邊翻開第一頁，簡章裡介紹了「設計師交流之夜」的理念，每年的年終會邀請建築、室內設計、裝置藝術、音樂攝影、生活時尚設計……等領域中的創意人，一起分享創作心得。

翻到第二頁，紙面上列出協辦單位和邀請來賓的名單，夏夕瑀由上而下掃了一眼，視線突然定在一個特別的姓氏上——

闍末綸，席克斯展覽設計公司設計總監。

「席克斯……末綸大哥……」她驚訝地睜大眼，一道身影同時遮住前方的燈光，緩緩抬眼，對上闍末風沉靜的臉龐。

「雅蝶花坊的夏小姐。」他遞給她一張名片，態度非常陌生和客套。

夏夕瑀思緒一空，愣愣地接過名片看著，尷尬地問：「你是……席克斯的Dennis？」

「沒錯。」

「爲什麼？」

「同學一場，總是要情義相挺。」他一瞬不瞬看著她的眼，像在挖掘什麼。

「庭媜知道你嗎？」她別開臉迴避他的凝視，和他訂單往來半年，竟然什麼都沒有察覺到。

「庭媜當然知道，畢竟生意上的往來，總是要了解客戶的底細，否則怎麼敢大量交貨？」他頓了一下，脣角揚起淺淺嘲諷，「庭媜做生意很細心，而妳的心思一半不在店裡。」

「你們聯合起來，要看我出糗嗎？」她有點手足無措，不知要如何反應，被他酸得很難堪。開店的這半年，除了日常的工作，她閒暇時的心思全部集中在花藝比賽上，但是花了那麼多的時間練習，兩次比賽卻沒能得獎。

「我和妳是業務上的第一次會面，而庭媜也確實有事，要和承昊的父母聚餐，怎麼說是要讓妳出糗？」他冷然地環抱雙臂，話音不帶情感，「除非妳把私人的感情和工作混在一起。」

「你……」她瞪他。

怎樣？他眉尾一挑斜睨她。

「好，只是業務交流。」她輕咬下脣，壓下心裡被他激起的氣窘。

「請各位來賓就座……」司儀的聲音透過麥克風傳出來，繚繞在大廳裡的音樂聲也跟著靜止，燈光逐漸暗下。

「走吧，找位置坐。」他轉身走向會場中央的一張圓桌。

夏夕瑀跟在他的身後，看著閻末風拉出兩張椅子，逕自在右邊位置坐下，她遲疑了幾秒，才褪下外套坐在他的左側。

派對的上半場邀請幾位設計界的大師分享創作心得，舞臺的布幕投映著大師的設計作品。

閻末風掏出記事本開始做筆記，夏夕瑀坐在他的身側，聽著筆尖畫過紙面的聲音、筆記本的翻頁聲、沉思時來回轉筆的聲響……彷彿回到國三的時光，和他坐在同一間教室上課，他的存在感依然強烈，只要一有所動作，心思馬上被他牽引過去。

心情緩緩沉墜谷底，她垂下眼簾，忍不住看向他置於桌面的左手，無名指上的戒指一眼刺進心臟，痛得她皺起眉頭，從見面到現在，她還是無法接受他已婚的事實。

「身體不舒服嗎？」

他的聲音近在耳邊，夏夕瑀倏地轉頭，近距離對上一雙深幽的黑眸，連忙板起臉說：「沒事，只是布置會場忙了一天，現在有點累了。」

「累了，就趴著休息一下。」

「不用，我撐得住。」她撇頭直視舞臺，拒絕他的關心。

閻末風默默凝視她的側臉，眼神閃過一抹揣測。

如雷的掌聲中，幾位大師的演講結束後，主辦人閻末綸也上臺做總結：「派對的下半場是自由交流時間，大廳後方有自助式的精緻餐點和特調酒品，請大家盡情享用！」

燈光再次亮起，鋼琴的樂音和喧嘩的人聲交融在一起，衣影婆娑間，眾人取餐的取餐，遞名片的遞名片，各自聚成數個小圈子做交流。

夏夕瑀起身走向取餐區，並不是因爲餓了要覓食，而是想要喘一口氣，暫時擺脫和閻末風比鄰而坐的酷刑，來到取餐區前面，剛盛了一盤餐點，三個男子突然拿著酒杯圍住她。

「這位小姐，請問是哪個行業的設計人？」紮著小馬尾的男人開抬搭訕。

「我是花藝設計，」夏夕瑀展露微笑，連忙掏出名片和三人交換，「我和同學經營花坊，營業項目有花束設計、盆栽出租、會場布置……這派對會場的花束，就是我的花坊包辦的。」

「原來如此，這會場布置得很漂亮。」

「配上這些花，派對整個升級變得高尚了。」

不管是不是客套話，夏夕瑀向三人微笑道謝，視線掃過其中兩人的中間空隙，看到閻末風環抱雙臂，站在不遠處冷眼看著自己。她心口緊擰一下，不想被他發現心裡的在意和落寞感，只能繼續保持微笑，熱絡地和三人聊著花藝。

馬尾男子拿來一杯水果調酒，夏夕瑪接過酒杯喝了一口，清甜的酒香和水果香在齒間泛開，正想喝第二口時，突然一道身影走到她身側，挾著一股逼人的銳氣。

「夏小姐，」閻末風輕輕抽走她手裡的酒杯，擱到一邊的餐桌上，「妳來到派對會場，不跟主辦人打個招呼嗎？」

望著他溫雅淺笑的臉，夏夕瑪微微走神了幾秒，心知不跟閻末綸打個照面，情理上說不過去，於是對著三人說：「抱歉，失陪一下。」

那三人看了閻末風一眼，一臉自討沒趣地走開。

並肩和閻末風走了幾步，夏夕瑪低頭看著手裡的餐盤，想像披薩和炸雞的滋味，迴避他的磁場干擾。

「坐下來先吃吧。」他的步伐突然轉向，朝著兩人的餐桌走去。

她困惑地看他的背影，又轉頭望向舞台前的主桌，閻末綸和幾位大師坐在一起，此刻也正在用餐，似乎不是打擾的時刻。

兩人回到餐桌前坐下，夏夕瑪低頭吃著餐盤裡的食物，閻末風沒什麼吃，只是淺嚐紅酒，兩人沉默相對。

「不錯嘛，交際能力變強了。」他輕哼一聲，主動打破沉默。

「在花坊裡打工那麼多年，接觸的客人多了，學到的也多。」她一臉享受，吃得津津有味。

「那倒是，我大學沒有妳那麼活躍，除了上課和打工外，還有那麼多精力四處參加競賽，甚至做手工藝品的網拍。」

夏夕瑪一臉疑惑望著他，不明白他怎麼知道網拍的事，因爲轉學後的生活，她很少跟汪承昊和沈庭媜聊起，幾次問不到答案，他們也就不問了；而閻末風也靜靜看著她，一臉高深莫測的，似乎在等待她的發問。

突然，一陣手機鈴聲打斷兩人的凝視。

閻末風接起手機，聽到來電者的聲音後眼神變得溫柔，壓低聲音回了幾句話後，突然對她說：「妳慢用，我出去一下，馬上回來。」語畢，他起身走向會場大門。

夏夕瑀望著他遠去的背影，隱約有一種直覺，告訴自己應該乖乖坐在原位等他，但是一回過神，她不知不覺起身了，正追著他走出去。

出了會場大門，她站在迎賓廳的欄杆前，低頭望著一樓的大廳，閻末風下了樓梯走到一個女子面前，她手上抱著一個年約一歲的小女孩，那孩子見到他時，突然興奮地伸手討抱抱。

閻末風溫柔地抱過小女孩，在她的額頭上親吻一下，那小女孩笑得燦爛，兩手摟住他的頸項，也在他的臉頰上用力啾了一口。

夏夕瑀思緒一空，望著閻末風一家和樂的畫面，所有的自制全部崩毀，心臟狠狠絞痛起來。

七年之後，她和他已是十億光年的距離，像天上的星光一樣遙遠。

Chapter 17 純白十七歲

夏夕瑀非常後悔跟了出來，畢竟從見面到現在，她不主動開口說話，不問他這幾年的生活狀況，也不想了解他爲什麼這麼早婚，因爲國高中的舊回憶太難忘了，她不想再自尋煩惱，添進任何和他有關的新回憶，夜深人靜時苦了自己。

像一縷遊魂飄回派對裡，她拿起一杯調酒，找事情讓自己忙碌，看到哪裡有人聚集，就過去敬酒攀談，交換名片幫花坊打廣告，讓腦袋裡充滿人聲笑語，強壓下剛才看到的幸福畫面，幾次瞥到閻末風站在不遠處瞪她，臉色一次比一次凝重，眉頭幾乎打結。

繞了場內一大圈後，微醺的醉意驅散她心情的鬱悶，步伐開始輕盈時，突然一隻手攫住她的左手臂，穩住她走路微微歪斜的身子。

「夕瑀，妳喝太多，該適可而止了。」閻末風清冷的聲音在頭頂命令著。

「Dennis……」夏夕瑀扶著他的手臂，仰起頭衝著他直笑，「庭媜交代我要跟你說謝謝……我還沒跟你敬到酒。」

「我不想和妳敬酒。」看著她雙頰醺紅的笑臉，他微怒地抽走她手裡的酒杯。

「那我……要怎麼跟你表示謝意？」

「我不需要妳的道謝。」

「不行不行，」像無數醉酒的人一樣，她也變得豪氣萬千，隨便對方開條件，「我不想欠你的人情……你說個方式嘛，讓我向你道個謝。」

「好，」他抓著她的話尾，輕輕摟住她的腰，低頭在她耳邊說：「那就說實話，七年前那樣離開，妳有沒有後悔過？」

「你說過……我們只談公事，沒有私人的感情。」夏夕瑀拒絕回答，搖著頭掙開他的雙臂，輕聲笑了起來，「晚安了，你留下來繼續玩，我要回家睡覺。」

閻末風的面容覆上寒霜，雙眸帶著惱怒，一眼不眨地看著她回到座位，穿起小外套走出派對大門。

十二月的天氣相當寒冷，夏夕瑀離開派對會場後，一個人走在黑夜籠罩的人行道上，酒精麻痺了她的思考和知覺，陣陣寒風颳過她衣衫單薄的身子，也絲毫不覺得冷。

走了一百多公尺後，水果調酒的後勁完全發作，腦袋也越來越暈眩，她無力地在人行道的花台上坐下，再也沒有力氣起身。意識朦朧間，感覺身體被一件溫暖大衣包覆住，一隻大手溫柔地拍住她的髮頂。

「酒量這麼差，還敢學人交際拚酒。」

夏夕瑀思考慢了幾秒，意識到那是閻末風的聲音時，低垂的臉被一雙大手捧起，她用力撐開眼皮，矇矓的視界裡，看見一張眉頭深鎖的臉孔。

「愛哭包……」她低喃。

「夕瑀。」聽見睽違七年的叫喚，閻末風的眼神閃過一絲激動，「其實大三的時候，阿姨她……」

「噓，你回家後……」她揚起微笑，伸指輕點住他的脣，「不要跟小阿姨提到……和我見面的事，我叫庭媜和承昊……也不許講。」

「為什麼不能講？」

「沒有為什麼啊……因為我喜歡玩捉迷藏。」

「為什麼要玩捉迷藏？」

「因為回不去B615星球了，所以只能玩捉迷藏……」

「夏小怪，妳和誰玩捉迷藏？」

「和小阿姨，和媽媽……」

「被發現會怎樣？」

「被發現後……大家會不幸福。」沉重的睏意襲來，她再也撐不住，輕輕閉上眼睛，感覺身體被人一把抱起來，沉進一縷曾經熟悉的氣息裡。

恍恍惚惚，夏夕瑀張開雙臂飛向綴滿星光的夜空，想跳躍到宇宙的遠處，跨越七光年的距離，再看一次十七歲的闔末風，對她淺淺微笑說「我喜歡妳」的影子。

夢境帶著她跨越七光年的距離，攔截到七年前的光影，降落在闔家的頂樓陽臺上，一輪滿月高掛在天頂，她和他還是十七歲的模樣，肩並肩聊著月亮上有沒有外星人的基地。

「夕瑀，我喜歡妳。」闔末風沐浴在皎潔的月光中，俊秀臉龐帶著淺淺笑意。

夏夕瑀的心隱隱作痛著，雙手貼住他的臉頰，捉住他說喜歡她的微笑。

「妳現在還喜歡我嗎？」他又問。

「不知道……我想不起來和你牽手的感覺，還有抱著你的感覺、吻著你的感覺……統統想不起來……」話剛說完，闔末風的笑臉逐漸透明，她伸手想挽回他。

朦朧中，一隻大手握住她的手，和她十指緊緊交扣住，身子接著被鎖進一堵溫暖胸懷裡，紅酒的氣息纏上她的唇，疼惜而不捨地深情吮吻，壓不住愛戀般輕輕啃咬，逼她回憶過去的甜蜜……

這一醉，夏夕瑀睡到隔天早上十點多，酒醒後整顆頭痛到快爆炸，躺在床上不斷呻吟。

「妳昨晚到底喝了幾杯酒？」沈庭媜坐在床緣看著她。

「記不得了，那調酒像果汁一樣香香甜甜的，大家都在喝，感覺上應該不會醉呀。」她右手摀住眼睛，遮擋刺目的燈光。

「就是香香甜甜的，才會越喝越多，醉了都不知道，等妳發現時就準備躺下吧。」

「我知道了……對了，我是怎麼回來的？」夏夕瑀忍著頭痛，搜尋昨夜的記憶，印象中走出派對大門後，眼前的影像越來越模糊，全身越來越無力，然後……有人在跟她說話，聲音是閻末風，但是她記不起來兩人說了什麼。

「是末風送妳回來的。」

「庭媜，妳一直知道Dennis就是末風？」

「對不起，因爲妳不喜歡聊末風，也不喜歡提過去的事，所以我就沒說了。」沈庭媜歉然地解釋。

「這不是妳的錯，是我對花坊的事務不用心。」

「夕瑀，妳知道末風他……」

「知道，他結婚了。」夏夕瑀打斷她的話，一手按著太陽穴，「我再躺一下，晚點再下樓。」

「好吧，妳好好休息。」見她不想談，沈庭媜心裡暗嘆一聲，起身走出房間。

天氣非常寒冷，被窩很暖，這一躺又賴床到中午，洗了個熱水澡後，夏夕瑀來到一樓的店面，花坊裡不見沈庭媜的身影，只見汪承昊坐在電腦前看街舞的比賽影片，他大學畢業後在一家軟體工作室寫程式，假日也在舞道會館當老師，偶而充當免費的花坊店員。

「承昊，庭媜呢？」她疑惑地問。

「隔壁巷子的奶奶，叫庭媜幫她的花換盆，」汪承昊關掉電腦裡的視窗，指著桌上的一盒炸雞，「妳吃過午餐了嗎？」

「還沒。」

「我買了炸雞和薯條，一起吃吧。」

「謝謝。」她走到桌邊，掀開盒蓋。

「冬天吃炸雞，配點小酒最好。」

「我不要喝酒了，因爲昨晚……」

「我知道，」汪承昊拿出一瓶葡萄酒和兩只玻璃杯，打開瓶蓋，在她的杯子裡斟了半杯酒，「末風告訴我，他在妳醉酒的時候，遇見百分百的夏小怪。」

「難道你……你想灌醉我？」夏夕瑀傻了幾秒，開始擔心自己昨晚喝醉時，是不是發酒瘋跟閻末風胡言亂語了什麼？

「我想念夏小怪。」他滿臉認眞，拿起自己的酒杯啜飲一口。

「夏小怪就是我。」

汪承昊不予置評地扯了一下脣角。

「你無聊！看我發酒瘋很有趣嗎？」那模樣讓夏夕瑀的心一縮，完全笑不出來。

突然，門口傳來輕微的聲響，兩人轉頭瞧去，沈庭媜站在大門邊靜靜望著兩人，氣氛突然變得古怪。

夏夕瑪尷尬地笑了笑：「昨晚派對的晚餐還沒消化完，你和庭嫃一起吃吧，我出去買杯咖啡提提神。」

散步到超商，點了一杯咖啡坐在玻璃窗前，回想高中四個人在一起時，她的心思全部集中在閻末風身上，單純的把汪承昊和沈庭嫃當做好朋友。

直到和沈庭嫃籌備花坊的時候，汪承昊幫忙做了網路購花的網頁，她發現他的隨身碟掛著她以前送他的壓花吊飾，重新檢視四個人的回憶時，才看到一些小端倪，察覺自己的遲鈍。

她擔心自己的存在，會不會像當年在小阿姨家一樣，干擾到沈庭嫃和汪承昊的感情，不知不覺開始保持距離，迴避汪承昊的一切關心。

幾天後，冰寒的細雨下了一整天，屋簷的水滴一顆顆打在花坊門口的水盅裡。

夏夕瑪和一個女孩站在花架前，講解仙人掌的照顧方式：「像現在冬天常常下雨，妳可以用保特瓶或布丁杯，在上面打幾個透氣孔，蓋在盆栽上面，這樣可以遮雨避免爛根。」

講解完，那女孩提著一盆仙人掌，滿臉微笑撐起雨傘走進雨中，前行不遠，和一道徐徐走來的頎長身影擦身而過。

夏夕瑪微微失神怔在原地，看著閻末風頂著斜飄的細雨，緩步走到她面前。

「專程迎接？」他似笑非笑看著她。

「才不是，是送客。」她收回心神，轉身走進店內。

閻末風跟在她的後頭，將公事包和一袋咖啡擱在工作桌上，輕輕撥去頭髮上的雨珠。

「末風，你怎麼會來？」沈庭嫃放下包裝中的單枝玫瑰，一臉驚喜地迎向他。

「年底展覽多，剛才去展館看場地，就順路過來了。」

「天氣這麼冷還淋雨，小心感冒。」

「車停很近，一手公事包，一手咖啡，就懶得拿傘了。」閻末風褪下大衣披在椅背上，從紙袋裡拿出熱咖啡遞給兩人。

夏夕瑀默默接過咖啡，心裡覺得困擾，喝了咖啡之後，和他的回憶又會增加一筆吧。

就在此刻，兩位女客人走進店內：「老闆，我們來拿新娘捧花。」

「是黃小姐嗎？」沈庭嫃微笑詢問。

「是。」

沈庭嫃從層架上取來一個長型紙箱，擺在工作桌上，掀開盒蓋讓兩人確認裡面的花束。

「啊，好漂亮！」看著盒裡由白牡丹、白玫瑰再點綴粉桔梗和小綠果的白色系新娘捧花，待嫁的女孩一臉驚喜和感動，「我好喜歡喔，這麼美的花束會讓我捨不得丟出去。」

「這是金獎花藝設計師設計的。」沈庭嫃向客人介紹。

「難怪花束的整體感超美的！」

聽到客人和沈庭嫃的稱讚，夏夕瑀微赧地低下臉，等到客人離開後，她忍不住澄清現狀：「庭嫃，那只是新人盃，我後面的比賽都沒有得獎，稱不上是金獎設計師。」

「對我來說，能拿到新人盃的金獎是不容易的，妳願意當駐店花藝設計師，這是我的榮幸。」沈庭嫃一臉肯定地拍著她的肩，「再者拿過新人獎後，妳的對手都是成名的花藝設計師和老師，難度自然會上升。」

閻末風拿著咖啡斜倚在牆上，淡淡插話：「新人盃的第二輪是神祕箱，花材在比賽開始時，打開箱子才能知道，參賽者要在限時三十分鐘內，用箱內的花材綁出一束捧花，考驗臨場創意和速度反應，如果沒有實力，又怎麼能擊敗眾人拿下金獎？」

夏夕瑀一愣，滿眼疑惑地望著閻末風。他怎麼知道新人盃的賽程？

「金獎設計師，幫我設計一束花吧。」閻末風走到她面前，一臉神祕地勾起唇角。

「請問客人，什麼用途？什麼花材？多少價格？」夏夕瑀回給他一個完美的待客微笑，心裡卻在抗拒他的接近，這帶點挑釁的語氣，是要考驗她的技術嗎？

「用途，當然是送給我深愛的人。」閻末風直視著她的眼，「花材隨妳配，妳在派對上堅持要跟我道謝，價格就等於妳的誠意。」

這是故意對她炫耀，報復她的離棄嗎？

「請稍候一下。」夏夕瑀臉上的笑容不變，微微咬牙忍住心痛，俐落地抽出包裝紙和印花襯紙平鋪在工作桌上，再數出九十九朵紅玫瑰，一朵一朵地微調出半弧面的花型，接著在整束玫瑰的周邊綴上一圈滿天星。

在綁花的過程中，強烈感覺到一束目光緊緊攫著自己，夏夕瑀微微抬眼，看到閻末風兩手交握斜靠著收銀桌，右手指尖輕撫左手無名指上的戒指，腦海浮現派對一樓抱著孩子的女孩，現在綁的這束花，肯定是要送給她的吧！

擱下塑好花型的花束，夏夕瑀拿起剪刀裁剪包裝紙，一股濃濃的酸意湧上心頭，發現自己在忌妒時，突然失神了一下，感覺剪刀同時擦過左手食指的指尖。冰冷空氣讓手指的知覺遲頓，當下也沒什麼異感，只是想儘快完成這束花，將包裝紙一層層加在玫瑰花束上。

閻末風突然走來，一把扣住她的左手：「夕瑀，妳的手受傷了。」

這下子糗了……夏夕瑀眨了眨眼，從工作的催眠狀態中清醒，定睛看著左手，發現食指被剪掉一小塊表皮，雖然傷口不大，但是鮮血不斷湧出來，將工作桌和包裝紙染上怵目的腥紅。

「末風，你幫夕瑀上藥，我來整理桌子。」沈庭媜拿出醫藥箱遞給閻末風，接著抓起抹布擦拭桌面的血跡。

夏夕瑀在椅子上坐下，愣愣看著閻末風握住她的手，幫她止血、消毒和上藥，想起國中在理化實驗室誤觸到氫氧化鈉時，他握著她的手在水龍頭下沖水的情景，這掌心的溫柔又讓她渴望起他的凝視。

彷彿感應到她的目光，閻末風突然抬頭看她，兩人四目交接，夏夕瑀再一次怦然心動，淡淡憂傷在眼裡瀰漫開來。

寄情於花藝，讓自己保持忙碌狀態，是爲了減輕分手後的心痛，淡化和閻末風交往的回憶，她以爲七年的時光已經稀釋掉心裡的愛意，沒想到他的一記眼神，就把她的努力全部推翻。

「很痛嗎？」他嗓音溫柔，臉上帶著淺淺笑意。

她搖搖頭低下臉，看著他握著自己的手，無名指上的婚戒閃著刺目星芒。

閻末風眼神逐漸泛柔，帶著一點妥協，以漫不經心的語氣說：「其實……我要妳綁的那束花，是要送給……」

「我們早就分手了，你後來喜歡上誰，那束花想送誰，這些都和我無關，也不用跟我解釋。」她用力抽開被他緊握的手，這一刻終於明白，有些人分手後還可以當朋友；而她是屬於分手後，連朋友關係都不能擁有的那種人。

閻末風緩緩站起來，柔煦的眼神再度降下冰雪；安靜站在一旁的沈庭媜，聽到夏夕瑀的回話時，面色變得緊張。

「你們三個圍在一起玩什麼？」汪承昊拿著雨傘自店外走進來。

「承昊，下班了，」沈庭媜滿面欣喜，彷彿看到救星，「夕瑀剛才剪到手指，末風在幫她止血包紮。」

「傷得怎麼樣？」汪承昊一臉關心走到夏夕瑀身邊，看到她左手食指纏著繃帶時，忍不住挖苦：「夕瑀，妳是餓壞了嗎？剛才在想什麼食物？」

「我在想……我該離開了。」夏夕瑀的眼神黯下。

此話一出，三個人同時愣住。汪承昊轉頭望著閻末風，發現他的面色不對勁，一時不知兩人發生什麼事，急問道：「妳爲什麼要離開？」

「因爲幾場比賽下來，我覺得自己的實力不足，如果繼續待在這裡，承接簡單的花束和小型展場，我的進步會變得緩慢，甚至停頓下來。」看到沈庭媜歉然垂下臉，她自己也不敢相信，怎麼會說出這麼冷血和傷人的話。

「比賽眞的那麼重要嗎？」

「承昊，你以前參加過那麼多次街舞競賽，爲的又是什麼？」

「我懂妳想追逐夢想的心情，」汪承昊想起當年勇於挑戰的心，他想超越和證明自己，想贏得掌聲和注視，讓青春過得精彩，「不過奪得比賽的金獎，是妳心裡最想要的東西嗎？」

「沒錯，」夏夕瑀的心跳漏了一拍，像講了謊話，「我想去名家設計師的花坊工作，學習更大場的花藝空間設計。」

「夕瑀，可是末風他……」沈庭媜急著想解釋什麼。

「庭媜，別說了。」閻末風打斷她的話，傲然地昂起下巴，不在乎地說：「我有建築師的執照要考，只是趁著準備考試的期間，來哥哥的公司學習展場設計，農曆年後，我會回到建築師事務所工作，席克斯將有新的設計師和妳們交接。」

聽到他要離職，夏夕瑀心裡感到震驚，隨後又想，展場設計不是他的專科，未來如果不走這條路，的確不該浪費時間在這裡。

「承昊說妳改變很多，親眼見到妳之後，果真像一朵玫瑰那麼美麗，不再是獨特的小綠果，就像天上的星星掉到凡間，失去以前的光芒，變成普通又平凡的女孩。」閻末風嘲諷地笑了笑，冷絕的眼神透著不再回頭的決意，拿起大衣和公事包走出花坊大門。

「庭媜，把店門關了。」汪承昊望著閻末風的背影，苦惱地搔著後腦。

沈庭媜馬上關起店門，掛上打烊的牌子。

他來回踱步，輕輕嘆著氣：「夕瑀，看到妳成長了，變成一個有理想有衝勁，幾乎和親友隔離的工作狂時，除了替妳感到高興外，心裡也覺得遺憾。」

遺憾？夏夕瑀不解地望著他。

「我問妳，拿金獎是夏小怪的希望嗎？」

「我就是夏小怪，這就是我的希望。」

「妳不完全是夏小怪，」他轉頭詢問沈庭媜，「妳覺得呢？」

「夕瑀和以前不一樣，對朋友的態度帶著疏離和冷漠，對周遭的其他事物也無感，眼裡只有花草，有時候覺得……妳是不是把心丟了？」沈庭媜道出半年來和她相處的感覺。

夏夕瑀臉色微微一變，會造成疏離的原因，是不想介入太多，影響到他人的命運。

「也許……這才是夏夕瑀真正的個性，」汪承昊走到她面前，彎身望著她的眼睛，「但是妳有沒有替心裡的夏小怪想過，我們三個人的友情是和她建立的，她希望和我們這樣結束嗎？」

「心裡的夏小怪？」她不解。

「沒錯，那個舉止說話怪裡怪氣，對朋友非常真誠和重視，在妳父親去世的時候，把所有痛苦推給她承擔，現在卻被妳封鎖在心裡，完全不能見人的夏小怪。」

「我不懂你的意思……」

「夏小怪的口頭禪是：『即使全世界的人不喜歡我，我也會喜歡自己』，但是現在的妳有喜歡自己嗎？如果妳還是夏小怪，這是妳想要的結束方式嗎？」

夏夕瑀回答不出來，如果喜歡自己，又爲何疏離朋友？

「妳自己好好想想，要走就走，要留就留。」汪承昊看她眼神有所動搖，接著下令：「庭媜，放夕瑀一個星期的假，一朵花、一片葉子都不許給她。」

夏夕瑀默默回到二樓房間，工作了一天，身體覺得疲累，第一晚很快就睡著了。

第二天醒來，不能澆水不能碰花，一個人躺在床上望著天花板發呆，偶而看著包著紗布的指頭，每看一次，腦海就閃過闇末風的臉，爲了逃開他的干擾，她外出逛街，找事情讓自己忙碌。

連續兩天無所事事地閒逛，時間的流速彷彿變慢，寂寞自四面八方襲來，三餐開始沒有滋味，咖啡越喝心情越苦。

夏小怪眞正想要的是什麼？

第三天夜裡，夏夕瑀輾轉難眠，找不到這個問題的答案，直到半夜三點，她突然想起什麼，翻身下床，從床底下拖出一個紙箱。撕開封箱膠帶，猶豫了一下才打開箱蓋，看著抱著空白拼圖坐在箱裡的熊胖，心情既感傷又激動。

她取出拼圖擺在桌上，再抱起熊胖緊緊擁在懷裡，彷彿感應到熊胖的抱怨，她輕聲道著歉：

「熊胖，好久不見……對不起、對不起……當然有想你，很想很想……丟你一個在這裡，你一定很寂寞吧？」

夏夕瑀輕撫熊胖的頭，抱著它窩進棉被裡，和它說著這些年的近況。那晚做了一場夢，夢回到B615星球，她抱著熊胖和爸爸坐在開滿花朵的草原上，一起吹著涼風看星星。

「夕瑀最喜歡的人是誰？」爸爸微笑問。

「我最喜歡的人是爸爸。」她回答。

「再來呢？」

「再來是愛哭包，我想和愛哭包永遠永遠在一起。」

「那爸爸呢？」

「爸爸永遠永遠住在我的心裡。」

看著爸爸的笑臉，夏夕瑀的心臟彷彿被人掐住，整個人突然痛醒過來，環顧四周，微暖的冬陽照亮整間房間。她轉頭看著桌上的空白拼圖，突然想起薛丁格的貓，當年打開爸爸的祕密寶盒，開啓了她和閻末風分手的世界，說不定現在打開這盒拼圖，又會開啓另一個世界。

她下床坐到書桌前，拿出小刀割開盒縫的膠帶，打開盒蓋一看，裡面放著一個漂亮的印花袋，再解開袋子的繫繩，將全部的拼圖倒在桌面上。

拿起一片拼圖細看，發現拼圖不像閻末風說的純白，表面有淡黃色的小細點，不是水彩顏料，而是一種膠質的塗料，再拿起另一片拼圖，也發現相同的細點，差別在細點的數量有多有少、有大有小，似乎是人爲點上去的。

心裡閃過一道揣測，夏夕瑀依照拼圖片的形狀做分類，先拼最容易找尋的邊框，因爲表面沒有圖案，她只能一片一片試，當拼圖片有四個凸角時，四個角都要試拼一次，一個小時下來，前後試了數百次，只拼對三片，終於體驗到閻末風說的掉進地獄的感覺。

接下來幾天，夏夕瑀廢寢忘食和空白拼圖奮戰，一邊拼一邊想著閻末風，從初見他的冬雨早晨、轉學到梅藝國中數理班、理化實驗室的初吻……升上高中一起搭車上學、雨後告白成爲情侶、一起在頂樓看月亮……他的溫柔、他的擁抱、他的輕吻……

隨著拼圖的進度增加，一點一點拼回她對他的最初感情，直到第六天的午後，拼完最後一塊拼圖，夏夕瑀拉上窗簾關掉電燈，走到桌邊一瞧，拼圖上的黃點在黑暗中發著螢光，像散布在夜空中的星星，點點星光組成一朵玫瑰的圖案。

原來十七歲的閻末風，當年以夜光漆在空白拼圖上，點下玫瑰星雲的圖案，對她傳達「我愛妳」的心意。

「末風……」夏夕瑀感動得掉下眼淚，同時也笑了起來，她伸手撫著圖面，想起閻末風送她拼圖的月夜，她和他約定好要永遠在一起，當時那顆純眞的心，什麼時候變得複雜和懦弱？

拭去眼角的淚水，她拿起手機打給汪承昊，接通後輕喚一聲：「班長。」

汪承昊呆了幾秒，不敢置信地叫道：「夏小怪？」

「我全部想起來了，我最想要的不是金獎，是和愛哭包永遠在一起，跟你和庭媜當一輩子的好朋友。」

「我們一直在這裡，只是妳走遠了。」他的語氣激動。

「謝謝你們等我。」夏夕瑀心裡感動不已，「我想去找末風，這麼多年來，還欠他一個完整的解釋，我不希望五年或十年之後，再來後悔現在什麼都沒有做。」

「他現在不在家，也不在公司喔。」

「他在哪裡？」

「他在一個離星星很近的地方。」

「那裡是哪裡？」

「妳衣服穿暖一點，等一下我開車去接妳，帶妳殺去找他！」堅定的語氣，彷彿要帶她上戰場。

「好。」

夏夕瑀穿上外套抱著熊胖下樓，等待未久，汪承昊開車載著沈庭媜來接她。

看到她帶著熊胖出場，臉上笑意盈盈，汪承昊拍住她的頭，望著她明亮有神的眼睛，噗哧笑出：「這才是我的夏小怪呀！成長沒有錯，我們會戴上不同的面具去適應社會，但是妳絕對不能丟棄最真的自我。」

「這樣子……」夏夕瑀低頭一笑，「我會像以前一樣，瘋瘋顛顛又神經神經的。」

「這哪有關係，我們永遠不會嫌棄妳。」

「我也是。」沈庭媜同感地點頭，望著她蒼白的臉色，眼睛佈著淡淡血絲，「夕瑀，妳的氣色好差。」

「這星期沒有睡好。」

「我們要去突襲末風的地方很遠，妳先睡一下，到了再叫妳。」汪承昊說。

「好。」夏夕瑀愛睏地揉揉眼睛，抱著熊胖坐進後座。

不管會不會太遲，不管還有沒有機會，重要的是她不該再逃避了，要把全部的事情解釋清楚，不要留下任何的遺憾，然後抬起頭往前走。

終章 意外之吻

夏夕瑀睡了一覺醒來，轎車正行駛在彎彎曲曲的山道上，車窗外面一片漆黑，看不見周圍的景象，從駕駛座的擋風玻璃望出去，前方道路被大霧覆蓋，能見度不到五十公尺。

「好濃的霧。」車內放著暖氣，夏夕瑀伸指刮了一下車窗，上頭結著一層水氣。

「這不是霧，是雲層。」汪承昊微笑道，自後照鏡裡看了她一眼。

「雲層？」

「要穿過雲層，再接近星星一些，才能找到末風呀。」

「難怪車子好像飄浮在黑暗裡，像要載著我們前往未知的神祕世界。」

「說不定會開到宇宙的星河裡。」

「好啊！我要去遊星河。」

「那妳坐穩了，我要加足馬力……」

「你們兩個在山裡這樣講，感覺好恐怖喔，」聽到兩人開始練瘋話，沈庭媜完全哭笑不得，「我覺得困在雲霧裡的感覺很不安，右手邊還是萬丈深谷欸。」

「好啦，安全至上，我專心開車。」汪承昊安撫地輕拍她的手。

轎車沿著蜿蜒的山路行駛，地勢越爬越高，夏夕瑀抱著熊胖望著窗外，隨著繚繞四周的雲霧逐漸散去，星空也越來越清晰，旋過幾道髮夾彎後，一座「太魯閣國家公園」的界碑在旁邊閃過。

「太魯閣？我們在花蓮嗎？」她疑惑地問，方向感突然錯亂。

「錯！我們在合歡山。」汪承昊笑道。

「合歡山有太魯閣國家公園？」

「這是西邊的界標。」

「原來如此。」

過了界碑前行不遠，轎車停在一座停車場的入口旁，汪承昊熄了火開著大燈，推開車門走到車頭前，全身被一股冰寒空氣包圍住，不禁打了個寒顫：「哇靠！第一次在冬天上山，沒想到這麼冷！」

「這溫度應該零下了吧。」沈庭媜隨後下車，偎到他的身側取暖。

「好冷！我和熊胖也是第一次上合歡山。」夏夕瑀抱著熊胖鑽出車外，同樣被低溫急凍住。

三個人對冬季的合歡山完全沒概念，這趟路又是匆促決定的，以爲比平地多加個兩件衣服就足夠了，沒想到高山上的低溫出乎意料，是直接將整個人冰凝住，身上的衣物不能完全禦寒。

「夕瑀，這是昆陽休息站，」汪承昊指著停車場裡面，「出發前我和末風確認過，他今晚會在這裡過夜，妳只要朝著大筒望遠鏡的方向找，就能找到他。」

「望遠鏡？」她一臉驚訝。

「妳忘記他的興趣了嗎？」

「當然沒忘，他是一個人嗎？」她擔心遇到他的妻小，這樣話就難講了。

「妳自己去確認，親口去問他，」汪承昊神祕一笑，輕拍著她的肩，「我只能告訴妳，七年前我們都還天眞單純，末風對妳是全心付出的，不曾保留一點愛來迴避傷害，而妳什麼都不解釋的離開，眞的重傷了他的心。」

「我會好好的跟他道歉，把全部的事情解釋清楚。」夏夕瑀堅決地說。

「妳上星期突然吵著離職，他應該還在氣頭上，可能拉不下臉講和。」

「我會堅持！」

「夕瑀，我祝妳好運。」沈庭媜溫柔地擁抱她，給予誠摯的祝福。

夏夕瑀摟緊熊胖取暖，在兩人的目送下走進昆陽休息站，藉著轎車的車燈探照，隱約看見停車場左側有一排小吃攤，但現在沒有營業，中央是一棟三角屋頂的白色房屋，似乎是遊客中心，或許不是假日，加上沒有下雪，整座休息站空盪盪的，一輛車都沒有。

來到屋子前，車燈的光線變得微弱，她拿出手機開啓手電筒功能，環顧四周，並沒有看到望遠鏡的影子，再繞到遊客中心的後面，隱約看到屋簷下停著兩輛轎車，轎車前方架著兩台單筒天文望遠鏡。

海拔三千多公尺的氣溫非常冰寒，夏夕瑀的身體微微發顫，外套完全穿不暖，貼在身上也是冰冷冷，臉上彷彿戴著一層冰面具，隨便動個表情，臉皮就像要裂開似，空氣也比平地稀薄，一吸進鼻腔裡，肺部整個都刺痛起來。

她朝著第一架望遠鏡走近，手電筒一掃，看到主人是個中年胖大叔，再走向第二架，這次是個瘦削大叔，在她手電筒掃過望遠鏡時，整個人從椅子上跳起來，低罵一聲：「小姐！妳幹麼亂照，我拍了一個小時的心血都被妳毀了。」

「對不起、對不起……」她連聲道歉，加快腳步朝前方走去，一陣冰冷山風吹痛她的頭，凍僵的雙腿有些走不動，終於發現一架孤零零立在山崖邊的望遠鏡。

心跳微微加速，夏夕瑀拿著手機走向那架望遠鏡，隱約看見望遠鏡的後方停著一輛休旅車，後車門向上掀開著，一道人影悠閒地坐在躺椅上，側臉被旁邊桌上的筆電螢幕光微微映亮，望著那抹剪影，她就是有一種直覺的篤定。

闕末風察覺到有人走近，轉頭發現她時輕愣一下，又冷漠地轉頭看著筆電，當她是過路的遊客。

「末風……」她心裡一急，突然感覺身體極不舒服，像吸不到氧氣，呼吸變得急促起來，心臟跳得特別用力，一下又一下撞疼胸口，渾身無力到想躺在地上。

「夕瑀，妳怎麼了？」急促的腳步聲奔來，一雙手臂扶住她搖搖欲倒的身子。

「我覺得呼吸困難、心臟好痛……好想吐……」她喘息著，無力地倒進闍末風的懷裡。

「急性高山症。」他眼神一沉，將她打橫抱起來，快步走回座車。

夏夕瑀被他抱進後車廂，微微垂頭靠著側邊坐著，一股想睡覺的疲倦感襲來；闍末風打開車廂小燈，摸著她冰冷的手，又輕輕挑起她的下巴，檢視她異常蒼白的臉，泛紫的唇色正是缺氧症狀。

「衣服穿得這麼少，妳怎麼上來的？」他低聲問。

「承昊……載我上來的……」她輕輕喘氣，連說話都沒有力氣。

「他人呢？」

「他和庭媜……去清境過夜……明天早上再過來……」

闍末風的眼神帶著震怒，迅速拿出毛毯緊緊裹住她的身體，將煤油暖爐架到車邊，再拿出攜帶型的小氧氣罐，裝上吸氣罩後罩住她的口鼻，按了一下開關，說道：「深呼吸三秒，停留五秒。」

夏夕瑀深呼吸一次，聞到一縷薄荷的清香，抬頭和他對視一眼，又羞窘地垂下頭，約莫過了十分鐘，補充了氧氣後，隨著身體逐漸暖和起來，她的呼吸和心跳慢慢恢復正常，頭痛和噁心的不適感也減輕許多。

「謝謝，我好多了。」她小聲道謝，剛見面就演變成高山症被他急救，實在丟臉到極點。

闍末風放下氧氣罐，看她沒什麼大礙後，微微鬆了口氣，突然桌上的手機響了起來，他看著來電顯示，接聽後冷冷罵道：「汪承昊！你把人丟在山上，有沒有想過她有高山症？」

夏夕瑪伸出雙手在暖爐前烤著，偷偷覷著閻末風，這臉色比昆陽的溫度還冷。

但是……別罵汪承昊了，她也不知道自己有高山症呀。

「等你現在想到，人早就倒下了……嗄？什麼？你……我回去再跟你算帳！」念完汪承昊，閻末風提了一個小茶壺放在暖爐的上端，一張臉比臭水溝還臭，「妳從外太空坐著流星來的，無氧的宇宙都能飛了，高山上這點空氣不行？」

「我會製氧，將直流電導進水裡做電解，分解出氧氣……」她嘻嘻一笑。

閻末風黑眸一轉，冷冷地斜瞪她。

夏夕瑪輕咬下脣不敢再回嘴，抱著雙膝看向車外的望遠鏡，和七年前相比，鏡筒的口徑加長加大，腳架不再是簡易的三角架，而是一架外觀看起來複雜的儀器，儀器下方垂著幾條線連結到電瓶和筆電上，配備更複雜更專業。

「承昊說妳沒吃晚餐，一路上都在睡覺。」他從袋子裡拿出一碗泡麵，撕開杯蓋擠進醬料，再提起暖爐上的水壺，將熱水注進杯內。

「謝謝……」她一臉感動望著泡麵，肚子不爭氣地叫起來。

「一千元。」

「嗄？」

「泡麵加開水。」

「太貴了吧！」

「嫌貴就不要吃。」

「要要要，我要吃。」她伸手在口袋裡掏著，下午出門太急，帶了熊胖就忘了錢包，身上竟然一塊錢都沒有，於是抓起熊胖推到他面前，「熊胖先抵押！」

閻末風瞪著熊胖的圓臉，眼神有些複雜。

「不行嗎？它可是無價的。」

「妳要贖它回去，一百倍。」他揪住熊胖夾到手臂下。

「嗄？一百倍是十萬元耶！」她抗議，愛哭包變奸商了。

「十萬元贖回無價的熊胖，已經很便宜了，不然不要吃。」

「好嘛……」

閻末風將泡麵和筷子遞給她，夏夕瑀打開杯蓋喝了一口熱湯，看著他扣押熊胖在椅子上坐下，輕輕移動小桌上的滑鼠，筆電的螢幕一亮，現出一張星星以同心圓旋繞的星軌圖。

「那是你拍的照片嗎？」她移坐到車廂邊，雙腳踩著地面。

「嗯。」他沒表情地應了聲。

「好漂亮，在哪裡拍的？」

「石門山，以北極星爲中心，總共曝光兩個小時。」

「沒想到你的攝影技術變得這麼好。」她崇拜地望著他的側臉，在這麼冷的高山上吃著熱呼呼的泡麵，抬頭是繁星燦然的夜空，眼前是深深喜歡的人，不管是不是情人，心裡還是覺得幸福。

他沉默了片刻，轉頭瞥她一眼，淡淡地說：「七年前……答應過要帶妳看玫瑰星雲，現在可以幫妳實現了。」

「眞、眞的嗎？」她一臉驚喜，趕緊吃完泡麵。

「這架赤道儀可以自動導星和追蹤星體。」他指著架住鏡筒的儀器。

「聽起來很厲害！」

閻末風將熊胖放在椅子上，走到望遠鏡前做了一些調整，再回到筆電前開啓星圖，找到玫瑰星雲的位置，按下「Goto」指令，一陣馬達啓動聲響起，整座望遠鏡像變形機器人似地緩緩轉了個方向，仰起鏡筒對著夜空。

「好帥啊！」夏夕瑀輕輕拍手，披著毛毯走到望遠鏡旁邊，仰頭望著鏡筒指向的夜空。

「玫瑰星雲是比較暗淡的深空天體，人的眼睛沒辦法看到它的顏色，必須用相機做長時間曝光才能拍攝出來，我設定單張曝光五分鐘，要連拍個幾張。」

「好，我會等。」

開始拍攝後，閻末風泡了一壺熱咖啡，抱著熊肸和夏夕瑀坐在休旅車的後車廂邊，兩人頂著星光烘著暖爐，被四面八方的黑暗遮蔽著，彷彿與世隔離，忘了年歲和時間。

心情沉靜後，夏夕瑀雙手轉著咖啡杯，輕聲說：「末風，對不起……」

閻末風啜了一口咖啡，微微別開臉沉默著。

夏夕瑀將七年前發生的事娓娓道來：「當年會匆促的離開……是因爲我用玫瑰星雲的代號2237，打開我爸爸的祕密寶盒，看到裡面裝著爸爸和小阿姨的照片，才知道他們原本是情人，後來被我媽媽破壞了……媽媽以肚子裡的我逼退小阿姨，害她生病、傷心、流淚，過了一段非常痛苦的生活，後來好不容易遇到鈞澤叔，卻又因爲我轉學過來，再一次危及到兩人的感情……

「我當時的心情很震憾、很混亂、很難過……我不得不走，而且要越快越好，我希望還給小阿姨一個寧靜生活，讓她放開爸爸的回憶，重新回到鈞澤叔的身邊，而事實也證明了，我的離開是正確的。」

閻末風聽完她的解釋，彷彿是局外人一樣，臉上沒有任何情緒反應，只是淡淡地問：「還記得妳當年的簡訊，那麼多年過去，妳找到答案了嗎？」

關於薛丁格的貓，當觀測者打開盒子時，會決定一隻貓的生死。
那麼人生呢？是誰一次又一次掀開盒蓋，操弄著大家的命運？

夏夕瑀感慨地嘆氣：「我找到的答案是：我們無法阻止上帝擲骰子，那就保持距離，減少打開盒子介入的言行，就能維持別人和自己原來的生活。」

「妳把自己隔離起來，這幾年得到什麼？在別人的心裡又留下什麼？」他冷哼著。

她沉默了片刻，才答道：「這幾天……我翻出你送我的空白拼圖，一片一片拼起來，發現和你們在一起的時光是多麼美好和愉快，短短兩年的回憶，完全勝過這七年。承昊說，我疏離大家的態度，會傷害所有關心我的人，這七年印證出來的答案，並不是正確的。」

「所以，妳後悔當年那樣離開？」

「我不後悔離開小阿姨家。」

「即使我們因此分手，妳也不後悔？」

「就算會分手，那也沒辦法，因爲在十七歲的年紀裡，那麼少的人生閱歷、就是那麼不成熟、那樣的心亂如麻、傻到就算犧牲自己的感情，也希望小阿姨重拾幸福。」

閻末風聽不下去，一股怒意升起，起身想離開。

「末風，」夏夕瑀心裡一急，緊緊抓住他的手臂，「要說事後覺得後悔，都是用十八歲、二十歲或二十四歲的思維下去思考，但是人生無法倒轉，我不想責怪十七歲的自己。」

「既然如此，妳何必跟我解釋？」他的聲音隱著怒氣。

「因爲和你的相遇，和你共度的時光，每一刻都是美好的！」她微微一笑，語氣堅定地強調，「就算你現在結婚了，你在我的心裡還是最特別；如果不跟你表明我現在的想法和心意，我會遺憾一輩子，既然知道會遺憾，還什麼都不去做，未來的我一定會憎恨現在的我。」
閻末風聽了心裡一震，深深凝視她的臉。
「謝謝你送我拼圖，那是全宇宙最美的星雲，是無可取代的。」她望著他的眼睛柔聲說。
「都過去的事了，妳不用道謝，也不用道歉。」他移開和她相連的視線，聲音不再冰冷。
「是啊……眞的都過去了。」她心酸了下，想起派對那天看到的景象，「派對那天，你接完手機後，我跟著你走出去，看到你們一家三口幸福的畫面，她……應該不會像我這麼怪，一定很溫柔體貼吧？」
閻末風點點頭，眼神變得溫柔，輕聲說：「考上大學後，我加進學校的天文社，和社長學了很多拍攝技巧，而她是社長介紹的，也是天文社的成員，長得文靜漂亮，脾氣又好，讓人一眼就很有好感，後來在社長的強力撮合下，我和她在大三開始交往。」
夏夕瑀聽了心裡不是滋味。
他當時都用什麼表情和那女孩說話？是不是和以前對待她一樣，脣角勾著淺淺微笑，偶而愛理不睬的，等她回抱後又將她抱個滿懷，在她吱吱喳喳講不停時，輕輕偷她一個吻？
「她很喜歡攝星，我們一起去過塔塔加、合歡山、大雪山、東眼山……一起曝夫妻樹的星軌、追獅子座流星雨、拍攝星雲和銀河，山上的夜很靜，靜到覺得寂寞，在她的溫柔陪伴下，感情的進展也特別快。」他仰望繁星燦然的夜空，沉靜臉龐浮起淺淺笑意。
「能找到興趣相投的女孩，我眞替你感到開心。」她強撐著微笑，心裡滿是酸意，畢竟是她先拋棄他的，後果就要自己承擔，愛閃就讓他閃個夠。
「眞的開心嗎？」他睨著她微微落寞的臉。
「當然，開心死了！」微酸的口氣。

「聽起來不像，不會在吃醋吧？」

「我沒有吃醋！」她瞪大眼強調。

「表情不像，還是忌妒了？」

「對啦對啦！我吃醋、我忌妒！這樣你滿意了吧？」她氣鼓著臉頰瞪他，雖然心酸著，但是談開後，至少可以和他正常的打鬧，也可以衷心祝福他。

閻末風抿唇一笑，看看時間拍得差不多，起身走向望遠鏡，中止拍攝後取下相機，回到車廂裡將照片傳輸到筆電上，說道：「總共拍了八張，我先做個疊圖處理，再給妳看。」

「好。」她不催，會耐心等。

將照片做過後製的影像處理後，閻末風拿起筆電、抱著熊胖坐到她身側，夏夕瑀接過筆電一看，螢幕上是一張星光閃耀的玫瑰星雲照片，紅色的氣體塵埃像花瓣般綻放，美到教人屏息，腦海響起父親的聲音：

「等夕瑀長大，如果男朋友要送花，就叫他把錢存下來，買個望遠鏡帶妳看玫瑰星雲，這絕對是全宇宙最浪漫的事！」

「好啊，和男朋友一起看玫瑰星雲！」

「可是這樣，爸比又會忌妒。」

「那我和男朋友帶爸比一起看玫瑰星雲！」

「好！爸比要當最亮的電燈泡。」

「末風，謝謝你……」看著玫瑰星雲的照片，夏夕瑀感動不已，眼眶也微微發熱，「有熊胖代替爸爸看著，加上你這個前男友，也算完成和爸爸的約定了。」

他眼神溫柔望著她，拉起滑落的毛毯將她的身子包緊，輕嘆一聲：「愛因斯坦說：『萬有引力無法對墜入愛河的人負責』，我終於體會出這句話的意思了。」

「什麼意思？」她不解地問。

閻末風笑而不答，只是意味深長地看著她。

隨後氣溫越晚越冷，夏夕瑀的頭和胸口又開始犯疼，最後決定小睡一下，閻末風幫她打平座椅鋪好棉被，隨後繼續拍攝星雲，準備熬夜到天亮拍攝日出。

小睡了兩個小時後，夏夕瑀被嘈雜的車聲和人聲擾醒，揉揉眼看著車窗外，天色朦朧亮，整座昆陽休息站突然多出許多車輛和遊客，她推開車門下車，又被日出前的冰冷空氣急凍了一下。

「夕瑀，這邊。」閻末風的聲音傳來。

夏夕瑀循著聲音走到山崖前，汪承昊和沈庭嫃站在閻末風旁邊，兩人在清境買了禦寒的大衣、手套和毛帽，包得跟愛斯基摩人一樣。

「夕瑀，對不起，」汪承昊一臉抱歉，「昨晚沒有想很多，就放妳一個人下車找人，剛才又被末風狠罵一頓。」

「沒關係，我自己也不知道身體會反應那麼大。」她沒事地搖頭。

「夕瑀，妳解釋了嗎？」沈庭嫃瞥了眼閻末風。

「嗯，講開後，心情也變得坦然。」

「太陽要出來了。」閻末風提醒著，調整相機對著遠方山頭。

三個人走到他身側，瞭望遠方，淡紫色的天空布滿日出前的紅色霞光，隨著霞光散去，一道金光從山頭上蹦出，照亮覆著白雪的連綿山巒和山谷裡翻湧的雲海，結著冰霜的樹木和草葉在朝陽下閃著晶亮光芒。

那一刻，夏夕瑀不禁屏息，感動到說不出話，轉頭望著面帶淡笑的閻末風，又看著難得嚴肅的汪承昊，和幾欲落淚的沈庭媜，沒想到七年後，四個人還能重聚一起。

太陽升起後，汪承昊拉著沈庭媜四處拍照，閻末風也結束拍攝，開始拆解望遠鏡，夏夕瑀站在旁邊，看著他取下鏡筒收進箱子裡。

突然，一道小小星芒閃爍了下，她好奇地蹲在箱子前，仔細一瞧，望遠鏡的筒身上繫著一條透明釣魚線，線上綁著一枚戒指。

戒指……

戒指！

夏夕瑀眨了眨眼，這樣式有點眼熟啊……倏地轉頭瞪向閻末風。

他要笑不笑地回望她，一副妳想怎樣的神情。

她馬上揪住他的左手，看著無名指上的戒指，果真和望遠鏡上的戒指是相同款式，腦海閃過兩人昨晚的對談：他說他的老婆是天文社的、喜歡攝星、大三開始交往、帶她去過塔塔加、合歡山……

「閻末風！這什麼毛病？」夏夕瑀面上氣窘著，朝他胸膛一拳搥下去，「你和望遠鏡結婚嗎？」

汪承昊哈哈大笑起來，沈庭媜也掩脣極力忍笑。

「你們……全在欺騙我？」夏夕瑀滿眼殺氣瞪著兩人。

「夕瑀，我們沒有騙妳，那是有原因的。」沈庭媜急忙解釋。

「這麼窘的事，末風下了封口令，不准我們對外張揚，所以才叫妳親自問他呀。」汪承昊趕緊澄清。

「閻末風，你給我解釋清楚！」夏夕瑪氣得咬牙，一把揪住他的衣領。

閻末風直視著她盈滿怒氣的雙眼，脣角微微勾起，一個偷襲吻向她的脣，兩脣突然輕貼，夏夕瑪傻了兩秒才失聲驚叫，鬆開他的衣領倒退幾步。

「你……到底在玩什麼把戲？」她心跳加速，被他的吻嚇到。

「妳過來，我告訴妳。」他雙手環胸，倚著休旅車悠閒站著。

她朝他走近一小步。

「再過來。」

「你敢亂來，我會摔你喔。」她握著雙拳，一臉防衛走到他面前。

「笨小怪……」他微微彎身，伸指戳著她氣鼓鼓的臉頰，「戒指是我媽要求戴的。」

「爲什麼？」好傻眼。

閻末風低聲解釋：「我出生的時候，我媽抱著我去給一位算命大師取名，算命大師說我二十四歲有個大劫，會危及性命，不死也半殘，如果今年結婚的話，就可以化掉這個劫。」

「大劫？」她更加傻眼。

「做母親的總是擔心孩子，抱著寧可信其有、不可信其無的心態，她從去年就哭吵著要幫我相親，我不肯，後來她不知道去哪裡問人，那人教她一個避劫法。」

「不會是……戴戒指僞裝結婚吧？」天吶，她無言了。

「沒錯！戒指是一對的，我媽拜託庭嫃戴另一個，要戴到我明年的生日才能拿下。」

汪承昊憋笑憋到臉紅，突然插話：「我想說……自己的麻吉嘛，庭嫃不幫的話，就我來戴。」

夏夕瑪噗哧一笑，閻末風冷冷地白她一眼。

「我願意幫忙，」沈庭娸微微臉紅，「可是末風知道後非常生氣，就把戒指綁到望遠鏡上，說望遠鏡是他現在的愛人，他寧願跟它結婚。」

「愛哭包，原來你的腦袋比我還怪！」夏夕瑀一臉憋笑指著他，心想閻母一定被他氣得快吐血，話說……在這世界上，也是有人和自己的貓狗結婚，和望遠鏡結婚應該是前無古人、後無來者吧，這麼窘的事，難怪臉皮薄的他會下封口令，不准汪承昊和沈庭娸四處宣揚。

閻末風輕哼一聲，伸指彈了下她的額頭，繼續說：「除了戒指之外，還要再認一個命格能旺父母的乾女兒或乾兒子，用人生的兩大喜避劫。」

「那、那個小孩……」夏夕瑀又窘了。

「我哥哥的女兒。」他側臉觀察她的表情變化。

「末綸大哥？」

「小不點很黏我，黏到爸爸媽媽都不要。」瞧她一臉想找地洞鑽，閻末風心裡升起一股愉悅感，「嫂子說那天晚上孩子不睡覺，哭吵著要跟我晚安吻，她想說派對會場很近，就帶她來找我，親了一下後……小不點上車就睡著了。」

原來那是末綸大哥的妻子和孩子！

夏夕瑀雙手抱頭，突然一陣暈眩，又想起昨晚的夜談，羞窘地問：「昨晚我跟你說了那麼多話，你看著我……跟一架望遠鏡吃醋，心裡是不是在嘲笑我？」

「妳以前不也讓我跟熊胖吃醋？」

「你吃熊胖的醋幹麼？」

「那妳吃望遠鏡的醋幹麼？」

「閻末風！你、你怎麼變得那麼幼稚！」她又掄起雙拳搥向他。

「都是前女友傳染的，」閻末風低笑起來，一把扣住她的手，「看在妳昨晚誠懇解釋的份上，我就大發慈悲地告訴妳，其實考上大學後，我找遍所有學校的園藝系，終於找到妳，校慶園遊會的時候去看過妳，也上網買過妳的手藝品。」

「眞的嗎？你來過……」她一臉不敢置信。

他輕輕點頭：「直到大三，若媛阿姨請吃滿月酒，她才告訴我，妳七年前離開的原因，這件事只有我知道，要不要告訴承昊和庭媜，妳再自己決定。」

夏夕瑀震驚到說不出話，難怪他昨晚聽到她的解釋時，一點反應都沒有，原來是早就知道了。

「後來在花藝新人賽上，我坐在臺下幫妳鼓掌。」

「那咖啡店……」

「忍不住拿走妳的參賽名牌。」

「花坊的訂單……」

「我想妳。」

「那派對……」

「想見妳。」

「這些我全不知道。」她眼眶一熱，心裡萬分感動。

「沒有我，妳也過得很好，又何必讓妳知道？」他語氣微微落寞。

「讓自己忙碌，爲的是壓下從前的美好回憶，越忙就是越難忘。」她哽咽地解釋。

「夕瑀，阿姨要我跟妳說，她和鈞澤叔結婚後很幸福，每天晚上看著孩子可愛的睡臉，總會想起……曾經有一個來自B615星球的天使女孩，乘著流星降臨在她的生命裡，消弭了她心裡的所有怨恨，帶來現在的幸福。」

聽到小阿姨的話，夏夕瑀的淚水不斷滾落，久久無法言語。

閻末風拭去她眼角的眼淚，柔聲說：「阿姨說如果可以，要我找到妳……拍拍妳的頭。」再愛妳一次。

「末風，我、我可以……再陪你看星星嗎？」她懇求地望著他，心情一片激動。

「可以。」

「可以再喜歡你嗎？」

「不可以，妳辜負過我。」

「我用一輩子賠你和愛你，可以嗎？」

「成交。」他唇角微揚。

夏夕瑀雀躍地跳起來，張開雙手撲抱他的肩頸，閻末風將她擁進懷裡，低頭吻住她的唇，她毫不保留地回應，相互傾訴心裡的愛意，直到她喘不過氣，他才依依不捨地鬆開她，這時才發現站在一旁看戲的汪承昊，手上拿著手機在拍攝。

「這跨星球的戀愛物語大結局，不拍嗎？」汪承昊朗聲大笑，望著夏夕瑀的眼神盡是釋懷。

「承昊！」她雙頰羞紅著。

「傳一張給我吧。」閻末風從口袋裡掏出手機，收到汪承昊傳來的吻照後，再將手機遞給夏夕瑀，微笑道：「我們還欠若媛阿姨最後一項任務。」

夏夕瑀隨即領悟，接過他的手機，點開兩人的吻照，透過LINE傳送給林若媛——

給小阿姨的「意外之吻」！

那一刻，四個人會心一笑，夏夕瑀偎進閻末風的懷抱裡，兩人額頭輕抵、深情相視。

她領悟到自己不是孤獨一個人，因爲地球上有個男孩一直在守護她，以無盡的愛和耐心，包容她的天馬行空、平息她的悲傷難過、陪她一起瘋、一起做夢，是朋友，也是戀人。

只要有他在，她可以盡情地展翅翱翔，因爲即使跌下來了，他也會朝著天空伸出雙手，穩穩地接住她。

全文完

番外　不變的誓約

七年後再次重逢，讓閻末風和夏夕瑀更加珍惜彼此，戀情也急速加溫。

元旦的跨年之夜，晚上八點多，花坊二樓的房間裡，閻末風將裱框的空白拼圖掛在牆壁上，突然一雙手從身後環抱住他，像貓咪般撒嬌著，臉頰在他背後的毛衣上磨來蹭去。

「這樣磨會起靜電喔。」他低笑道，時隔七年，她黏人的小動作還是不變。

「我打赤腳，這樣可以釋放靜電。」剛睡醒的微啞嗓音。

「夏夕瑀！」閻末風板著臉孔，轉身抱起她大步走到床邊，將她塞回棉被裡，「妳中午才退燒，現在給我打赤腳下床？」

「我已經昏睡三天了。」夏夕瑀不依地抗議，從合歡山回來後，她被山上的低溫凍著，又感冒發燒病了一場，「承昊帶庭媜去跨年，我和熊胖也好想去，你可以帶我們去嗎？」

「妳感冒還沒好。」

「我現在睡得很飽、沒有發燒、沒有咳嗽。」

「我明年再帶妳和熊胖去跨年。」他忍笑地安撫，這女孩感冒後又變得煩人，夏小怪的性情完全展現。

「明年還要等上三百六十五天，我和熊胖會等到發瘋。」她可憐兮兮地哀求。

「不行就不行，明年就明年。」沒有妥協的餘地，看著她帶點孩子氣的嬌態，他忍不住將她擁進懷裡。

正要吻上她的脣，一陣敲門聲打斷兩人，閻末風不捨地鬆開她，起身打開房門一看，汪承昊和沈庭媜站在外面。

「我們一起跨年吧！」汪承昊滿面燦笑，手上拎著一袋宵夜，「丟下生病的夏小怪和庭媜跑去跨年，這樣就太不夠義氣了。」

「進來吧。」他微微一哂，這兩人來得剛好，正好打消夏夕瑀想去跨年的念頭。

「夕瑀，妳的臉好紅喔，還在發燒嗎？」沈庭媜提著飲料來到床邊，看著夏夕瑀浮著紅暈的臉頰。

「沒、沒有，我剛剛睡醒。」她雙手捂住臉頰，微赧地覷了閻末風一眼。

將桌子搬到床邊，閻末風陪著夏夕瑀坐在床沿，汪承昊和沈庭媜坐在對面，面對滿桌子的魯味和小菜，四雙筷子齊下，熱熱鬧鬧地開動。

電視裡播著跨年晚會，明星們在臺上唱唱跳跳，四個人一邊談笑一邊吃著宵夜，藉著熱鬧的背景音樂，夏夕瑀也將七年前離開的原因詳細說明。

「沒想到妳離開的原因，竟然牽扯到上一代的恩怨。」汪承昊神情有些複雜，雖然猜到和林若媛有關，卻沒想到連她的父母也牽扯在內。

「對不起，當時心情很亂，才會用一通簡訊和大家道別。」夏夕瑀低聲道歉。

「末風實在很無辜，完全掃到颱風尾，妳以後要好好補償他。」

閻末風冷哼一聲。

「夕瑀當時的心情，一定很難受吧。」沈庭媜同情地望著她。

「庭媜，對不起，手指受傷那天……」夏夕瑀伸手敲了自己的頭一下，「我怕介入妳和承昊的感情，加上想遠離末風，才會說出那麼難聽的話。」

沈庭媜放下筷子，深深吸了口氣朝她大喊：「夕瑀是大笨蛋！」

夏夕瑀微微瞠眼，閻末風眉尾輕挑，汪承昊一臉怔愣，第一次看到沈庭媜吼人。

「妳如果這樣想，那就是看不起我。」沈庭媜直視著夏夕瑀，雙手在桌面緊握成拳，彷彿在下戰帖，「我會努力當個好女人，去強化我在承昊心裡的地位，我希望妳和以前一樣，不喜歡妳用冷漠又疏離的態度對待承昊，讓他爲妳擔心和煩惱，一顆心懸在妳身上……其實我的心很惡毒的。」

三個人一陣傻眼，以往的沈庭媜總是溫柔恬靜，第一次聽到她爲愛情力爭。

「好惡毒。」閻末風莞爾一笑。

「宇宙級的惡毒。」夏夕瑀傻愣地點頭。

「超級惡毒的小傻瓜。」汪承昊忍俊不禁，輕輕勾過沈庭媜的肩，在她額頭上輕印一吻，「我最愛的人是妳，不會改變喔。」

聽到汪承昊的話，沈庭媜雙眸浮出薄薄水氣。

「庭媜，我好愛妳。」夏夕瑀起身撲抱她，臉頰蹭著她的肩頭。

「夏小怪，妳滾！」汪承昊推開夏夕瑀的頭，「高中搶了我的麻吉，現在又來搶我的女朋友。」

閻末風微微一笑，望著黏成一團的三人。

幾日後，閻末風帶著夏夕瑀回到林家，只見庭院裡的盆栽長高許多，爬著紫藤的木柵架下多了一個溜滑梯和三輪車。

「心臟好痛！」她捂著心口，遲遲不敢進門，「我不知道要跟小阿姨講什麼？」

「妳不要緊張嘛，我會在旁邊陪妳。」閻末風雙手環抱她的腰，低頭正要親吻她時，突然大門拉開的聲音響起，兩人轉頭望去，林若媛牽著一個小男孩站在門邊，後面站著張鈞澤。

夏夕瑀心驚了一下，微微瞪大眼，整個人呈現大腦當機的狀態。

「夕瑀……」林若媛滿面歉然，眼神百感交雜著，將孩子的手交予張鈞澤後，緩步走到她的面前，「七年前對妳說了那麼重的話，傷了妳的心，也害妳和末風分手，阿姨對不起妳。」

夏夕瑀呆呆地看著小阿姨，一句話都說不出，眼淚不自覺滾落下來；林若媛眼角也浮出淚光，滿面心疼地抱住她，又連聲道歉好幾次。

「天氣那麼冷，大家先進來吧。」張鈞澤微笑提醒。

林若媛鬆開夏夕瑀，閻末風馬上將她摟進懷裡，輕輕抹去她臉頰上的淚痕。兩人隨後進屋坐在沙發上，夏夕瑀看著坐在林若媛雙腿上的小男孩，他好奇地望著她的臉，又轉頭看著牆上，像在對照什麼。

循著小男孩的目光望去，她發現牆上掛著七項任務的照片，照片全部被放大裱框，就連第二顆鈕扣也被鑲在精緻的小相框裡。

「當年，你們兩個一個帥氣、一個可愛，每一張都拍得很有愛，不掛出來欣賞就太可惜了。」張鈞澤拿著咖啡壺走出廚房，倒了兩杯咖啡給夏夕瑀和閻末風，隨後在林若媛的身側坐下。

林若媛望著牆上照片，傷感地解釋：「夕瑀離開之後，我每天下班回家，看著冷冷清清的房子，連吃飯的動力都沒有了，鈞澤每天陪我散心，他把照片洗出來作記念，說夕瑀是代替彥勤傳達他的祝福，要我放開對過往的執著……後來心情漸漸平靜，再一次被鈞澤的深情打動，就接受他的求婚了。」

原來鈞澤叔和庭媜一樣，都是爲愛在努力著。

夏夕瑀心裡一陣感動，小聲說：「其實『頂樓吃便當』的照片……是在學校的空橋上拍的。」

「因爲學校的頂樓不能上去。」閻末風聽到她開口，馬上銜接話題，將拍照的情形說明一遍。

「末風很聰明呢，我完全被騙倒了。」林若媛感慨地笑道，接著拿出手機，點開兩人的吻照，「那天早上起床，看到這張照片時，我整個大哭……」

「我被若媛嚇醒過來，以爲蟑螂老鼠爬到床上。」張鈞澤朗聲笑道。

在閻末風和張鈞澤的緩解氣氛下，夏夕瑀和林若媛漸漸聊開，從七道任務的回憶開始，到七年來的生活點滴。

「夕瑀，妳接受阿姨的道歉嗎？」張鈞澤問道。

「我沒有生小阿姨的氣。」夏夕瑀輕輕點頭。

「末風，你能原諒阿姨嗎？」張鈞澤再問。

夏夕瑀一愣，轉頭望著閻末風。難道他大三知道眞相時，對小阿姨發了脾氣？

閻末風輕輕嘆息：「剛知道的時候眞的很生氣，但現在夕瑀說不氣，我也沒什麼好氣了。」

張鈞澤摟住林若媛的肩，笑著打圓場：「大家都是一家人，現在解釋清楚了，不愉快的事就讓它過去吧，好好珍惜彼此的緣分。」

夏夕瑀和閻末風對視一眼，恨人是很傷腦細胞的事，她寧願耗費在花藝的研究上。

「夕瑀，以後有空……帶妳媽媽來走走吧。」望著夏夕瑀無怨無恨的眼睛，林若媛決定解開心裡的最後一道枷鎖。

「好！我會帶媽媽來玩。」夏夕瑀不敢置信地點頭。沒想到再次打開阿姨家的門，迎來的是她最期望的世界。

吃過午餐後，閻末風帶著夏夕瑀回到閻家，來到大門前，她又遲遲不敢進屋。

「我爸媽去喝喜酒，家裡沒人。」他打開大門，拉著她走進客廳。

夏夕瑀鬆了口氣，環顧四周，客廳的裝潢改變了，但外婆送的日本楓同樣擺在窗邊，比之七年前，枝葉又長得更加雜亂，完全看不出是盆栽獎的金牌作品。

她歪著頭研究要怎麼修剪它，一雙手從身後環上她的腰，低醇的嗓音在耳邊響起：「要不要到我房間休息一下？」

「好啊。」她心跳了一下。

「妳先上去，我拿個飲料和點心。」

目送她走上樓梯，閻末風來到廚房打開冰箱，拿出藍莓奶凍和水果茶，回到房裡不見她的身影，轉頭望向床上，隆起的棉被下露出一雙腳丫子。

這傢伙……竟然躲進他的棉被鑽蟲洞。

「夏小怪！你穿到哪個星球？」他眼神死，將餐盤擱在書桌上，一把掀開棉被。

夏夕瑀閉著眼，雙手在胸前交握著，一臉陶醉地說：「我也不知道是什麼星球，四周烏漆抹黑的，有很多像水母一樣的發光生物在空中飄遊，」頓了一下，她睜開眼睛，拉著棉被拍拍床墊，「愛哭包，要不要一起來？」

「一起躲棉被啊……」他微微瞇眼，右膝跨上床，雙手撐在她身側，「妳不怕我把妳吃掉嗎？」

「夏小怪不好吃。」

「那要先咬一口，才知道好不好吃。」

「我是宇宙保育生物，不能咬，只能輕拍和餵食。」她忍笑地眨眨眼，伸指點住他落下的唇。

閻末風扣壓住她的手，不容拒絕地吻住她的唇，夏夕瑀一顆心怦然而跳，閉上眼感受唇上的溫柔觸感，時輕時重地揉壓和吮吻，在她輕輕回咬他一口時，轉爲更炙熱的掠取……直到他吻夠了才鬆開她。

夏夕瑀翻身下床，望著掛在牆上的銀河和星雲的照片，每一幅都美得教人屏息，來到書櫃前，發現架上擺了幾個花草相框和手藝品，全是她大學時期的作品。

「原來我們當時看的，還是同一片星空。」她滿心感動。

「夕瑀，」他噙著神祕笑意走到書桌前，拿起湯匙挖出一匙奶凍，「要不要吃藍莓奶凍？」

「要要要！」她快步走向他，張嘴含住那口奶凍，一臉幸福又滿足。

閻末風擱下湯匙，雙手環上她的後頸，柔聲說：「妳每天要綁花，戴在手指上不方便吧。」

夏夕瑀會意到什麼，低頭一瞧，一條白金項鍊垂在頸間，下方串著一枚戒指。

「夕瑀，還記得七年前的約定嗎？」扣好項鍊，他雙手捧起她的臉。

「末風……」她愛戀地偎進他懷裡，將無法形容的「喜歡」和「永遠在一起」，轉換成新的誓言，「我真的好愛你，我要嫁給你。」

「我願意，和妳永遠在一起。」他在她唇上烙下一吻，這次絕不放手。

後記　藏在故事裡的小星空

國中的時候，我最喜歡的科目是理化、生物和地科，當時的班導正是理化老師，統管理化實驗室的鑰匙，做的實驗次數也比別班多。

在老師的影響下，後來對理科一直保持興趣，國中時會拿著星象盤對照天空的星座，想像宇宙裡有著什麼，高中畢業後開始追流星雨，平常看到和天文理科有關的新聞時，也會好奇地點進去瞧瞧。

沒想到會有這麼一天，能將這份喜好寫進小說裡，帶著讀者跟著主角的步伐，一起看月亮、拍攝星雲、聊著宇宙裡的奇想，彷彿幫自己圓了一次天文夢。

這就是寫小說最有趣的地方，可以將只有自己看見的小星空，悄悄藏進故事裡，讓更多人看見它。

關於這個故事的起源，是來自去年夏天聽到的一則眞人眞事：一位就讀國二的小妹，她的小阿姨開價一千元，要她向一位成績校排前五，長相帥氣的國三學長要第二顆鈕扣，後來在同學的協助下才達成任務。

當時覺得那個事件很有趣，就決定以「第二顆鈕扣」和「小阿姨」來發揮，嘗試活潑一點的寫作風格，於是夏小怪這個理科少女就躍然而出，她算是我構思多年，很想挑戰的一個角色。

不過小說剛連載時，因爲在愛情題材裡添進天文和理科的元素，加上女主是個中二的電波少女（文友的註解），很擔心讀者們會看到頭昏，沒想到大家的反應都可以接受，甚至有讀者告訴我，她們還上網搜尋文內寫的知識，心裡眞的很高興。

在寫作的過程中，隨著夏小怪的心境轉折，想起自己的高中生活，當時是住宿生，生活步調和同學不同，話題也搭不太上，曾經有一段時期覺得寂寞，對自我產生否定感。

當時常到宿舍陽臺上吹風，山上的星空很美，而人的寂寞在宇宙裡，和那麼多的星球相比，卻是微小如塵，進而激出一股堅強力量。

後來告訴自己，不管別人喜不喜歡我，我一定要喜歡自己，如果連自己都放棄自己，那就等於消失在世界上了。於是這樣的一個想法，就成了夏小怪的小綠果心情。

至於被拋棄的可憐愛哭包……還記得FB去年流行一個程式，可以找出誰最關注自己的動態，而調查出來的結果，關注最高的很多都是前男女朋友。

因此，我想寫一個深情男孩，由於女友的離去是個謎，才在分手後持續關注對方的動態，極力想查出當年分手的真相。

但是寫到最後，我覺得他比較像個偷窺狂。

回想去年，我的寫作心境是直接的，但是在寫這個故事時，希望再進步一點，對自己的要求也變得嚴格，進而產生不確定感。

感謝小編阿南在我猶豫時，給予我信心肯定，也謝謝POPO原創網，提供這麼優質的創作交流平台。

還有親愛的家人，謝謝你們溫柔的支持。

最後，要感謝文友和看完這個故事的大家，在這將近一年的時間裡，陪伴我走了一趟B615星球的星空之旅。

琉影

城邦原創 長期徵稿

題材

(1) 愛情：校園愛情、都會愛情、古代言情等，非羅曼史，八萬字以上，需完結。
(2) 奇幻/玄幻：八萬字以上，單本或系列作皆可；若是系列作，請至少完稿一集以上，並附上分集大綱。

如何投稿

電子檔格式投稿（請盡量選擇此形式投稿）

(1) 請寄至客服信箱service@popo.tw，信件標題寫明：【投稿城邦原創實體書出版／作品名稱／真實姓名】（例：投稿城邦原創實體書出版／愛情這件事／徐大仁）
(2) 稿件存成word檔，其他格式（網址連結、PDF檔、txt檔、直接貼文於信件中等）恕不受理；並請使用正確全形標點符號。
(3) 請附上真實姓名、性別、聯絡電話、email、POPO原創網會員帳號、作者簡介與出版經歷。
(4) 請加入POPO原創市集(www.popo.tw/index)申請成為作家會員，並將投稿作品公開放上該網站至少4萬字，若想全文公開也可以。

紙本投稿

(1) 投稿地址：10483台北市民生東路二段149號6樓A室
城邦原創實體出版部收
(2) 請以A4紙列印稿件，不收手寫稿件。
(3) 請附上真實姓名、性別、聯絡電話、email、POPO原創網會員帳號、作者簡介與出版經歷。
(4) 請自行留存底稿，恕不退稿。
(5) 請加入POPO原創市集(www.popo.tw/index)申請成為作家會員，並將投稿作品公開放上該網站至少4萬字，若想全文公開也可以。

審稿與回覆

(1) 收到稿件後，約需2-3個月審稿時間，請耐心等候通知。若通過審稿，編輯部將以email回覆並洽談合作事宜，如未過稿，恕不另行通知。
(2) 由於來稿眾多，若投稿未過，請恕無法一一說明原因或給予寫作建議。
(3) 若欲詢問審稿進度，請來信至投稿信箱，請勿透過電話、部落格、粉絲團詢問。

其他注意事項

(1) 請勿抄襲他人作品。
(2) 請確認投稿作品的實體與電子版權都在您的手上。
(3) 如果您的作品在敝公司的徵稿類型之外，仍然可以投稿，只是過稿機率相對較低。

國家圖書館出版品預行編目資料

戀夏七光年 / 琉影著. -- 初版. -- 臺北市：城邦原創, 2014.11
面；公分. --（戀小說；31）

ISBN 978-986-91055-2-1（平裝）

857.7 103019773

戀夏七光年

作　　者／琉影
企畫選書／楊馥蔓、簡尤莉
責任編輯／簡尤莉

行銷業務／林政杰
總 編 輯／楊馥蔓
總 經 理／伍文翠
發 行 人／何飛鵬
法律顧問／元禾法律事務所　王子文律師
出　　版／城邦原創股份有限公司
台北市中山區民生東路二段 141 號 6 樓
電話：(02) 2509-5506　傳眞：(02) 2500-1933
E-mail：service@popo.tw
發　　行／英屬蓋曼群島商家庭傳媒股份有限公司城邦分公司
聯絡地址：台北市中山區民生東路二段 141 號 11 樓
書虫客服服務專線：(02) 25007718．(02) 25007719
24小時傳眞服務：(02) 25001990．(02) 25001991
服務時間：週一至週五09:30-12:00．13:30-17:00
郵撥帳號：19863813　戶名：書虫股份有限公司
讀者服務信箱 email：service@readingclub.com.tw
城邦讀書花園網址：www.cite.com.tw
香港發行所／城邦（香港）出版集團有限公司
地址：香港九龍九龍城土瓜灣道86號順聯工業大廈6樓A室
email：hkcite@biznetvigator.com
電話：(852)25086231　傳眞：(852) 25789337
馬新發行所／城邦（馬新）出版集團 Cité(M)Sdn. Bhd.
41, Jalan Radin Anum, Bandar Baru Sri Petaling,
57000 Kuala Lumpur, Malaysia.
電話：(603) 90563833　傳眞：(603) 90576622
email：services@cite.my

封面設計／黃聖文
電腦排版／浩瀚電腦排版股份有限公司
印　　刷／漾格科技股份有限公司
經 銷 商／聯合發行股份有限公司
電話：(02)2917-8022　傳眞：(02)2911-0053

■ 2014 年11月初版　Printed in Taiwan
■ 2023 年12月初版 10.3 刷

定價 / 240元

著作權所有．翻印必究

ISBN　978-98691055-2-1

本書如有缺頁、倒裝，請來信至service@popo.tw，會有專人協助換書事宜，謝謝！

廣告回函
北區郵政管理登記證
台北廣字第000791號
郵資已付，免貼郵票

104台北市民生東路二段 141 號 2 樓

英屬蓋曼群島商家庭傳媒股份有限公司

城邦分公司

請沿虛線對摺，謝謝！

填完本回函後請撕下對折，並在下方張貼膠帶或膠水，不必用釘書機或貼郵票，直接投入郵筒即可，感謝！

自由創作，追逐夢想，實現寫作所有可能

城邦原創：http://www.popo.tw

POPO原創FB分享團：https://www.facebook.com/wwwpopotw

書號：3PL031　書名：戀夏七光年　作者：琉影

請於此處用膠水黏貼

POPO城邦原創
www.popo.tw

讀者回函卡

謝謝您購買我們出版的書籍！
請費心填寫此回函卡，我們將不定期寄上城邦集團最新的出版訊息。

姓名：________ 性別：□男 □女 聯絡電話：________

生日：西元____年____月____日 傳真：________

地址：________

E-mail：________

學歷：□小學 □國中 □高中 □大學 □碩士 □博士

職業：□學生 □上班族 □服務業 □自由業 □退休 □其它____

年齡：□12歲以下 □12～18歲 □18歲～25歲 □25歲～35歲
□35歲～45歲 □45歲～55歲 □55歲以上

您從何種方式得知本書消息：□POPO網 □書店 □網路 □報章媒體
□廣播電視 □親友推薦 □其它____

您喜歡本書的什麼地方：□封面 □整體設計 □作者 □內容
□宣傳文案 □贈品 □其它____

您常透過哪些管道購書：□書店 □網路 □便利商店 □量販店
□劃撥郵購 □其它____

一個月花費多少錢購書：□1000元以下 □1000～1500元 □1500元以上

一個月平均看多少小說：□三本以下 □三～五本 □五本以上____本

最喜歡哪位作家：________

喜歡的作品類型：□校園純愛小說 □都會愛情小說 □奇幻冒險小說
□恐怖驚悚小說 □懸疑小說 □大陸原創小說
□圖文書 □生活風格 □休閒旅遊 □其它____

每天上網閱讀小說的時間：□無 □一小時內 □一～三小時
□三小時～五小時 □五小時以上

對我們的建議：________

____

____

【為提供訂購、行銷、客戶管理或其他合於營業登記項目或章程所定業務之目的，家庭傳媒集團（即英屬蓋曼群島商家庭傳媒（股）公司城邦分公司、城邦文化事業（股）公司、城邦原創（股）公司），於本集團之營運期間及地區內，將以電郵、傳真、電話、簡訊、郵寄或其他公告方式利用您提供之資料（資料類別：C001、C002、C003、C011等）。利用對象除本集團外，亦可能包括相關服務的協力機構。如您有依個資法第三條或其他需服務之處，得致電本公司客服中心電話 02-25007718；25007719 請求協助。相關資料如為非必要項目，不提供亦不影響您的權益。】

請於此處用膠水黏貼